AF393617

Evelyne Larré Poujol

D'hier
à
aujourd'hui

Récits et nouvelles

Édition : BoD · Books on Demand, 31 avenue Saint-Rémy, 57600 Forbach, bod@bod.fr
Impression : Libri Plureos GmbH, Friedensallee 273, 22763 Hamburg (Allemagne)
ISBN : 978-2-3226-3527-6
Dépôt légal : Mai 2025

Une vie pour Anna

Nestor

On ne connaissait que son prénom. Pour tous, il était Nestor. Sa mort à quatre-vingt-dix ans ne surprit ni ne peina personne. Ce qui étonna tout le monde, c'est ce que l'on découvrit à l'ouverture de son testament.

Il n'avait été qu'un valet au service d'une famille de petits bourgeois de province depuis plusieurs générations. Il était entré en domesticité comme on entre en religion, costume compris.

Petit homme court sur pattes devenu bedonnant avec l'âge, Nestor vaquait toujours vêtu d'une éternelle livrée à rayures garance et safran. Il avait servi docilement, l'échine courbée, quasiment prosterné devant ses maîtres, pareil à un coléoptère agitant ses frêles mandibules. Le visage affublé d'un long nez pointu, le regard de ses petits yeux bigleux et fuyants sous un front proéminent achevaient sa ressemblance avec un insecte.

D'une nature frugale, logé dans une mansarde sous les toits, sans sorties ni compagnie, il était une aubaine pour ses employeurs qui disposaient là d'un passe-muraille, toujours présent opportunément.

Il avait été embauché à l'âge de vingt-sept ans par Prosper Poidevin, l'unique pharmacien de la petite ville de St Lubert Il était jeune, bien portant, peu exigeant et plein de bonne volonté. Cela suffisait.

Serviteur zélé et taciturne, il cumulait selon les besoins les fonctions de majordome, de chauffeur, de préparateur et de jardinier sans jamais se plaindre, endossant par dessus sa livrée la blouse ou la veste adéquate.

Jamais personne ne s'était demandé quelle avait été sa vie avant son entrée au service de la famille, ni ce qu'il pouvait penser, encore moins espérer.

Son vocabulaire se limitait à ces quelques mots : « Bien Madame, bien Monsieur... » répétés d'une voix doucereuse à longueur de temps et d'ordres donnés et ponctués de « hem... hem ».

Un matin, il ne s'était pas levé. Événement inhabituel, le petit déjeuner n'avait pas été préparé. Après plusieurs appels et grognements désapprobateurs, on avait bien été obligé de gravir les trois étages pour élucider la raison de cette absence inadmissible. On l'avait retrouvé allongé sur son lit, une petite bible ouverte posée sur la chaise tenant lieu de table de nuit. Il était presque beau. C'est qu'en fait, on le regardait pour la première fois. Le médecin n'avait pu que constater sa mort. « Une belle mort, avait-il dit, mort de vieillesse dans son sommeil. »

« Irremplaçable ! », avait conclu le pharmacien en guise d'oraison funèbre.

De fait, il ne fut pas remplacé.

Ses obsèques, par un matin frileux de novembre, ne déplacèrent que peu de monde dans le petit cimetière de l'église Sainte Lucie de Céron où étaient enterrés ses parents. On ignorait ce que souhaitait Nestor. Au vu de la bible et du crucifix suspendu au mur de sa chambre, on lui fit un enterrement religieux. Le curé de la paroisse, Le père Albert Noël, eut quelques réticences en raison de la fidélité défaillante du défunt envers l'église. Il consentit néanmoins à un court éloge funèbre. Il évoqua, non sans arrière-pensée, un être discret, serviteur loyal envers ses *généreux employeurs* qui, malgré son grand âge, l'avaient gardé comme s'il faisait partie de la famille. Il bénit le cercueil de bois blanc garni d'une maigre couronne. Deux croque-morts le transportèrent jusqu'au cimetière où les attendait le jovial cantonnier-fossoyeur de la commune, Dédé la fosse, toujours flanqué de sa dive bouteille. Suivaient le curé bredouillant ses prières, le couple Poitevin, elle, trop belle malgré ses habits de deuil, lui, tristement égal à lui-même. Enfin, venaient les deux sœurs Bienvenu, Honorine et Suzanne, vieilles habituées de ce genre d'événements, bras dessus, bras dessous, chapeaux noirs et visages de circonstance. Deux envoyées spéciales sur qui compter pour rapporter les moindres détails dans la gazette du village.

Quelques jours après cet enterrement sans larmes ni regrets, Maître Quinquempoix, notaire de son état, reçut le pharmacien et sa femme, Léonard et Claudette Poidevin, afin d'ouvrir devant eux le testament que son client lui avait remis bien des années plus tôt.

On prit conscience alors que Nestor avait aussi un nom. Il s'appelait Nestor Périchon, fils unique de Germaine Périchon, fille-mère, née Gardoix, et adopté par Sidoine Périchon, ouvrier agricole. Il léguait une somme conséquente à une certaine Anna Lévine que personne ne connaissait. Mais à la surprise de la découverte s'ajouta l'incompréhension lorsque le notaire informa les Poidevin que leur maison ne leur appartenait plus. Elle passait aux mains de la fameuse Anna ou à ses descendants.

Les visages blêmes des Poidevin tirèrent sans doute un sourire au défunt dans son au-delà.

 Ainsi, Nestor qui n'avait pas existé durant sa vie, devenait *quelqu'un* à sa mort.

Prosper Poidevin

Prosper Poidevin aurait eu le même âge que Nestor s'il n'était mort bien avant lui. Il avait été conçu en 1916 lors d'une des rares permissions de son père, Gaston Poidevin, alors soldat au front, à peine âgé de vingt-trois ans. A la naissance de l'enfant, en décembre de la même année, ce père était déjà posthume. Blessé à la tête par un éclat d'obus, il était mort pendant son transport à l'hôpital. Prosper Poidevin, orphelin de père en naissant et fils d'un soldat mort pour la France, fut reconnu pupille de la nation.

 Élevé par sa mère et poussé par des grands parents paternels ambitieux, pharmaciens et donc notables de la ville, Prosper grandit, fit des études de pharmacie à Paris. On est dans la période troublée des années 30. Prosper ne s'intéresse pas beaucoup à la politique mais participe à quelques bagarres contre les étudiants étrangers et ceux de gauche. Il connaît les grèves et les soulèvements populaires mais ne se tracasse pas pour son avenir. Il est tout tracé. Il sera pharmacien à St Lubert comme son grand-père et comme son père aurait dû l'être.

Après ses deux années de service militaire, il est mobilisé en 39 comme tous ses congénères puis démobilisé pour assurer les besoins médicaux de la population. A vingt-quatre ans, il est de retour chez lui.

 Malgré la guerre, il devient aussi gras que riche en succédant à son grand-père. Il songe à s'établir. Depuis l'école primaire, il côtoyait les filles de Raymond Granier, le maire de la ville. Léonie, l'aînée passe souvent devant la vitrine de la pharmacie espérant attirer les regards de Prosper. Elle n'est pas belle, elle est héritière. L'un vaut bien l'autre. Grande bringue au visage pointu et au cheveu noir et maigre, elle n'est pas vraiment le premier choix du pharmacien comme des prétendants de son âge. Prosper n'a rien d'un apollon. Un jour, il la demande en mariage. Les parents Granier, trop heureux de l'aubaine à laquelle il n'auraient jamais cru, donnent leur accord à cette union sans la moindre hésitation.

 Léonie est trop heureuse de parvenir à ses fins. Certes, Prosper lui arrive à l'épaule et a déjà le ventre proéminent mais il arbore une belle moustache et elle se voit bien trôner derrière la caisse de la pharmacie Poidevin. Elle pourra narguer sa sœur et les clientes, qui, envieuses, n'auraient pas imaginé un si beau mariage.

 Elle accepte donc cette main tendue et inespérée.

 Comme on le voit, l'amour ne présida pas aux épousailles.

 Le mariage réunit quelques familles de notables de la ville.

La Cathédrale de St Lubert fit résonner ses cloches sous un ciel chargé de nuages qui ne tardèrent pas à fondre en une averse brève mais drue sur la noce au sortir de la cérémonie. Les commentaires allaient bon train parmi ces messieurs et dames endimanchés venus assister à cette union disparate. On entendit : « Mariage pluvieux, mariage heureux ! » Puis, en riant « Voilà qui est de bon augure ! »

« Tous aux abris ! », cria l'un. Les messieurs couraient vers les voitures, les dames attendaient sous le porche, préservant leur coûteuse tenue. Pendant que les cloches carillonnaient l'Hymne à la Joie, la mariée, visage renfrogné, rassemblait voile et dentelles sous son bras et poussait son nouvel époux à affronter la pluie. Lui hésitait. Finalement, on avança une voiture où ils s'engouffrèrent, ruisselants et chiffonnés. A midi, tout le monde se retrouva au restaurant du Père Igor pour festoyer et féliciter les mariés non sans un petit sourire entendu. Léonie s'en moquait. Elle prit le nom de son mari et de l'assurance.

 Prosper, quant à lui, prit encore de l'embonpoint et des prétentions. Il songea même à déplacer la syllabe centrale de son nom afin de l'anoblir en De Poivin mais son ambition aristocratique capitula devant les contraintes administratives.

    La belle maison bourgeoise proche de la pharmacie se trouva subitement vide de ses habitants sans que l'on se pose trop de questions. Cela fit leur affaire. Le couple emménagea.

 Nous étions en 43, la France était occupée du nord au sud. L'approvisionnement, grâce aux tickets de rationnement, compliquait bien la vie des gens mais le marché noir et la proximité de la campagne apportaient un complément presque suffisant. A St Lubert, on s'arrangeait de la situation. Chez les Poidevin, on ne manqua de rien. La ferme des

Chastel fournissait le lait, le beurre, les œufs, la viande, pour le reste, on se débrouillait, un pharmacien est bien utile ! C'est à cette époque que Nestor entra au service des Poidevin. Il fut chargé, entre autres besognes, des divers achats dans les magasins du bourg ou à la ferme qu'il regagnait à vélo.

Un an plus tard, Léonie mit au monde un garçon aussi long que sa mère, aussi laid que son père. Il fut prénommé Léonard.

La guerre terminée, la vie reprit son cours, chacun plus ou moins en paix avec sa conscience.

L'enfant Léonard, grandissait dans le sillage de son père, malin, capricieux, souvent laissé sous la surveillance aléatoire de Nestor qu'il n'aimait pas et traitait mal.

Ainsi, les époux Poidevin vivaient dans le confort de leur belle demeure bourgeoise et tout aurait pu continuer ainsi pendant longtemps.

Pourtant, un matin, Léonie entendit un coup de feu provenant du bureau de son mari. Elle se précipita. Prosper gisait dans son sang, un revolver dans une main, une feuille de papier dans l'autre.

« Pardon » fut le seul mot d'amour qu'il laissait à son épouse éplorée.

L'histoire se répétait, Prosper laissait à trente-neuf ans, une veuve atterrée et un orphelin.

L'enquête

Le docteur Baudoin avait été appelé pour constater le décès et examiner la plaie à la tempe causée par l'arme à feu. Il conclut à un suicide.
Néanmoins, une enquête s'ensuivit. On ordonna une autopsie.
 L'inspecteur Victor Brumeux chercha des indices, passa la pièce au peigne fin et les proches du défunt à la moulinette.
 Les empreintes digitales sur le revolver étaient bien celles de Prosper, l'arme lui appartenait, l'écriture sur le papier qu'il avait laissé était la sienne. Aucune trace de dispute, aucune effraction, pas de vol signalé, rien ne pouvait laisser penser à un meurtre.
 Cependant, l'inspecteur doutait. Il chercha un mobile. A qui pouvait profiter cette mort ?
 Interrogée, Léonie se récria, indignée qu'on la soupçonne. D'abord, elle ignorait la présence de ce revolver. Et puis, au moment du coup de feu, elle déjeunait dans la cuisine avant de se préparer pour se rendre à la pharmacie. De peur, elle avait renversé son bol en se levant brusquement, le café s'était répandu sur la table et par terre. On pouvait aller voir !
 Elle montrait plus de colère que d'affliction. Ce policier l'agaçait avec ses questions. Il avait un regard suspicieux et un museau de fouine. Pour une fois qu'il se passait quelque chose à St Lubert,

il en profitait. On parlerait de lui dans L'écho du Lubertois et peut-être même au journal télévisé ! Son heure de gloire était arrivée !

Les pensées de Victor Brumeux n'étaient pas plus tendres envers Léonie. Cette femme revêche pourrait bien avoir voulu se débarrasser de son mari. Certainement pas pour un amant ! se dit-il en ricanant intérieurement.

L'argent peut-être !

Il fit part de ses doutes à l'agent qui l'accompagnait.

Celui-ci, plus judicieux, lui fit remarquer qu'une femme utilise rarement ce moyen d'élimination. Le poison est moins brutal ! Brumeux en convint sans être vraiment convaincu.

Nestor qu'on avait fait appeler arriva furtivement comme à son habitude. L'inspecteur sursauta presque en entendant un raclement de gorge derrière lui. Le visage toujours impassible, Nestor répondit à ses questions, ponctuant ses brèves phrases de hem... hem qui excitèrent encore plus les nerfs déjà à vif du policier.

Nestor revenait de la pharmacie qu'il avait trouvé fermée après avoir accompagné Léonard à l'école à vingt minutes à pied de la maison. Il avait rencontré et salué une dizaine de personnes. Il était donc absent au moment de la mort de Prosper. Brumeux n'avait plus rien à se mettre sous la dent. Il était évident que la victime s'était elle-même trucidée. Cela serait confirmé plus tard par l'autopsie.

Victor Brumeux, mécontent de n'avoir pas de meurtre à élucider, décida qu'il irait quand même, sait-on jamais, faire un tour à la pharmacie.

16

La pharmacie Poidevin

Située à l'angle de la grand'place de St Lubert sous une des arcades de brique rose, la pharmacie était un des lieux les plus fréquentés de la ville. Les grands-parents Poidevin l'avaient achetée dans la deuxième moitié du dix-neuvième siècle. Le grand-père, pharmacien, espérait bien que son fils, Gaston, prendrait sa suite. Malheureusement, la guerre en décida autrement. C'est donc, tout naturellement que Prosper, le petit-fils, en hérita. Une photo en noir et blanc longtemps exposée dans l'officine représente le couple en blouses blanches posant fièrement devant les vitrines. PHARMACIE CENTRALE était inscrit en grosses lettres blanches au-dessus de la porte. Sur l'une des vitrines on pouvait lire :

Léon Poidevin, pharmacien-chimiste de 1ère classe, diplômé de la faculté de médecine et de pharmacie de Bordeaux. Sur l'autre : Ordonnances et analyses, prix réduits. Au-dessous, l'adage de la maison :

BIEN FAIRE ET LAISSER DIRE.

Façon habile de faire taire les ragots. Les deux panneaux latéraux portaient diverses réclames de produits, comme le papier Rigollot ou moutarde en feuilles pour sinapismes - pas rigolos du tout - l'eau carminative pour un teint de rose ou le baume amaigrissant, si on y croit.

A la porte, une clochette signalait l'entrée d'un visiteur, malade ou non, accueilli par un impressionnant comptoir de chêne mouluré, surmonté à un bout, de la caisse enregistreuse. Sur les étagères, au garde à vous, les vases d'apothicaire en céramique et autres flacons avec leurs étiquettes indéchiffrables. Au-dessous, les nombreux tiroirs non moins mystérieux, d'où les mains expertes extrayaient les remèdes miraculeux. Dans le coin dédié aux produits pour la beauté et la minceur du corps, la cruelle balance tâchait d'attirer l'attention des coquettes. Savonnettes, lotions et eaux de Cologne se disputaient les parfums d'ambre, Chypre ou vétiver.

Le vieux Léon Poidevin n'avait pas son pareil pour embobiner les dames et leur faire acheter crèmes et lotions, promesses de beauté et de jeunesse éternelles. Sa « tendre moitié », comme il la nommait abusivement, le laissait dire en haussant les épaules puisque, disait-elle, « ça rapportait et ça ne prêtait pas à conséquence ».

Le petit-fils, Prosper, en avait pris de la graine. Il savait y faire avec les clientes. Léonie, qu'il épousa plus tard, fut une des plus assidues. Peine perdue à ce moment-là.

Une autre jeune fille plus à son goût, ne répondant pas à ses avances, changea radicalement ses perspectives d'avenir et celle de Léonie par conséquent.

Au fil du temps, la pharmacie se modernisa et prospéra, Prosper aussi. Aux médicaments habituels s'étaient ajoutés le matériel médical, les soins de beauté, le maquillage, les parfums coûteux et autres produits que Léonie vantait, persuadée d'être elle-même la publicité vivante de ces marques.

Léonie Poidevin

A la mort de Prosper dont le suicide avait été confirmé, Léonie resta seule et s'occupa de la pharmacie toujours aidée de Nestor qui devait multiplier ses fonctions au cours de la journée.

Chauffeur le matin pour accompagner Léonard à l'école, domestique pour s'occuper de la maison, l'après-midi, préparateur à la pharmacie pour répertorier les médicaments et les ranger, de nouveau chauffeur etc. Des tâches si nombreuses qu'avec l'âge le pauvre Nestor eut de plus en plus de mal à accomplir. Son dos s'arrondissait, son nez pointait vers le plancher. Il ne se plaignait pas, allait à pas de plus en plus lents, subissant les reproches, toujours silencieux et impassible. Une présence que Léonie aurait bien voulu remplacer mais dont elle s'était accommodée par fidélité à son mari.

Dans les premiers temps de leur mariage, pour aider Nestor à la cuisine et au ménage, il y avait bien eu Rose, la jolie Rose, jeune et fraîche comme un petit matin d'avril et potelée, douce, charmante quoiqu'un peu simple, bref de quoi tourner la tête de Prosper. Déjà, celui-ci s'arrangeait pour être plus souvent présent à la maison, avait toujours besoin d'un café, d'une tisane, de ses pantoufles. Alors Léonie n'attendit pas bien longtemps. Lorsque Lucienne, sa jeune sœur qui venait de se mettre en ménage, lui dit qu'elle recherchait une bonne, elle se débarrassa de Rose sous prétexte que deux domestiques lui coûtaient trop cher. Rose avait donc quitté St Lubert pour Bridou-les-Bains à deux cents kilomètres de là. Nestor se retrouva seul pour tout faire et Léonie sans rivale à la maison du moins.

Si gracieuse dans son officine, du moins autant que son physique ingrat le lui permettait, Léonie se montrait irascible à la maison tant envers Nestor qu'envers Léonard qui n'avait rien d'un génie et lui donnait du fil à retordre. Elle en voulait à son mari d'avoir mis fin à ses jours.

Sa colère et sa souffrance, loin d'être dues au chagrin, venaient de son incompréhension. Pourquoi ? Cette question la minait au point de ne plus dormir la nuit. Rien de ce qu'elle croyait connaître de leur vie ne pouvait expliquer son geste. Certes, peu après leur emménagement dans la maison, il était devenu soucieux, moins jovial. Elle pensait que leur installation, le travail à la pharmacie lui causaient quelques tracas. Pourtant, tout allait bien, leur réussite sociale aurait dû le satisfaire. Ils recevaient souvent, avaient de bonnes relations avec les notables de la ville et vivaient confortablement.

Un soir, elle lui avait fait remarquer son changement de caractère, sa perpétuelle mauvaise humeur. Ils s'étaient mariés pendant la guerre, n'avaient pas pu voyager, voir un peu le monde. Maintenant qu'ils étaient tranquilles, à l'aise, ils poursuivaient leur train train sans jamais s'octroyer la moindre sortie. Il lui avait répondu en grommelant qu'il n'avait pas de temps à perdre avec ces bêtises, que les malades avaient besoin de ses remèdes, que ce serait un crime... et s'ils allaient les acheter ailleurs, est-ce qu'elle serait contente. Elle avait soupiré, les yeux au ciel et son long visage triste avait pris l'expression résignée d'un Modigliani.

Des problèmes financiers à la pharmacie auraient pu le miner, mais non, elle s'en serait rendu compte, c'était elle qui tenait la caisse et tout allait bien de ce côté là.

Puis elle s'était dit qu'il avait peut-être des dettes de jeu.

En effet, Prosper jouait au tarot tous les jeudis soirs avec le Docteur Baudoin, Maître Quinquempoix, le notaire, et Armand Douillet, le boucher-charcutier.

Personne n'avait évoqué cette éventualité, les sommes en jeu étant plutôt dérisoires. Les trois compères questionnés avaient haussé épaules et sourcils exprimant leur totale incompréhension et leur désolation.

Prosper n'était pas un sentimental, aussi était-il difficile d'imaginer une quelconque idylle dans sa vie. Léonie chercha en vain une lettre, un nom ou un numéro de téléphone.

Il y avait bien la Mado, qui tournait autour de tout ce qui portait moustache, avec ses jupes moulantes, ses talons hauts et ses cheveux de sirène. Mado, c'était la femme d'Yvan Dupin, le boulanger. Il l'aimait sa Mado !

Un jour, il était arrivé en trombe à la pharmacie, le cheveu en bataille, enfariné, effondré, il s'était laissé aller devant quelques clients éberlués:

Pardon pour le dérangement M'sieurs, dames, z'avez pas vu Mado ? Ah, je suis bien malheureux ! elle est partie, la garce ! qu'est-ce que je vais devenir ? Je la cherche partout depuis hier. C'est ce gredin de Marcel avec sa grosse voiture et ses belles promesses qui l'aura embobinée.

Il pleurait, reniflait et se mouchait dans son mouchoir sale, affalé sur la chaise de courtoisie de l'entrée.

21

Elle va revenir, le rassurait Prosper gêné de ces débordements, elle aura eu besoin de prendre l'air, de réfléchir.

Prendre l'air ! Réfléchir ! Vous en avez de bonnes ! Si c'était votre Léonie qui était partie … continuait le boulanger, jetant un œil torve vers Léonie. Derrière sa caisse, elle faisait celle qui n'écoute pas, le nez dans son registre mais l'air entendu d'une qui n'est pas surprise. Quand on se marie avec une jeunette à la cuisse légère, faut pas s'étonner, pensait-elle.

Le pauvre boulanger, voyant que personne ne pouvait lui venir en aide, se leva péniblement, s'essuya le front et dit :   Si vous la voyez … ! Et il sortit en soupirant : si c'est pas malheureux !

La porte refermée laissa éclater rires et commentaires peu flatteurs. On avait l'habitude !

Ce n'était pas avec le beau Marcel qu'elle était partie Mado.   C'est avec Victor Brumeux, l'inspecteur de police, qu'elle avait filé à l'anglaise, séduite par le prestige de sa fonction. Elle avait vite déchanté, perpétuellement soumise aux interrogatoires interminables de ce sombre personnage. Une fois de plus, son généreux boulanger lui avait ouvert les bras et pardonné ses frasques.

Prosper avait peut-être des vues sur cette "greluche", ainsi qu'elle la nommait, mais de là à se tuer pour elle ! Léonie en doutait.

Toujours perplexe à propos de la mort de son mari, elle pensa qu'il pouvait aussi s'agir d'un chantage mais concernant qui ou quoi ? Il lui en aurait parlé, elle en était sûre. Bref, elle avait beau chercher des réponses, rien ne semblait justifier le geste de Prosper.

L'enterrement du pharmacien avait réuni toute la

ville. Les gens s'étaient empressés autour de Léonie, par curiosité plus que par sympathie. Elle avait recueilli leurs condoléances obligées, observant chacun avec un brin de suspicion.

Bref, ce suicide restait un mystère pour tous...

Enfin presque.

Léonard Poidevin

Orphelin comme l'était son père, moins glorieusement cependant, Léonard fut un enfant difficile. Élevé entre une mère devenue irascible et un domestique taciturne, lui que la nature et le destin n'avaient pas favorisé, devint une sorte de tyran. Tout lui était dû ; lui ne donnait rien.

Le mystère de la mort de son père lui servait de circonstances atténuantes. Il éprouvait du ressentiment envers ce père qui l'avait abandonné sans explications. L'enfant sombre et réservé se transforma en un ado acnéique, survolté, exigeant et mal dans sa peau.

Il fit des études laborieuses et libertines n'ayant pas d'ambition particulière sinon celle de prendre la succession de la pharmacie familiale. Il pourrait ainsi poursuivre sa vie de noceur, sa mère assurant le quotidien à l'officine. Vendre des remèdes l'intéressait donc peu, courtiser les clientes davantage. L'époque favorisait la liberté de mœurs ; « il était interdit d'interdire ». Comme son père avant lui, il participa aux émeutes, aux barricades, fit grève, lança des pavés, en reçut quelques uns. Tout cela sans véritable conviction ni opinion politiques. L'aventure le séduisait, sa guitare lui servait à séduire les jeunes étudiantes. Léonard en profita aux dépens de sa mère et de Nestor . Il poursuivit ses études jusqu'à vingt-huit ans. Il aurait bien continué sa course si un événement ne l'avait arrêté net. Léonard n'était pas beau, sa barbe et ses cheveux longs compensaient l'absence de charme, son aisance naturelle plaisait aux filles. Parmi elles, une certaine Claudette François tomba amoureuse de sa belle moustache et de sa pharmacie. Ils s'étaient rencontrés au cours d'une "manif" près de La Sorbonne. Elle faisait des études de lettres et prenait des cours de danse. Ses origines antillaises et son sourire "à damner un saint", comme se plaisait à le dire Léonard, l'avait fait succomber. Le problème fut qu'elle tomba enceinte. Plus question d'études ni de danse ! Quant à lui, à trente-trois ans, il se retrouva marié et père d'une petite Clara, métisse comme sa mère. La dynastie des Poidevin en prenait un coup. Léonie ne décolérait pas.

Comme une catastrophe n'arrive jamais seule, pensait-il, sa mère que l'aigreur avait rendu malade, mourut d'un ulcère à l'estomac et d'une longue incompréhension. Il fut donc dans l'obligation d'être présent à la pharmacie. Nestor était plus nécessaire que jamais.

Claudette, désormais Poidevin, était une jolie jeune femme simple et douce, aimant la musique et la danse. Son corps svelte à la peau ambrée et la masse sombre de sa crinière exotique attiraient tous les regards dans les bals ou les boîtes de nuit. Elle restait simple, élevait la petite Clara et aidait son mari comme elle pouvait, se montrait gentille envers Nestor qu'elle voyait décliner.

Léonard s'adapta. La pharmacie lui fournissait toujours de nouvelles proies que ses remèdes miracles illusionnaient en l'enrichissant. Comme son père, il prit l'habitude de jouer un soir par semaine. Il aimait la chasse et les banquets qui suivaient, les belles voitures et la frime. Aussi était-il souvent absent. Claudette prit des leçons de piano et se fit une raison ; Clara en souffrit.

Nestor, toujours présent, ne se permettait aucune familiarité, même si Claudette, par sa simplicité, encourageait un peu de relâchement. Clara l'appelait « Totor » et parvenait parfois à tirer un mince sourire de son visage glabre de vieux parchemin.

Léonard aurait préféré avoir un garçon pour assurer sa descendance. Il avait une fille qu'il aimait quand même, mais peu au fait de l'éducation d'un enfant, encore moins d'une fillette, il déléguait cette tâche à sa femme.

Il réservait à plus tard la possibilité de s'occuper d'elle. Pris par ses activités égoïstes tant extra-professionnelles que conjugales, il regretterait un jour ses absences, trop tard sans doute, mais il ne le savait pas.

Clara Poidevin

Léonie avait espéré une petite fille blonde comme son père l'avait été. L'enfant était née appétissante et dorée comme un petit pain sorti du four. Sa grand-mère, aussi sèche et raide qu'un cierge d'église ne pouvait concevoir cette descendance qui allait l'appeler « mamie ». La petite avait pourtant tout pour la faire fondre. Câline, malicieuse, intelligente et curieuse, elle redonnait vie à cette grande maison austère par sa gaieté et sa vivacité.

L'autre grand-mère antillaise tendre et moelleuse, véritable "mamie brioche", accueillait la petite contre son opulente poitrine, lui fredonnait des airs exotiques et faisait vibrer la maison de ses éclats de rire. Ses séjours métamorphosaient tout autour d'elle. Léonard était sous le charme de sa bonne humeur et même Nestor se laissait aller à sourire. Mais cela durait peu, cette joyeuse grand-mère repartait dans son île et Clara se retrouvait seule dans la grande demeure. Elle explorait alors tous les recoins et rapportait à sa mère les trésors qu'elle avait dénichés et qu'elle renfermait dans une boîte à chaussures. Trésors que sa mère nommait cochonneries mais que Clara gardait précieusement.

Elle découvrit un jour une poupée nue et sans bras, un chiffon jaune découpé dont elle espérait habiller sa trouvaille, une vieille photo au bord dentelé représentant une famille devant un portail pareil à celui de sa maison, une petite fille souriante au premier plan, assise dans l'herbe. Sa mère ne pouvait rien expliquer : « Des gens qui ont sans doute vécu ici, répondait-elle, demande à papa ou à Nestor, ils sauront peut-être ». Mais papa ne savait rien et Nestor, après un bref éclair de surprise dans les yeux, haussa les épaules, non, il ne voyait pas.

En grandissant, Clara s'intéressa davantage aux différentes pièces de la maison. Elle allait de l'une à l'autre, toujours curieuse. Elle découvrit la bibliothèque du salon où l'on n'allait jamais car trop grand, trop ancien, pas confortable. Elle fut subjuguée par l'impressionnant piano noir d'où s'échappaient parfois quelques notes maladroites, et par les murs tapissés de livres de haut en bas. N'ayant jamais vu un livre ou un texte littéraire quelconque entre les mains de son père, hormis l'almanach Vermot, ouvrage philosophique invitant à une réflexion prolongée en particulier dans les toilettes, l'insipide canard quotidien ou la feuille de chou mensuelle presque exclusivement consacrée à la nécrologie locale, elle lui fit part de son étonnement :

Ton grand-père aimait les livres, il achetait des collections entières, dit-il pour se débarrasser d'un sujet gênant qui l'avait lui-même étonné autrefois et dont il doutait de la véracité.

Tu crois qu'il avait tout lu ? Demanda-t-elle.

Il n'en n'a pas eu le temps, il en faut beaucoup pour lire tout ça, lui répondit-il.

Est-ce que je pourrai les lire moi ? dit la fillette.

Si tu veux mais je ne crois pas qu'ils soient de ton âge. Clara avait pourtant repéré une série intitulée « L'histoire de France racontée aux enfants » ; elle commencerait par ça.

Sa mère la retrouvait dans son lit, endormie sur son livre, la lumière allumée bien après l'heure du coucher pour une enfant de son âge. Bonne élève en classe, intéressée par toutes les matières, en particulier l'histoire et les sciences, Clara claironnait depuis toujours qu'elle voulait être docteur ! Délivrer des médicaments sur ordonnance comme ses parents lui semblait insuffisant.

Vous vendez des bonbons et du sirop comme à l'épicerie. Moi, je veux soigner des malades comme le docteur Baudoin et décider ce qu'il leur faut !

En effet, elle aimait beaucoup ce vieux médecin de famille qui avait soigné toutes ses petites maladies avec une grande douceur. Il avait pris de l'âge, du ventre et perdu ses cheveux mais continuait à exercer avec autant compétence et de compassion pour ses malades. Clara aussi soignait ses poupées, avec moins d'efficacité cependant car il leur manquait souvent un bras ou une jambe, parfois un œil qu'elle avait dû opérer.

Sa vocation ne s'éteignit pas au fil des ans. Elle passa son bac avec succès puis entra en faculté de médecine sans pour autant abandonner sa passion pour l'histoire, en particulier celle du vingtième siècle et ses deux guerres mondiales.

La maison

La maison où vivait la famille Poidevin était une ancienne demeure bourgeoise située un peu à l'écart du centre-ville, au milieu d'un parc arboré de vieux chênes, de cèdres centenaires et peuplé d'oiseaux, un îlot paisible avec quelque chose de mystérieux et de vaguement triste.

La façade de brique rose offerte au sud et mangée de vigne vierge était trouée de deux rangées de fenêtres aux volets d'un bleu passé, clos ou entrebâillés à l'étage, ouverts pour la plupart en bas et d'une grande porte sombre à deux battants encadrée de pierres taillées. Trois lucarnes éclairant probablement le grenier et la mansarde réservée à Nestor perçaient le toit d'ardoise grise.

Quelques massifs de rosiers et une pelouse bien entretenue donnaient quelques couleurs à cet ensemble austère et vieillot.

L'intérieur était à l'image du dehors ; grandes pièces au décor d'un autre âge, murs aux tapisseries défraîchies, meubles ventrus et sombres supportant d'innombrables bibelots, vases, statuettes, le tout vraisemblablement de grande valeur, sans parler des tableaux accrochés aux murs. Des portraits de personnages en grande tenue, de dames en robes de dentelle ornaient le sombre escalier, des paysages inconnus de bord de mer ou de jardins créaient partout une atmosphère étrange dans cette grande maison. Clara aimait y respirer l'odeur particulière du temps passé, l'odeur forte des vieux bois, des vieilles tentures, des présences d'autrefois. Elle s'attardait devant chaque tableau imaginant ces existences, ces lieux qui éveillaient sa curiosité.

Quelques pièces cependant avaient été modernisées, celles qu'occupait la famille, autrement dit peu par rapport à l'ensemble.

On avait bien proposé à Nestor de descendre d'un étage ou au moins d'améliorer le confort de sa mansarde mais il avait répondu avec entêtement : « Je préférerais pas... je préférerais pas... » On s'en était tenu là, sans chercher à comprendre son besoin de vie monacale.

En grandissant, Clara osait davantage s'aventurer dans les pièces inhabitées, cherchant toujours à apprendre ce que recelaient ces murs.

Un jour, après le refus obstiné de Nestor d'améliorer son confort, Clara décida de monter explorer sa modeste chambre en son absence.

Dans le grenier, deux espaces avaient été aménagés depuis fort longtemps, l'un en cabinet de toilette avec WC, l'autre en chambre à coucher, l'ensemble dans le plus pur style ancillaire.

Un lit-bateau poussé contre un mur, une chaise surmontée d'une lampe de chevet à abat-jour décoloré faisant office de table de nuit, une simple armoire de bois blanc, une petite table à un tiroir et une autre chaise constituaient tout le mobilier de cette pièce exiguë mais d'une propreté impeccable. Au mur, au dessus du lit, un petit crucifix surmonté d'un brin de laurier, un porte-manteau derrière la porte où était suspendue une ancienne casquette de facteur en toile bleu marine décolorée avec son liseré doré, sa cocarde et son ruban rouge. Une découverte qui intrigua Clara et la poussa à poursuivre ses investigations. Sur la table, un verre, une carafe, un crayon à papier soigneusement taillé, une gomme et un cahier d'écolier que Clara, brûlante de curiosité, s'empressa d'ouvrir.

Sur la première page, encadré de gracieuses volutes de fleurs et de feuillage, un court poème d'une écriture appuyée aux lettres serrées semblait jeté comme un cri, suivi d'une date :

« L'adieu
J'ai cueilli ce brin de bruyère
L'automne est morte souviens-t'en
Nous ne nous reverrons plus sur terre
Odeur du temps brin de bruyère
Et souviens-toi que je t'attends »

(15 avril 1942)

Guillaume Apollinaire,
Alcool,1913

Un bruit de pas montant péniblement l'escalier ramena Clara à la réalité de son indiscrétion. Elle referma le cahier, courut hors de la pièce et eut juste le temps de se cacher dans un recoin sombre du grenier.

Nestor avait un secret. Clara avait le sentiment qu'elle venait d'entrevoir un aspect inconnu de ce personnage devenu quasi-fantomatique qui hantait la maison depuis quatre générations ?

Peu de temps après sa découverte, elle osa l'interroger sur sa lointaine jeunesse. Que faisait-il avant d'entrer au service des Poidevin ?

Personne ne lui avait jamais posé de questions, aussi resta-t-il un moment interdit, l'air un peu hagard.

Oh, mademoiselle Clara, hem... c'est bien loin tout ça, hem... ! répondit-il en retournant à son occupation.

Si, si, dites-moi Nestor, je voudrais savoir, insista Clara qui avait décidé de ne pas lâcher le morceau.

Eh bien, hem... j'étais facteur au début de la guerre, dit-il comme pour se débarrasser de la question.

Mais vous n'avez pas été mobilisé comme les autres, comme mon grand-père ?

Oui, mais, hem... j'avais un problème aux yeux, hem... j'ai été démobilisé puis, hem... embauché comme auxiliaire au service postal.

Et après ? poursuivit Clara qui n'en démordait pas.

J'ai continué, hem... comme facteur jusqu'en 43, je crois, puis, hem... je suis entré au service de votre grand-père, hem... c'est tout Mademoiselle Clara, conclut-il, décidé à ne plus rien dire.

Vous n'avez pas eu de fiancée ? dit-elle malicieusement en le tirant par la manche.

Hem...Non, mademoiselle, dit-il en s'enfuyant

presque, aussi vite que le lui permettaient son arthrose et ses vieilles jambes.

Clara n'en saurait pas davantage ce jour-là. Elle se promit de retourner feuilleter le cahier de Nestor et d'explorer le tiroir qu'elle n'avait pas eu le temps d'ouvrir.

Malheureusement pour elle, la porte de la mansarde était cette fois fermée à clé. Nestor tenait à son intimité.

Clara finissait ses études de médecine. D'autres occupations la tenaient éloignée de la maison familiale. Loin de chez elle, sa curiosité s'estompait au profit de ses relations amicales voire sentimentales, bref, de sa vie de jeune femme et de futur médecin. Elle revenait moins souvent voir ses parents. Nestor se faisait toujours plus discret, on lui confiait moins de tâches mais on le gardait, promesse faite à Prosper à sa demande. Où irait-il d'ailleurs, lui qui n'avait ni famille ni ami et pas d'autre toit que celui de sa mansarde d'où il dominait son monde et semblait s'en satisfaire.

La chute

Clara achevait sa dernière année de médecine lorsqu'elle apprit en même temps la mort de Nestor et la perte de la maison familiale.

La lecture du testament de Nestor plongea les Poidevin d'abord dans une sorte d'hébétude puis Léonard devint enragé. Qui était cette Anna Lévine qui les déshéritait ? Ça n'allait pas se passer comme ça, elle allait voir ce qu'elle allait voir, etc.

On peut imaginer la fureur de Léonard.

Le notaire, Maître Quinquempoix fils, tenta de ramener le calme dans son étude que Léonard menaçait de mettre à sac. Il annonça qu'il allait rechercher la personne pour éclaircir l'affaire. En attendant, il valait mieux patienter et continuer comme avant.

Léonard ne voulait rien entendre, ni les appels au calme du notaire, ni les tendres paroles de sa femme, ni la promesse de Clara de faire des recherches.

Le joyeux drille, fêtard et séducteur se métamorphosa en triste sire, toujours d'une humeur de dogue, prêt à en découdre à la moindre occasion. Inquiète de ce comportement étrange quoique prévisible, Claudette n'osait le contrarier et continuait son travail à la pharmacie, ignorant les ragots, toujours souriante mais muette concernant l'attitude et les absences de plus en plus fréquentes de son mari. Celui-ci, quand il n'était pas au bistrot à ressasser sa colère contre son père et contre cette « vieille charogne », ainsi qu'il nommait Nestor, cette vieille charogne, répétait-il, qu'il avait gardée par pitié, qu'il avait logée et nourrie et qui le remerciait de la sorte, était reclus dans son bureau à cuver et à boire encore.

Léonard ne tarda pas à déclarer une cirrhose du foie, son teint prit une délicate nuance olivâtre, ses yeux injectés de sang semblaient lui sortir de la tête. En peu de temps, il devint une épave qu'il fallut hospitaliser.

Il ne réagit même pas lorsque Clara lui annonça avoir retrouvé la trace d'Anna Lévine.

Comme sa mère, il mourut dans l'incompréhension et la colère.

Les recherches

Après la mort de son père, Clara revint au domicile familial pour consoler sa mère et l'aider à supporter les commérages. Elle prit la succession du vieux docteur Baudoin qui avait décidé d'aller enfin cultiver son jardin.

« D'aller là-bas vivre ensemble

Aimer à loisir
Aimer et mourir
Au pays qui te

ressemble ! »
comme il le répétait souvent en riant à sa femme, citant Baudelaire pour évoquer sa lointaine Belgique.

La situation des Poidevin n'avait pas changé, le notaire prenait son temps. S'il rêvait d'autres cieux, il en était loin.

Malgré un emploi du temps chargé dû à son installation dans la toute nouvelle maison de santé, Clara cherchait toujours des réponses.

Elle se souvint de sa visite interrompue dans la mansarde de Nestor.

Aussitôt, avec précaution, elle grimpa les trois étages. Rien n'avait changé depuis le jour où on l'avait trouvé inerte sur son lit, le cahier sur la table, le crayon, la gomme, le verre à moitié rempli d'eau, la carafe, la lampe près du lit et la Bible ouverte, la casquette de facteur derrière la porte, le vieux manteau et la sempiternelle livrée que Nestor portait depuis des lustres.

La Bible attira d'abord son attention. Une fleur

séchée marquait la page ouverte. Clara lut :
« Que tu es belle, mon amie, que tu es belle ! Tes yeux sont des colombes, derrière ton voile. Tes cheveux sont comme un troupeau de chèvres suspendues aux flancs de la montagne Galaad ».
Plus loin :
« Tu me ravis le cœur, ma sœur, ma fiancée, tu me ravis le cœur par l'un de tes regards, par l'un des colliers de ton cou ».
En regardant de plus près, Clara vit qu'il s'agissait d'un des livres de la Bible intitulé Le Cantique des Cantiques ou le chant de Salomon constitué de poèmes d'amour entre un homme et une femme.

Nestor avait été amoureux, Nestor avait souffert, avait été malheureux. La jeune femme, troublée par sa découverte, sentit monter des larmes de compassion et de tristesse.

La lecture des pages du cahier confirma ce qu'elle venait de comprendre. Des poèmes d'amour inventés ou recopiés, des textes écrits de la main tremblante du vieil homme, couvraient chaque page. Elle ouvrit le tiroir et découvrit d'autres cahiers, tous remplis de la même écriture. La petite armoire, outre quelques pauvres vêtements, des draps et du linge de toilette, en contenait encore plus, tous datés d'une année. Clara souleva la pile et prit le cahier du dessous, la date inscrite était 1943. La clé du mystère était peut-être là.

Il lui restait à emporter ces précieux documents et à les lire. Une perspective de soirées qu'elle aurait préférée différente après ses journées de travail mais qui s'avérerait sûrement instructive.

Révélation

Clara avait prévu de s'attaquer aux cahiers laissés par Nestor avec l'aide de sa mère. Elles transportèrent le carton détenteur des secrets de la vie d'un homme dans le salon et attaquèrent leur lecture. Dehors, la nuit avait enveloppé la maison de calme et de silence comme avant une cérémonie. Seule, la fenêtre de la pièce brillait faiblement au cœur de ce grand corps sombre et désolé. Assise sur le tapis devant la cheminée, Clara, à la fois fébrile et troublée, s'empara du cahier daté de 1943. Un prénom magnifiquement calligraphié s'étalait sur une demi-page suivi d'un poème qu'elle lut à Claudette :

> *« Anna,*
> *Le printemps a ouvert ses premières fleurs*
> *Mais l'hiver glace encore mon cœur*
> *Qui en vain a cherché ta trace*
> *Je vais, tremblant, cachant mes pleurs*
> *A ceux qui ne savent la douleur*
> *De ton départ et mon malheur ».*

Ce prénom, déjà, avait enflammé l'imagination des deux femmes. Soudain, la souffrance de Nestor exprimée dans ces vers, beaux malgré leur maladresse et leur banalité, les émut au point qu'elles se regardèrent, les yeux brillants de larmes. Toutes deux avaient vécu, côtoyé chaque jour cet homme taciturne, fermé, sans jamais soupçonner sa sensibilité. Un vague sentiment de culpabilité commença à s'insinuer dans le cœur de

Clara et de sa mère. Elles auraient pu s'intéresser à lui, essayer de lui parler, de le faire parler. Parfois, quelques mots suffisent à adoucir un chagrin, une souffrance. Mais non, elles s'étaient contentées, comme les autres avant elles, de lui donner les tâches à exécuter chaque jour avec indifférence sans voir l'homme derrière le domestique. Clara avait bien tenté une approche grâce à ses études et à son empathie naturelle mais trop tard, Nestor avait scellé sa carapace et rien n'en sortirait. Elle réalisait le pouvoir des mots. Nestor y avait trouvé l'apaisement.

Au fil des pages, cette fois d'une écriture ferme et bien formée, Nestor se racontait.

« Chère Anna,

5 janvier 43

Depuis quelque temps, je me suis mis en tête d'écrire, de vous écrire, un peu chaque jour, comme on écrit des lettres à un ami mais sans les envoyer. Je suis seul, je n'ai rien à dire aux nouveaux propriétaires de la maison. A vous, Anna, je pourrai tout dire.

Ce soir, j'ai décidé de commencer. C'est une bonne date pour un début. J'ai acheté ce cahier chez Fernand, l'épicier, vous vous souvenez ? Celui qui est près de la halle. Il m'a dit en rigolant :

Qu'est-ce que tu vas faire avec ça Nestor ? C'est du luxe par les temps qui courent ! Tu vas écrire tes mémoires ?

J'ai répondu : pourquoi pas ! et je suis parti.

Je suis content ; maintenant, j'aurai rendez-vous avec vous tous les soirs après mon travail. Je vous raconterai ma journée avec vous par la pensée. Tenez, par exemple aujourd'hui, j'ai astiqué le parquet de la bibliothèque et fait la poussière. J'ai bien pensé à vous qui avez caressé les touche du grand piano, touché ces livres, qui avez dû vous installer pour lire dans un des fauteuils. J'ai effleuré le velours des coussins, j'ai même osé m'y asseoir un instant et j'ai contemplé le tableau au-dessus de la cheminée, une jeune fille en robe de dentelle d'autrefois qui vous ressemble tant. Je vais

Clara arrêta sa lecture, leva la tête et interrogea sa
mère du regard. Celle-ci lui répondit d'un
haussement de sourcils. Décidément, elle ne lui
était d'aucun secours. Léonard ne lui avait rien dit,
elle avait toujours pensé que la maison appartenait
à la famille depuis très longtemps.

Et ma grand-mère Léonie ne t'en a jamais
parlé ? demanda Clara.

Oh, non, tu sais bien qu'elle n'a jamais accepté
qu'une « étrangère », comme elle disait, rentre
dans la famille. Elle avait bien essayé de dissuader
ton père de m'épouser mais tu étais déjà là et je
crois qu'il était amoureux de moi à l'époque.
Comme toi, je suis sidérée.

Tu crois qu'on peut se fier à ce que raconte
Nestor ? Il a peut-être tout inventé...

Je ne pense pas, ses mots sonnent vrai, Nestor
n'était pas un homme imaginatif. Moi, je le crois.

Clara tourna une page, puis deux, puis trois. Au
fil des jours, Nestor évoquait sa vie dans l'ombre
de celle qu'il aimait.

Un jour, il écrivit sa rencontre avec Anna.

42

vue la première fois. Vous vous êtes peut-être demandé pourquoi je n'étais pas mobilisé comme les autres de mon âge. Je l'ai été, mais, considéré comme inapte à cause de mes yeux, on m'a démobilisé et affecté au service postal ici à St Lubert. Je distribuais le courrier à vélo, je faisais toujours le même circuit. Je n'oublierai jamais cette image, vous portiez une robe rouge à fleurs que le vent léger faisait danser et qui décoiffait vos boucles brunes, vous paraissiez si légère, presque irréelle. C'était toujours vous qui veniez à ma rencontre, aimable et souriante, à la grille du beau jardin de votre maison. Oh, je savais bien que ce n'était pas pour moi ! Vous attendiez sans doute des nouvelles d'un autre, un autre qui n'en donnait pas ! Ça ne faisait rien, moi j'étais heureux rien que de vous voir si belle, même lorsque vous étiez déçue, même le jour où vous n'avez pu retenir une larme et où vous êtes repartie en courant dans l'allée sans me saluer. Vous apercevoir chaque jour me suffisait.

Aujourd'hui, c'est moi qui emprunte l'allée pour récupérer le courrier. En marchant dans vos pas, mon cœur bat si fort ».

Clara pensa à la casquette de facteur suspendue derrière la porte de la mansarde de Nestor ; elle eut honte de son indiscrétion et lui demanda pardon mentalement.

La nuit avançait, Clara et sa mère poursuivaient leur lecture, toujours plus avides d'en apprendre davantage.

Claudette s'empara du cahier et poursuivit la lecture :

« Un jour, je ne vous ai plus vue, vous avez

43

disparu. La maison a fermé ses volets, la grille du jardin n'a plus grincé et moi, j'ai perdu le goût de vivre.

C'était il y a trois ans. J'ai cherché à savoir où vous étiez partie avec votre famille, ce que vous étiez devenus. Je n'ai rien trouvé. Le courrier était renvoyé avec la mention « Inconnu à cette adresse ».

Quand j'ai su que la famille du pharmacien emménageait dans votre maison, ma chère Anna, je me suis fait embaucher comme homme à tout faire, pour presque rien, juste pour vivre dans vos murs, dans l'air que vous avez respiré, dans les meubles et les objets que vous avez touchés. J'avais pourtant au cœur une grande inquiétude à propos de ce départ. J'entendais les gens parler, je voyais les titres des journaux, parfois la TSF marchait dans la maison mais je ne pouvais pas imaginer, je ne peux toujours pas imaginer ce qui a pu arriver. Le propriétaire, je me demande comment il a eu votre maison, je n'ai pas vu qu'elle était à vendre. On voit toutes sortes de trafics en ce moment !

Je ne sais pas où vous êtes, je suis inquiet pour vous et votre famille. J'espère que vous êtes en sécurité. Il faut que je me renseigne ».

Dans une autre lettre, Nestor parlait de lui.

« Je ne connais pas votre âge, peut-être dix-huit ans, vous paraissiez si jeune ! Moi, je suis né le 10 février 1916, en pleine guerre. J'ai toujours habité à St Lubert. Je ne sais pas qui est mon père. Ma mère n'a jamais voulu en parler. Je crois qu'elle avait honte, n'étant pas mariée. J'avais un an quand Sidoine Périchon m'a adopté. C'est mon

père, point. Ouvrier à la ferme des Chastel, il était parti avec les autres en 14. Il est revenu eu mai 17, une jambe en moins, le visage abîmé et le moral définitivement perdu. Il est resté comme ça, triste, jusqu'à la fin. Il avait une petite pension pour blessures de guerre. Ma mère faisait ce qu'elle pouvait. Je crois qu'elle a été bien malheureuse de voir son homme si diminué.

Moi, j'allais à l'école, il paraît que j'apprenais bien mais à quinze ans, j'ai dû parti travailler chez Chastel. Ils avaient des vignes et besoin de personnel, nous, besoin d'argent.

En 36, j'ai dû faire mes deux ans de service militaire. Je n'ai même pas pu profiter des congés payés ni de la semaine de travail de quarante heures. Je me souviens d'avoir été tellement heureux de ces nouvelles réformes ! J'ai quand même vu du pays pendant deux ans... Et puis la guerre a éclaté ; presque tout de suite j'ai été démobilisé à cause de ma vue. La France avait besoin de facteurs, beaucoup de femmes ont été embauchées, moi, j'étais inapte à la guerre, je suis devenu auxiliaire au service postal. Je me sentais utile malgré tout ».

Clara et sa mère continuaient à feuilleter et à lire les cahiers de Nestor. Tout était intéressant, même les petits détails du quotidien qui disaient si bien leur importance aux yeux de Nestor.

Un jour, il raconta l'orage qui avait abattu un chêne dans le parc derrière la maison.
« C'était terrifiant et beau ! Hier soir, à la tombée de la nuit, un orage a éclaté, les fenêtres vibraient, les boiseries craquaient. Le tonnerre et les éclairs frappaient de tous les côtés, on se serait crus

attaqués par l'aviation allemande. La maison tremblait, gémissait, se révoltait. De ma lucarne, je voyais les arbres giflés par les coups de vent se balancer, tordre leurs branches comme des danseurs ivres secouant leur chevelure. Soudain, un craquement plus fort que les autres et un choc sourd à faire trembler les murs !...

Ce matin, le grand chêne sous lequel vous passiez si charmante le long de l'allée, était par terre, déraciné, un énorme trou à sa base. Le spectacle est doublement affligeant. C'est toujours triste un arbre abattu mais voir le paysage où je vous apercevais défiguré de la sorte m'a désespéré ».

Clara resta songeuse un instant, qui aurait cru Nestor capable d'exprimer un tel amour et avec tant de délicatesse! Un souffle passa, elle eut un frisson, le feu dans la cheminée s'était éteint depuis longtemps.

Une autre fois, Nestor évoqua les travaux de modernisation de certaines pièces de la maison.

« Ils ont transformé la cuisine, écrivait-il. Tous les meubles ont disparu. La grande table a été remplacée par une plus petite, on ne peut même plus s'y asseoir pour éplucher les légumes ou plumer une volaille ! le beau buffet de chêne contre le mur du fond a été remisé à la cave, les murs se sont couverts de placards, je ne m'y retrouve plus, la cuisinière à bois qui chauffait toute la pièce a disparu, la nouvelle fonctionne au gaz, c'est moins pratique. Ils ont acheté un réfrigérateur, ils veulent de la glace maintenant. Bientôt, ils effaceront toutes vos traces ! »

A propos du grand salon, il écrivait : *« J'ai eu bien peur lorsqu'ils ont parlé de refaire la décoration de la bibliothèque. Heureusement, la nouvelle Madame Poidevin, la femme de Léonard, est intervenue. Elle a dit que ce serait dommage, qu'elle aimait les livres, que son plaisir était de lire au coin du feu ou de déchiffrer quelques partitions au piano. Et aussi que tout était de si bon goût dans cette pièce, les meubles, les tableaux, les tapis, les lampes. Sa belle-mère lui a jeté un œil noir mais Léonard a donné raison à sa femme. Moi, je la remerciais intérieurement de tout mon cœur ».*

Claudette sourit à sa fille ; pas de culpabilité pour cela au moins !
Nestor décrivait parfois les habitants de la maison, surtout Léonie qu'il détestait.

« C'est une méchante femme, cette Léonie, sèche comme un coup de trique. Je l'évite autant que possible. Elle est arrivée là grâce à la fortune du père Granier, sans ça Poidevin ne l'aurait pas épousée ! Elle s'est vite débarrassée de la petite Rose qu'ils avaient embauchée pour m'aider à la cuisine. Elle venait de sa Bretagne natale, gentille, un peu bécasse mais si jolie que Prosper en bavait. Elle l'a refilée à sa sœur à des lieues d'ici. Moi, ça ne m'a pas arrangé ! »

Prosper aussi en prenait pour son grade.

« Ma mère était contente que je travaille pour la famille Poidevin qu'elle connaissait depuis toujours.
Elle disait : " C'est bien, c'est des riches, ces gens-là, tu seras bien !" Mais moi, je sais qu'il est un homme sans cœur, prêt à tout pour s'enrichir. La

pharmacie des grands-parents ne lui a pas suffit, il a épousé la plus riche de la ville et ensuite cette maison, trop belle, trop grande, mais rien n'est trop beau pour faire des envieux et se croire supérieur ! Un jour, on saura bien ! »

En lisant cette dernière phrase énigmatique, les deux femmes se regardèrent, perplexes.
 Que signifiaient ces derniers mots ? Était-ce une supposition ou bien un fait que tout le monde ignorait ?
 Épuisées par les émotions suscitées par les révélations de Nestor autant que par l'heure tardive, les deux femmes décidèrent de remettre au lendemain soir la suite de leur lecture. La grande maison silencieuse s'endormit apaisée.

Le notaire

Maître Charles Quinquempoix avait pris la succession de son père depuis une quinzaine d'années quand celui-ci avait déclaré forfait avec son métier comme avec l'existence.

Il avait alors hérité d'une étude vieillotte digne d'un roman du XIXème siècle. Une pièce sombre éclairée par une fenêtre obscurcie d'épais rideaux râpés et poussiéreux, tapissée d'un papier vert foncé à médaillons crème, meublée d'un vaste bureau de chêne encombré de piles de dossiers et d'objets divers, emblèmes de la profession, tels le sceau officiel, la balance, le marteau de la justice sans oublier le code civil posé à portée de main. Une photo dans son cadre dorée représentant une jeune femme et deux enfants, un sous-main de cuir vert usé, un magnifique stylo à plume dorée (qu'il garderait), une lampe de bureau en laiton et pâte de verre complétaient l'attirail du parfait notaire.

Le jeune Charles s'était assis dans le fauteuil de cuir brun qu'avait occupé son père et avait examiné la pièce avec une vague nostalgie, allant du meuble cartonnier en bois foncé à sa gauche, à la cheminée surmontée de sa garniture en bronze dorée avec sa pendule et la devise en lettres d'or au-dessus: « Lex est quodcumque notamus » (ce que nous écrivons fait loi) à sa droite. L'odeur indéfinie de tout ce fatras suranné avait achevé l'impression d'une époque lointaine et révolue malgré la présence incongrue d'un vieil ordinateur et d'un téléphone posés sur la petite table sous la fenêtre.

Il avait été ce jeune homme d'une trentaine

d'années intègre et scrupuleux qui allait devoir reprendre les dossiers en cours et se constituer une clientèle. Il n'avait d'ailleurs eu aucun mal, la bonne réputation du père avait rejailli sur le fils. Il connaissait maintenant toutes les familles de la ville et leurs secrets.

Charles Quinquempoix avait modernisé son étude tout en respectant le caractère intime et feutré nécessaire à sa fonction, aidé en cela par sa femme. Il avait fait un beau mariage en épousant Bérangère de Richemont, héritière de la maison Langlois et Richemont, vins et spiritueux à St Lubert. Elle avait ouvert une galerie d'art, le Renc'Art de Bérangère où elle s'exposait et exposait accessoirement peintres et sculpteurs, créant l'événement avec ses vernissages dispendieux où elle se pavanait en tenues extravagantes. Charles était heureux que cette saine occupation l'empêche de déprimer dans sa belle maison ! Son frère Etienne qui parcourait la planète sac à dos rejetait tout ce tralala et cette vie bourgoise étriquée. Il avait déserté St Lubert depuis belle lurette pour un mode de vie plus authentique. Charles était resté dans la lignée de son père.

Une manie le reliait encore à lui. Il fumait la pipe comme lui. Enfant, il avait adoré le parfum enivrant du tabac anglais. Plus tard, il avait reproduit les gestes de son père. Curer la pipe, la bourrer avec deux doigts tout en tenant la blague à tabac, craquer l'allumette près du fourneau en aspirant pour enflammer la précieuse herbe à Nicot. Lui aussi éprouvait ce plaisir démodé, si différent de la cigarette, plaisir du goût mais aussi du toucher, celui d'une belle pipe de bruyère bien culottée !

Quand il avait ouvert le testament de Nestor, il avait été aussi surpris que les Poidevin. Ce document, en bonne et due-forme lui paraissait extravagant. C'était pourtant son père qui l'avait enregistré. Il lui faudrait rechercher cette Anna ou un de ses descendants, fouiller les archives de son père pour en savoir davantage. D'autres secrets restaient à découvrir.

Conformément à la lenteur constitutive de sa charge, Maître Quinquempoix fils poursuivait ses investigations. Après bien des déconvenues, internet proposant des dizaines de noms approchants sans donner le bon, le notaire faillit abandonner. Enfin, allez savoir par quel biais, il reçut un appel de Berne provenant d'une dame qui avait eu vent de ses recherches. Elle affirmait qu'il existait bien une Sarah Lévine-Brunel mais elle ne connaissait aucune Anna Lévine. Encore faudrait-il qu'elles aient un lien de parenté.

C'est ainsi qu'un matin de juillet, le téléphone portable sonna dans la petite maison surplombant le lac parmi les vignobles en terrasses soutenus par des murets de pierre sèche. Le temps était superbe, les eaux turquoises ; sur la rive opposée les Alpes bleues s'étaient parées d'un léger voile de brume. Le numéro affiché était inconnu mais provenait de France. Malgré sa prudence habituelle, la jeune femme encore en pyjama, sous le charme renouvelé du paysage et d'une sonate de Chopin, répondit d'une voix enjouée. Le notaire se présenta, un peu ému par la jeunesse et l'humeur joviale de son interlocutrice.

La jeune Sarah qu'il contactait avait l'âge de Clara ; elle vivait en Suisse et tomba des nues et peut-être de sa chaise en apprenant qu'elle était, si cela se confirmait, l'héritière des biens d'une famille parfaitement inconnue et par là même son ennemie probable.

Maître Quinquempoix l'invita à son étude avec

tous les documents qui prouveraient sa filiation.

Des documents, elle n'en avait pas ou si peu. Tout au plus le livret de famille de sa mère avec les noms de ses parents adoptifs et le récit succinct qu'ils avaient fait de ses origines. Il y avait aussi une tombe dans un cimetière de village près de la frontière suisse portant le nom d'Anna Lévine et les dates 1921-1944.

Sarah accepta l'invitation. L'aventure lui plaisait. C'était pour elle l'occasion de découvrir une région et une ville et de faire la connaissance de Clara et de sa mère. Quant à l'héritage, elle avait des doutes et ne se faisait aucune illusion.

Les deux femmes qui l'attendaient sur le quai de la gare de St Lubert à l'endroit qu'elles avaient déterminé par téléphone découvrirent une jolie brune aux longs cheveux bouclés, au visage agréable dont les yeux rieurs couleur noisette attiraient immédiatement la sympathie. Avec son accent traînant, son allure décontractée, son expression franche, elle ne pouvait que séduire ceux qui la rencontraient.

Sarah ne s'attendait pas à trouver deux personnes de couleur à son arrivée, si bien qu'elle pensa s'être trompée et faillit quitter la gare déjà presque déserte. Clara la rattrapa et se présenta. D'emblée, une sympathie mutuelle s'instaura entre elles.

Il était 18h, le voyage avait été long. Sarah souhaita se rendre à l'hôtel où elle avait réservé une chambre. Clara et sa mère l'accompagnèrent, lui présentant les lieux en chemin. Comme toute discussion était prématurée pour le moment, elles se donnèrent rendez-vous le lendemain.

Seule dans sa chambre, Sarah pensait à ce qui l'avait amenée là.

Enseignante depuis peu dans une petite ville

suisse au bord du lac Léman, elle aimait ce métier très prenant tout en espérant pouvoir un jour vivre de sa plume – expression poétique et désuète qu'elle traduisait en riant par : « J'ai la plume qui me démange ! ». Elle écrivait de courtes nouvelles qui réjouissaient son entourage et ses élèves. Ce qu'elle vivait en ce moment pourrait bien être le sujet d'un vrai roman.

Sa mère l'encourageait à écrire ; elle qui aurait voulu avoir la possibilité de raconter le passé de sa famille, en particulier de sa propre mère, Anna, dont elle ne savait à peu près rien si ce n'était sa mort quelque temps après sa libération d'un camp de concentration en Autriche en 44. Elle avait eu le temps de lui donner naissance et de la confier à un couple suisse avec un nom, le sien, et un prénom Jeanne. De père, il n'en fut jamais question !

Ces gens prirent soin de l'enfant et l'élevèrent comme la leur sans rien lui cacher du peu qu'ils savaient. Puis Jeanne s'était mariée et avait conservé son nom associé à celui de son mari, François Brunel. Sa fille, Sarah, portait aussi ces deux noms. C'est cette histoire qu'elle raconterait le lendemain au notaire, à Clara et à sa mère.

Tout cela n'expliquerait pas pourquoi le nom de sa grand-mère figurait sur le testament de ce Nestor Périchon.

« Un drôle de nom ! Pourvu que ce ne soit pas un « witz », dit-elle, vaguement inquiète, à sa mère au bout du fil ; ce notaire n'avait pas l'air de divaguer ! »

Malgré la fatigue du voyage, la jeune femme n'arrivait pas à calmer son émotion et les questions qui se bousculaient dans sa tête.

Quel lien cet homme avait-il avec sa grand-mère ? Allait-elle enfin connaître ses origines, le passé de sa famille ?   Quelque chose avait eu lieu ici. Elle avait ressenti une impression étrange en découvrant la ville, une impression inexplicable de déjà vu puisqu'elle n'était jamais venue à St Lubert.

Les cahiers de Nestor, suite

Clara poursuivait la lecture des cahiers, souvent le soir en compagnie de sa mère. Toutes les deux, confortablement assises sur le tapis du salon, devant une infusion ou une tasse de café, parcouraient la vie de l'inconnu qu'avait été Nestor. Un fond musical jazzy créait une atmosphère propice comme dans un vieux film en noir et blanc des années cinquante.

 Arrivées à l'année 1955, voici ce qu'elles lurent au fil des pages :

« 10 avril,

Chère Anna,

Aujourd'hui est une bien triste journée. Madame Léonie a trouvé son mari mort dans son bureau. Il s'était tiré une balle de revolver dans la tempe. Inutile de vous raconter le branle-bas de combat dans la maison ! Il a fallu fermer la pharmacie. Les nouvelles vont vite dans une petite ville et les langues encore plus. Le docteur Baudoin est accouru, les gendarmes, le notaire, et aussi pas mal de curieux qu'il a fallu éloigner.

Personne n'a compris la cause de ce suicide. Madame Léonie n'a pas versé une larme mais elle est devenue muette.

Moi, j'ai ma petite idée mais je ne la confierai qu'à vous.

Après un échange de regards pleins de surprise et d'attente impatiente, les deux femmes s'empressèrent de tourner la page.

« *Vous ne le savez pas, Anna, mais je ne suis pas curieux et je ne m'intéresse pas aux affaires des autres, sauf si cela concerne la maison, votre maison. Un jour, c'était il y a peut-être un an, alors que je nettoyais les carreaux des portes vitrées entre le hall d'entrée et le salon, j'ai surpris une conversation entre Prosper Poidevin et Maître Quinquempoix. Comme d'habitude, personne ne fait attention à ma présence. Ils ne se sont pas gênés. Je n'ai pas tout saisi, juste quelques mots. Le notaire disait :*
C'est une belle affaire ! …une bouchée de pain ! Quand même la lettre …
L'autre répondait :
Tôt ou tard, ça serait arrivé ! … moi ou un autre … Tout le monde en a profité, tu me diras pas le contraire !
Bien sûr, bien sûr, disait l'autre, je peux … bien d'autres ici.
Ils avaient des armes … pas vrai ? ajoutait Poidevin, alors !
Tu n'as jamais eu de nouvelles ? demandait le notaire.
Penses-tu, répondait Poidevin, … disparus … tranquille !

Une exclamation jaillit simultanément de la bouche des deux lectrices. Elles continuèrent malgré leur saisissement.

Voilà, chère Anna, ce que j'ai entendu qui m'a brisé le cœur. Ce jour-là, je l'ai haï. Je me suis promis de trouver le courage de lui parler.
Je l'ai fait malgré ma timidité, ma peur de bafouiller, ma peur de le regarder en face. J'ai dit :

57

Monsieur, il faut rendre la maison à la famille Lévine !
Il a d'abord été surpris que j'ose lui parler puis il a ri.
Qu'est-ce qui se passe Nestor ? De quoi tu te mêles ?
J'ai dit :
Vous avez été malhonnête, il faut rendre la maison !
Pas question ! Tout est en règle, occupe-toi de tes affaires !
C'est ce qu'il m'a répondu en me poussant vers la porte. Je n'ai pas renoncé pour autant. Chaque fois que je me trouvais seul en sa présence, je répétais :
Monsieur, il faut rendre la maison !
Je sentais bien que ça l'exaspérait, qu'il était mal à l'aise. A force, sa conscience a dû le tourmenter. D'après moi, c'est pour ça qu'il s'est tué. Le remords. Je ne regrette rien.

Clara referma le cahier. Claudette pleurait. L'Histoire les rattrapait. Toutes les deux étaient étrangères à ce passé mais il resurgissait et c'était à elles de l'assumer. Le lendemain, il faudrait rencontrer Sarah Lévine chez le notaire. Tout s'éclairerait sans doute.

Il était tard, il faisait froid et sombre dans la pièce, la musique s'était arrêtée. Un volet claqua. Claudette se leva et proposa à sa fille d'aller se reposer. Clara savait qu'elle ne dormirait pas. Elle avait besoin de remonter le fil de l'histoire, de rassembler les éléments qu'elle avait glanés.

Elle passa le reste de la nuit là, comme engourdie, enveloppée d'une tristesse infinie, examinant tableaux et objets autour d'elle comme si elle ne les avait jamais vus. Les portraits fixaient sur elle leurs regards sombres, accusateurs. Elle ferma les yeux. Trop d'ombres envahissaient la pièce.

Assis, décontracté, les jambes allongées sous son bureau, la pipe au coin des lèvres, Charles Quinquempoix réfléchissait. Son regard croisa celui de son père en photo devant lui. Connaissait-il vraiment cet homme chauve comme lui, au regard malicieux, au visage épais, rougeaud, étranglé par une cravate nouée de travers ? Quel rôle avait- il joué pendant la guerre ? Il devait retrouver l'acte de vente de la maison Poidevin. Cela remontait loin, dans les années 40.

Les archives se trouvaient dans une pièce annexe où il n'allait pas souvent, laissant ce soin à son dévoué clerc. La pièce était sombre et poussiéreuse mais bien rangée. Tous les dossiers étaient répertoriés par année. Entre 38 et 42, les dossiers plus épais contenaient de nombreux actes de ventes de commerces et de maisons de St Lubert. Les observant de plus près, il découvrit des noms de concitoyens nommés administrateurs-gérants de biens juifs « aryanisés ».

Intéressé et de plus en plus intrigué, il emporta la pile de dossiers dans son bureau et se mit à les compulser. Les prix de vente de la plupart des biens étaient dérisoires par rapport à leur valeur réelle et beaucoup d'actes de propriétés étaient aux noms des mêmes administrateurs.

Il pensa à ce vieil ami de son père, notaire aussi et toujours vivant Maître André Duranton. Il décida de l'appeler, si toutefois celui-ci était en état de répondre. L'épouse du vieil homme lui fit promettre d'être bref et de ménager son pauvre cœur.

Après les formules d'usage et quelques explications et souvenirs concernant l'amitié qui l'avait lié à son père, Charles Quinquempoix posa la question qui l'intéressait :

 Vous souvenez-vous des transactions faites dans les années 39 à 45 ?
 Oh là, c'est bien vieux tout ça, mon ami. Pourquoi revenir si loin en arrière ? dit-il d'une voix chevrotante qui n'augurait rien de bon.
 Ma cliente hérite d'une maison qu'elle n'a jamais connue mais qui a peut-être un rapport avec sa famille. Je voudrais savoir comment ça se passait à l'époque.
 Ça se passait normalement, les notaires ont toujours appliqué le droit loyalement, répondit le vieux notaire légèrement agacé.
 J'ai vu des ventes de biens à des prix défiant toute concurrence ! remarqua Maître Quinquempoix.
 Et alors, c'était possible grâce au nouveau droit antisémite, on ne faisait que l'appliquer, s'énerva le vieillard.
Sa femme intervint alors :
 Ça suffit, jeune homme, laissez-nous tranquilles, vous voyez bien que vous lui faites du mal ! Et elle raccrocha.

 Pour Charles, cela suffisait. Grâce à internet, il put consulter de nombreux documents et vérifier ce qu'il craignait. Il venait de comprendre que les malversations des notaires étaient monnaie courante à l'époque. Son père, comme les autres, avait dépouillé les juifs de leurs biens en s'accommodant du nouveau droit proclamé par le régime de Vichy. Un coup de massue ne lui aurait pas fait plus de mal !

Fébrile, il se remit à fouiller les dossiers allant directement à la lettre P. Après les Pabot, Perdou, Pignon et bien d'autres patronymes familiers, il arriva à Poidevin et mit la main sur un feuillet provenant du Commissariat Général aux questions juives proposant la vente d'un bien immobilier rédigé ainsi :

VENTE

Désignation du bien :
Maison bourgeoise, Cours Pasteur, n°7 à Saint Lubert
Mise à prix : 2 500 000 francs
Les acquéreurs devront faire connaître leur intention de soumissionner
1°à M. Le Préfet du département du …
2°à M. Prosper Poidevin, administrateur provisoire, avant le 20 avril 1943 dernier délai et joindre à leur lettre une attestation portant leur qualité d'aryen au regard de la loi du 2 juin 1942 et la provenance aryenne des fonds.
Le feuillet suivant était l'acte de vente au même Prosper Poidevin de la maison pré-citée, acte dûment établi par Maître Joseph Quinquempoix et signé par lui-même et l'acquéreur.
Charles Quinquempoix se laissa tomber dans son fauteuil, abasourdi. C'était son frère Etienne qui avait raison !

Derniers cahiers

Au petit matin, après une nuit agitée, sans sommeil, dans un fauteuil peu confortable, Clara ne put s'empêcher d'ouvrir d'autres cahiers. C'était irrépressible, comme si Nestor lui commandait de poursuivre la lecture. Elle sauta quelques pages et s'arrêta sur celle, d'une écriture plus appuyée qui commençait ainsi :

Très chère Anna,

C'est une étrange aventure qui m'est arrivée aujourd'hui. Je finissais de tondre le gazon entre les parterres devant la maison lorsque Madame Poidevin est venue me dire que Maître Quinquempoix voulait me voir. Il m'attendait à 14heures à son étude. J'ai trouvé ça bizarre mais j'y suis allé, persuadé qu'il s'agissait d'une erreur.

C'était vrai, il avait quelque chose d'important à me faire savoir.

Cher Nestor, a-t-il commencé, oubliant que j'ai aussi un nom, j'ai attendu que quelques jours se passent après le décès de Monsieur Prosper Poidevin avant de vous faire part d'un document officiel enregistré peu avant son triste suicide. Voici ce qu'il écrit :

" Pour des raisons personnelles qu'il est seul à connaître, je fais don de ma maison à Nestor Périchon. Je le laisse juge d'en faire ce qu'il voudra. Je sais qu'il est un homme juste ; je lui fais confiance. Je lui dois bien ça.

Pour valoir ce que de droit,

signé Prosper Poidevin"

Malgré le manque de sommeil, les yeux de Clara s'agrandissaient au cours de sa lecture, elle laissa échapper un « ça alors ! » puis elle poursuivit, toujours captivée par les mots de Nestor :

Je n'en revenais pas. Je pensais à ce que je vous ai écrit à son propos. Si je suis pour quelque chose dans son suicide, c'est dommage. Ce n'est pas ce que je voulais. Je crois surtout qu'il avait des morts sur la conscience.
Après un silence, j'ai dit au notaire :
Je ne veux pas spolier une famille à mon tour. Je veux continuer comme avant.
Mais la maison vous appartient désormais ! Vous pouvez faire valoir vos droits.
Non, je ne veux rien changer. Ne dites rien, ne faites rien. J'écrirai mon testament.
Le notaire m'a dit : "Comme vous voudrez, Nestor. C'est tout à votre honneur".
Voilà, Anna, je ne sais pas où vous êtes, ni si vous existez toujours. Je n'ai pas la possibilité de vous rechercher mais je sais qu'un jour justice sera faite.

Clara comprenait enfin l'étrange testament de Nestor. Cette maison lui appartenait depuis longtemps et il avait continué à les servir, eux les Poidevin qui avaient contribué à détruire une famille.

Elle se leva, titubant un peu, pour se préparer au rendez-vous chez le notaire. Buvant un café plus amer que d'habitude sur un coin de table dans la cuisine, la jeune femme fit part de ses dernières découvertes à sa mère. Toutes deux se sentaient maintenant étrangères dans cette maison.

Une phrase de Prosper cependant dans le

document destiné à Nestor intriguait les deux femmes :

« Je lui dois bien ça ».

   Qu'a-t-il voulu dire d'après toi ? demanda Clara.

 Peut-être pour avoir servi la famille … pour ses bons et loyaux services ! dit Claudette.

   Je ne crois pas, continua Clara, il écrit bien "je" et pas "nous". Quelle dette sous-entend-il ?

Un nouveau jour

A St Lubert, au moins quatre personnes avaient mal dormi cette nuit-là. Quatre personnes détenant chacune un morceau du puzzle allaient se retrouver pour le reconstituer.

 La nuit avait été froide, brumeuse, sans lune. Le vent avait balayé les rues, décoiffé les platanes de la grand'place.

 Au matin, la ville s'était réveillée comme neuve sous un ciel sans nuages, l'air était doux en ce début de printemps. La vie reprenait doucement. Une fenêtre s'ouvrit au premier étage de l'hôtel du Commerce. Sarah, levée depuis longtemps, regarda la place, les boutiques qui ouvraient, les gens qui allaient et venaient dans leur environnement quotidien. Malgré les questionnements de la nuit et le manque de sommeil, elle ressentit une joie inexplicable, un grand apaisement. Ce n'était pas la perspective d'un héritage qui provoquait ce sentiment. Simplement, elle se sentait bien là. En passant devant le miroir fixé au mur de la chambre, elle se surprit à sourire. Vêtue d'une petite robe légère rouge et fleurie, elle descendit prendre son petit déjeuner. Curieux, le patron de l'hôtel la salua et esquissa un début de conversation :

— Mademoiselle est en vacances dans le coin ?

— Non, pas vraiment, j'ai des amies à voir, répondit la jeune femme qui n'avait pas envie de raconter son aventure.

— Ce sont des gens d'ici ? Je peux peut-être vous aider, vous savez, tout le monde se connaît ici, insistait l'homme.

— Merci beaucoup, ce ne sera pas la peine.

— Vous avez un joli accent, vous venez de loin ? Je suis peut-être indiscret, excusez-moi. On voit si peu d'étrangers par ici !

— Je viens de Suisse, dit-elle avec un sourire amusé. Vous connaissez la pharmacie Poidevin ? Elle posa la question un peu malgré elle, pour voir ce qu'il dirait.

— Oui, c'est juste de l'autre côté de la place, vous êtes malade ? Mais c'est fermé en ce moment, la famille, enfin ce qu'il en reste, a des problèmes en ce moment, on ne sait pas trop quoi mais c'est grave, les gens parlent. Le pharmacien est mort. On ne sait pas trop de quoi... Paraît qu'il buvait... Sa femme est "colorée" si vous voyez ce que je veux dire, alors, ces gens-là...

— Vous savez, le coupa-t-elle agacée par ces propos, je ne suis pas d'ici, alors, ces histoires...

— Enfin si vous avez besoin de quelque chose, ma femme se rend à Florignac ce matin, elle peut...

— Non, merci, l'interrompit-elle, je n'ai besoin de rien. Je finis mon petit déjeuner et je vais à mon rendez-vous, dit-elle fermement en mordant dans sa tartine beurrée, la tasse de thé dans l'autre main et les yeux volontairement fixés sur son portable.

— Je vous laisse mademoiselle, n'hésitez pas surtout si vous avez besoin !

— Oh ! Albert, tu me sers ou je vais voir à côté ? Lui cria soudain un client du bar qui patientait depuis un moment.

J'arrive, j'arrive, on peut bien discuter avec les clients non !

Oui, surtout si ce sont de jolies clientes, dit l'autre avec malice.

Sarah sourit de cette petite comédie qu'elle pourrait caser un jour dans un roman.

Elle avait rendez-vous chez le notaire à neuf heures. La veille, Clara lui avait indiqué où se trouvait l'étude de Maître Quinquempoix. Elle s'y rendit avec un peu d'appréhension et beaucoup de curiosité.

La rencontre

Clara et sa mère furent les premières arrivées à l'étude de Maître Quinquempoix fils. Contrairement à Sarah qui avait pris le temps de se promener dans la ville et d'admirer les façades témoins d'un prestigieux passé et les jardins embellis par un printemps précoce, les deux femmes s'étaient hâtées vers leur rendez-vous. Elles attendaient, impatientes, l'arrivée de Sarah. Celle-ci arriva, charmante, le sourire aux lèvres, sans ostentation. Comment se comporter quand on va apprendre qu'une famille est déshéritée à son propre profit ?

Le notaire avait préparé avec une certaine fébrilité les documents qu'il avait pu réunir. Trois fauteuils étaient installés devant son bureau et s'apprêtaient à accueillir dans leurs bras trois jolies femmes. Un bouquet de fleurs fraîches devant la fenêtre et un plateau où étaient disposées quatre tasses de fine porcelaine semblaient avoir été prévus pour cette occasion si particulière. Bérangère avait mis son grain de fantaisie.

Un peu troublé par les trois femmes qu'il allait recevoir, Charles Quinquempoix avait particulièrement soigné son apparence. Allure jeune, décontractée sans trop, élégance discrète ! Il portait une chemise blanche, col ouvert sans cravate, un pull marine sur les épaules, un pantalon beige de coupe impeccable et au bras gauche La montre qui signe la réussite sociale. Malgré son crâne dégarni et son âge plus avancé que celui de ses clientes, il "portait beau" comme disait sa concierge.

Le jeune et dévoué clerc fit entrer ces dames. Le notaire alla au devant d'elles. Madame Poidevin, toute de jaune vêtue, auréolée de sa crinière brune, plus belle que jamais malgré la fatigue et l'inquiétude, tendit une main amicale au notaire qu'elle connaissait depuis longtemps. Celui-ci n'avait jamais caché son admiration et peut-être davantage pour cette femme à la beauté exotique. Mais il était marié à Bérangère de Richemont et la jeune veuve ne lui avait jamais manifesté qu'une amitié sincère. Il accueillit chaleureusement aussi les deux jeunes femmes. Clara qu'il connaissait depuis l'enfance lui tendit la joue. Sarah qu'il découvrait avança une main franche et ferme qu'il serra cordialement.

Le notaire reprit sa place et commença :
Mesdames, j'ai sous les yeux le livret de famille de mademoiselle Sarah Lévine-Brunel prouvant sa filiation avec Anna Lévine citée dans le testament de Monsieur Nestor Périchon.

J'ai été amené à rechercher dans mes archives le nom de Lévine et j'ai effectivement trouvé l'acte de vente à un certain Simon Lévine de la maison sise Cours Pasteur au n°7 à St Lubert, daté du 15 mars 1910.

Sarah pâlit et porta ses mains à son visage. Clara et sa mère se tournèrent vers elle puis vers le notaire, le regard interrogatif. Celui-ci pria son clerc d'apporter un verre d'eau à la jeune fille avant de poursuivre.

Après le départ précipité de la famille, cette maison a été saisie et administrée provisoirement au regard de la loi du 2 juin 42 par Monsieur Prosper Poidevin puis acquise par lui-même en 43 pour la somme de 2 500 000 francs selon le nouveau droit antisémite. Voici l'acte de propriété établi par mon père, comme le faisaient couramment les notaires à l'époque. J'ai découvert que le nom du propriétaire juif n'était même pas cité. Il faut préciser que la somme annoncée est dérisoire par rapport au bien mis en vente et que beaucoup d'autres biens appartenant à des familles juives ont été ainsi spoliés et jamais rendus.

Je suis désolé de devoir dévoiler les malversations auxquelles mon propre père a participé.

Sans connaître exactement les faits, intervint Clara, nous savions déjà... nous avions compris, grâce aux nombreux cahiers laissés par Nestor, que la maison avait appartenu à une famille juive.

Mon mari ne l'a jamais su, ajouta Claudette, le secret était bien gardé !

Un secret inavouable, convint le notaire.

Toujours muette, Sarah les regardait tour à tour, incapable de formuler un avis, un sentiment.

Vous avez parlé de "départ précipité", reprit Clara, que doit-on comprendre ?

Vous savez qu'à cette époque les dénonciations étaient courantes, par jalousie, par vengeance, les lettres anonymes affluaient dans les commissariats ...

C'est donc ce que suggérait Nestor. Dans un des cahiers, il dit avoir surpris une conversation entre votre père et mon grand-père. Il y est question d'une lettre justement. Votre père semble le lui reprocher !

Je ne peux rien vous dire, je ne sais pas. C'est possible, malheureusement.

Mademoiselle Lévine-Brunel, reprit-il d'un ton solennel, j'ai également retrouvé dans les archives de mon père le document par lequel Prosper Poidevin fait don de la maison à Nestor Périchon. Vous êtes donc l'unique héritière de la maison et de la somme conséquente que vous a léguées Monsieur Nestor Périchon. Cette somme représente les économies de toute une vie.

Une vie de travail, sans sorties, sans dépenses, sans vacances, ajouta Claudette qui connaissait bien cette vie.

Sarah réagit enfin et dit qu'elle refusait tout cela, qu'elle n'y avait pas droit. Elle ne voulait pas à son tour déposséder une mère et sa fille qui n'étaient pour rien dans cette histoire.

Cette maison a été volée, dit Clara, je ne pourrai jamais m'y sentir chez moi.

Ma fille a raison, nous ne pourrons plus jamais y vivre. Gardez-la, elle est à vous …

Calmez-vous, intervint Maître Quinquempoix, prenez le temps de réfléchir. Discutez entre vous, ne précipitez rien. En attendant, je vous propose une petite collation pour vous détendre, pour nous détendre. Je pense que nous en avons tous besoin.

Le zélé jeune clerc se leva aussitôt pour servir café ou thé et présenta le plateau à chacun.

Les trois femmes décidèrent de se retrouver à midi au restaurant du Père Igor sur la Grand'place afin de faire connaissance et d'envisager la suite à donner aux événements.

Sur le chemin du retour, mère et fille s'arrêtèrent dans un des bistrots de l'avenue pour reprendre leurs esprits. Deux petits blancs secs les y aideraient.

Depuis qu'elle avait compris la situation en lisant les cahiers de Nestor, Clara avait réfléchi à son avenir. Celui qui était tout tracé consistait à rester à St Lubert et à continuer à soigner la population de la ville. Sans être rébarbative, cette perspective n'avait rien de particulièrement réjouissant ou du moins de très enrichissant d'un point de vue personnel s'entend. Un autre projet lui était venu lorsqu'elle avait reçu le message de son ami Greg, parti au Togo pour une mission humanitaire en tant que médecin. Il était enthousiaste et l'encourageait à le rejoindre. Cette idée lui paraissait tellement plus exaltante ! Elle n'en avait pas encore parlé à sa mère. Le moment était venu mais elle craignait sa réaction. Claudette resterait seule avec la pharmacie sur les bras.

Elle se trompait.

Ton idée est excellente, lui dit sa mère, tu as raison de vouloir partir. Moi, je ne tiens pas non plus à rester à St Lubert, rien ne m'attache ici. Je vais vendre la pharmacie ; on m'a déjà contactée depuis qu'elle est fermée, je n'aurai aucun mal.

Et où iras-tu ? Grand-mère sur son île n'attend que toi !

Je ne sais pas, je ne suis pas sûre, nous verrons !

Les deux femmes avaient retrouvé le sourire. Elles discutaient, riaient, élaboraient des plans d'avenir et se disaient que Nestor était décidément un bienfaiteur.

Quand midi sonna à l'horloge de la cathédrale, elles se dirigèrent vers le restaurant où Sarah les attendait, sérieuse, le visage fermé.

Elle s'étonna de les voir si gaies mais ne fit aucun commentaire.

J'ai réfléchi, dit-elle, je vais repartir dès demain. Je n'ai rien à faire ici.

Au contraire, la coupa Clara, c'est ici qu'est votre maison, c'est ici qu'ont vécu vos grands-parents et vos arrière-grands-parents. Tous vos souvenirs sont là. Lorsque vous découvrirez la maison, elle vous parlera, j'en suis sûre.

Et vous, que ferez-vous ? Où irez-vous ? C'est absurde !

Nous en avons parlé tout à l'heure autour d'un verre, c'est ce qui nous a rendu si joyeuses, dit Claudette. Clara pourrait rejoindre son ami médecin au Togo et moi je vendrai la pharmacie.

Cela paraît si simple pour vous ! Moi, j'ai mes parents en Suisse, un métier que j'aime, des amis...

Vous pourrez les accueillir ici, c'est une belle et grande maison. Vous êtes jeune, profitez-en pour réaliser vos rêves, dit encore Claudette.

Le repas fut animé. Sarah, malgré ses réticences, était impatiente de découvrir la maison.

Découverte de la maison

La maison semblait s'être mise en beauté pour rencontrer Sarah. Le parc avait revêtu un habit neuf, couleur vert tendre, les grands arbres agitaient doucement leurs bras en signe de bienvenue, pensées et myosotis formaient des tapis colorés ici et là. La vigne vierge de la façade reprenait vie. La grille de l'entrée était ouverte. Clara et sa mère laissèrent le passage à Sarah qui emprunta l'allée comme si elle répondait à un appel.
Seul Nestor aurait pu superposer les deux images ; Anna dans sa robe rouge virevoltante marchant dans l'allée vers la grille ; Sarah dans une robe semblable se dirigeant vers la maison. Un aller-retour à des années de distance !
 La jeune femme imaginait avec tendresse la jeune fille insouciante qu'avait été sa grand-mère. Elle réalisa qu'elle avait le même âge qu'elle à sa mort et en éprouva un choc si violent qu'elle dut s'asseoir sur le banc de pierre au bord de l'allée laissant couler ses larmes. Elle voulut appeler sa mère puis se ravisa. Elle aurait du mal à contenir son émotion et l'inquiéterait. Clara qui la suivait l'entoura de ses bras. Claudette les devança. Portes et fenêtres s'ouvrirent alors l'une après l'autre comme elles ne l'avaient pas été depuis longtemps. Des notes de piano s'égrenèrent.
 La maison sembla soudain respirer. Les courants d'air lui redonnaient vie, des volets claquaient, des rideaux s'envolaient, la jolie tête de Claudette

apparaissait puis disparaissait à chaque fenêtre qu'elle ouvrait. Clara et Sarah ne purent s'empêcher de sourire en la voyant s'agiter.

Sarah eut l'impression de revenir chez elle au bras de sa grand-mère. Comment pourrait-elle refuser ce cadeau que lui faisait le destin ?

 C'est une vraie maison d'écrivain ! s'écria-t-elle en entrant.

C'est ta maison désormais, lui dit Clara, la tutoyant en signe d'amitié. Et elle la guida à travers les pièces. Dans le salon, elle admira les tableaux, particulièrement celui qui trônait au-dessus de la cheminée, les meubles un peu "rococo" qui la firent rire, les bibelots et les statuettes peu à son goût ; la bibliothèque l'impressionna beaucoup. Clara lui montra les premiers livres qu'elle avait lus et qui l'avait passionnée. A l'étage, la plupart des chambres étaient restées "dans leur jus" – un peu de ménage de temps en temps, c'était tout.

 Sarah pouvait se faire une idée des goûts et de la vie de ses ancêtres. Bien sûr, cela n'avait rien à voir avec ce qu'elle aimait – des pièces claires, épurées, presque vides – mais elle leur trouvait un charme désuet qui l'attendrissait.

Clara voulut lui montrer les trésors qu'elle avait précieusement conservés depuis l'enfance, ses "cochonneries". Les poupées estropiées, les bijoux de pacotille, la photo de famille que Sarah se promit de faire agrandir, le chiffon jaune qui fit resurgir des images moins réjouissantes.

Je te confie mon trésor, lui dit Clara solennelle, puis elle éclata de rire, entraînant Sarah dans son sillage.

Voilà bien longtemps que ces murs n'ont pas résonné de rires et d'éclats de voix, dit Claudette en les voyant assises comme deux petites filles sur le tapis du salon au milieu d'objets hétéroclites, cassés et sales.

La maison vivait surtout lorsque "grand-mère des îles" venait passer quelques jours, se souvint Clara avec une pointe de nostalgie.

Sarah parcourait la pièce du regard, semblait interroger le moindre objet.

Et tous ces cahiers, qu'est-ce que c'est ? demanda-t-elle, tes cahiers d'école ?

Pas les miens, répondit Clara, ce sont les cahiers de Nestor. C'est grâce à ses écrits au fil des années, à sa persévérance que nous avons compris. Nous les avons trouvés après sa mort. Ils te reviennent aussi puisqu'il s'agit d'une correspondance à sens unique avec ta grand-mère Anna. Ce sont des pages très émouvantes qui parlent de son grand amour pour elle. Un amour platonique dont elle n'a rien su mais qui a motivé toute sa vie, jusqu'à l'obsession.

Où vivait-il ? s'enquit Sarah.

Là-haut, dans une mansarde au grenier, viens, montons.
Nous lui avons plusieurs fois proposé de s'installer à l'étage, tu as vu, les chambres ne manquent pas. Il n'a jamais voulu quitter cet endroit, dit Clara en ouvrant la porte de la petite pièce. Je crois qu'il aimait contempler le monde de sa lucarne.
En effet, assis à sa table Nestor avait un point de vue sur toute la ville et ses alentours. La cathédrale surgissait des bouquets de platanes de la Grand'place, un peu plus loin, la rivière se devinait entre les maisons qui la bordaient, au loin les collines couvertes de vignobles et parsemées de fermes et de petits châteaux descendaient doucement vers la ville. Sarah s'attarda devant ce paysage serein qui lui rappelait celui qu'elle

admirait chaque matin sur les rives du lac Léman.

Je comprends, dit-elle pensive, et faisant des yeux le tour de la pièce, une vie de moine digne des scribes du Moyen-âge ! C'est difficile d'imaginer ça aujourd'hui. Il faudra m'en dire davantage sur ce personnage étonnant.

Il se raconte très bien dans ses cahiers, dit Clara.

Mais vous l'avez connu ta mère et toi, votre regard m'intéresse.

En redescendant, Clara proposa à Sarah de passer sa première nuit chez elle. Toutes trois avaient encore tant de choses à partager.

Sarah passa encore deux jours à St Lubert avant de retourner en Suisse. Elle se sentait différente. Elle était pleine de cette joie qu'elle avait ressentie en arrivant. Maintenant, elle savait pourquoi.

Le passé retrouvé lui donnait une nouvelle force, elle était accompagnée et n'avait plus peur de l'avenir.

Clara n'avait pas résolu l'énigme des derniers mots écrits par son grand-père au sujet de Nestor : "Je lui dois bien ça". Obstinée, elle ne supportait pas de ne pas comprendre. Sa mère ne pouvait guère l'aider mais elle lui rappela que sa grand-mère paternelle avait une sœur, Lucienne, plus jeune qu'elle. Elle devait avoir dans les quatre-vingts ans et vivait à Bridou-les-Bains. Claudette l'avait rencontrée une fois ou deux, à l'enterrement de Léonard notamment. Clara avait le vague souvenir d'une femme qui ne passe pas inaperçue.
Si quelqu'un pouvait la renseigner, c'était peut-être cette vieille tante, à condition que celle-ci dispose encore de tous ses neurones !
Clara lui écrivit une lettre assez habile, pensant que la vieille dame apprécierait mieux ce moyen de communication. Sans parler de l'histoire de l'héritage, elle disait souhaiter la rencontrer pour évoquer ses souvenirs avec elle.
Contrairement à ce que Clara avait cru, la grand-tante Lucienne, Lulu pour les intimes, avait la tête bien plantée sur les épaules avec tous ses neurones, enfin presque. Elle débarqua chez la jeune femme et sa mère un matin à St Lubert au volant de sa 404 Peugeot décapotable Pininfarina vert tilleul. Foulard rouge sur cheveux cendrés et lunettes papillon façon années cinquante, elle s'écria en arrivant :
 Mes chériiiies ! Quelle idée merveilleuse vous avez eue de m'inviter ! Claraaa, comme tu as grandi ! Où en es-tu de tes études ?

Je suis médecin, ma tante !

Oh ! Comme le temps passe vite !

Ces retrouvailles motivées par nécessité plus que par plaisir faisaient craindre la suite. Après les politesses d'usage, on installa la tante dans la chambre bleue, la plus grande, une de celles qui avait gardé son authenticité malgré l'usure du temps avec ses murs tendus de bleu-gris, ses tentures en toile de Jouy, ses meubles Louis XVI en acajou marqueté de bois de rose et son magnifique tapis d'orient. Là encore, ce ne furent que cris d'admiration et exclamations de satisfaction. On monta les trois valises et la mallette de voyage qui avaient accompagné la tante pour le weekend.

Vous comprenez, à mon âge, il faut "se tenir" quelles que soient les circonstances !

Clara et sa mère retenaient avec peine leur envie de rire mais elles aussi devaient "se tenir" pour ne pas offenser la douairière. Toutes deux se demandaient comment cette femme extravagante pouvait avoir été la sœur de Léonie, cette grand-mère sèche et prude, comment Prosper avait pu épouser la plus revêche des deux.

Sans avoir été interrogée, elle répondit pourtant :

Ton grand-père, comme son propre père d'ailleurs, n'a pas eu de chance en amour. S'il s'est marié avec Léonie, c'est parce qu'elle était l'aînée, il pensait peut-être à l'héritage.

Comment ça, intervint Clara, ils n'ont pas eu de chance en amour ?

Tu sais, ma chérie, à l'époque on ne faisait pas ce qu'on voulait, question mariage. Ton arrière-grand-père, d'après ce que je sais, aurait bien épousé une jeune fille de la campagne qui lui plaisait mais ses parents n'ont rien voulu savoir. Ils étaient pharmaciens, tu comprends. Le pauvre Gaston a obéi, il s'est marié avec celle qu'on lui destinait. Il est mort pendant la guerre en laissant un fils, ton grand-père.

Lui aussi a été malheureux en amour ? demanda Clara.

C'est ce qui s'est dit. Moi, je ne sais pas, je ne fais que répéter.

Dis quand même, ça m'intéresse.

Tu es bien curieuse, lui dit sa mère en riant. En tout cas, chère tante, j'espère qu'il n'en a pas été de même pour Léonard, mon mari !

Sûrement pas, on n'était plus à "l'âge de pierre" ! Sa mère, ma chère sœur, a bien essayé de le dissuader de t'épouser, il a tenu bon.

Mais, mon grand-père, insista Clara, raconte-moi ce qu'on disait.

Eh bien, il paraît qu'il s'était entiché d'une jolie fille, je ne saurais pas te dire qui, mais elle n'a pas voulu de lui. Il en aurait été malheureux et très offensé à ce qu'on a dit.

C'était à quelle époque ?

A la fin des années trente, je pense. Mais c'est de l'histoire ancienne tout ça. Pourquoi remuer tout ce passé ? Tu es jeune Clara, c'est l'avenir qui doit te préoccuper.

C'est vrai, ma tante, mais on a besoin du passé pour construire l'avenir. C'est important de connaître les histoires et les secrets de famille. Sais-tu ce qu'est devenue cette jeune fille ?

Non, mais on a dit qu'elle était juive, alors, elle a dû faire partie des victimes, comme beaucoup, comme Rose, la petite bonne que Léonie m'avait envoyée parce que Prosper avait l'oeil qui frisait en la voyant. Elle lui trouvait peut-être un autre défaut ! Je l'ai gardée un an ou deux, il y a si longtemps, un jour, elle n'est plus revenue...

Et l'autre jeune fille, l'amoureuse de mon arrière-grand-père, tu sais qui c'était ?

Je te l'ai dit, une campagnarde qui a eu un enfant d'on ne sait qui mais qui a eu la chance de se trouver un mari qui a bien voulu adopter le bâtard.

Le cerveau de Clara fonctionnait à toute vitesse. Tout se mettait en place.

Plus tard, lorsque la vieille dame eut regagné ses luxueux appartements, Clara fit part de ses déductions à Claudette :

Si ce que raconte la tante Lulu est vrai, Nestor pourrait bien être le demi-frère de Prosper. Cela expliquerait sa phrase énigmatique.

Et la jeune fille juive dont il était amoureux serait Anna, la grand-mère de Sarah ! D'après les écrits de Nestor, il pourrait bien être aussi pour quelque chose dans sa disparition et celle de sa famille. Pas glorieux tout ça, dit Clara, déjà convaincue par cette version des faits.

Alors, les deux demi-frères auraient été amoureux de la même fille ! remarqua Claudette.

Oui, mais l'un l'aura vénérée toute sa vie tandis que l'autre se sera vengé de son dédain de la façon la plus abjecte !

L'humain est ainsi fait, capable du meilleur comme du pire, l'exemple est flagrant, conclut Claudette en soupirant.

Clara se promit de vérifier ses hypothèses dans les cahiers de Nestor. Celui-ci, contrairement à Prosper, n'avait sûrement pas déduit son lien de parenté mais elle y trouverait peut-être des indices.

L'extravagante Lulu resta tout le weekend, changeant de tenue selon les moments de la journée. Kimono de soie sauvage rose pâle brodé de pivoines dans le dos au petit déjeuner, pantalon sport marine et tunique blanche pour une balade matinale, tailleur moutarde sur chemisier de crêpe jaune et chaussures assorties au repas de midi, longue robe noire parée d'énormes bijoux fantaisie pour la soirée, toujours précédée et suivie des fragrances capiteuses et suaves de tubéreuse et de jasmin.

Robert aime que je m'habille, dit-elle devant les yeux ronds de ses nièces, il est riche et m'offre tout ce qui me plaît ! Ah ! C'est vrai, Je ne vous ai pas parlé de Robert. mon nouveau mari ; il est éditeur, à peine plus jeune que moi, mais comme je ne fais pas mon âge, n'est-ce pas !

Encore des rires sous cape et des regards complices entre mère et fille. Au fond, cette vieille tante était attendrissante et toutes deux pensaient qu'elle avait bien raison de profiter de la vie.

Elle s'intéressa à peine au devenir de ses nièces et demanda quand même :

Et la pharmacie ? Qu'allez-vous en faire ?

Je pense à la vendre, ce sera facile, j'ai déjà des demandes, répondit Claudette, volontairement discrète sur le sujet, après on verra.

Il faut que tu penses à refaire ta vie, tu es jeune et belle. Regarde, moi, j'en suis à mon troisième mariage ! Il faut vivre ma fille !

Et toi Clara, j'espère que tu as un amoureux …

Pour l'instant, je pense à mon avenir professionnel, ma tante, chaque chose en son temps.

Tss, Tss, Tss, pas d'histoire avec moi ; tu as des étoiles dans les yeux, ma belle, je n'ai pas besoin d'en savoir davantage, dit-elle avec un sourire malicieux.

Et elle repartit dans un tourbillon de foulard de soie, de chapeau, d'effluves capiteuses et d'exclamations joyeuses.

Merci mes chéries, j'ai passé un merveilleux weekend ! J'espère avoir répondu à tes attentes, Clara. Je reviendrai avec Robert la prochaine fois. Byyyyyye !

Et elle démarra, agitant sa main gantée et faisant crisser les graviers de l'allée.

Des indices concordants

Clara se remit à parcourir les cahiers de Nestor. Elle chercha plus particulièrement les passages où il évoquait sa mère. Il écrivait :

Ma mère haïssait la guerre, elle en parlait les larmes aux yeux : "Elle a fait trop de morts et trop de malheureux !"Elle pensait peut-être à son autre homme, mon vrai père, mort là-bas, qui sait ! Souvent, elle allait au cimetière fleurir la tombe de ses parents, puis celle de son mari. J'allais quelquefois avec elle. Un jour que je l'attendais à l'entrée, je l'ai vue se diriger vers une autre allée. Je n'y ai pas prêté attention. Je le regrette aujourd'hui.

Dans un autre cahier, il la décrivait :

Elle était toujours habillée en noir. Je la revois, le visage triste, ses beaux cheveux attachés en chignon derrière la nuque, l'air absent. Elle était pourtant jolie quand elle me souriait, me prenait sur ses genoux et me chantait des airs mélancoliques. Elle me disait : "Comme tu es beau mon Nestor ! Tu deviendras quelqu'un !" La pauvre, elle me voyait avec ses yeux de mère, j'ai dû bien la décevoir plus tard.

Il parle d'elle lorsqu'il rentre au service des Poidevin.

Hier, je suis allé voir ma mère pour lui annoncer mon embauche ici. Elle était si

contente ! Je ne l'avais jamais vue aussi heureuse. Comme si je lui annonçais que j'étais ministre ! Elle disait :
" Ça alors ! Ça alors ! C'est bien."

Une autre fois, à sa mort :

Chère Anna,
Ma mère est morte la nuit dernière. Je l'avais vue l'après-midi. Elle était calme, tranquille. Elle disait :" Je n'ai pas peur de la mort, je vais enfin rejoindre ceux que j'aime. Je ne me fais pas de souci, tu es bien chez les Poidevin, ils te garderont. Et puis, je veillerai toujours sur toi, depuis là-haut et je ne serai pas la seule".

J'aurais bien voulu lui poser une dernière question, celle qui me hante depuis toujours mais elle a fermé les yeux et s'est mise à prier. Alors, j'ai remis ça et maintenant, il est trop tard !

Pour Clara, cela ne faisait aucun doute, Nestor était bien le demi-frère de Prosper, son grand-père et par là-même son grand-oncle.
Il avait voulu réparer une injustice et réussi à préserver la mémoire d'une femme, d'une famille, d'une maison. Il était un "Juste" à sa façon puisqu'il avait consacré sa vie à cette cause. Sa richesse était tout intérieure. Ses cahiers étaient le véritable héritage qu'il laissait. La maison, il n'en avait été que le gardien vigilant.
Clara prenait la mesure du personnage qu'avait été Nestor. Si la honte entachait son ascendance, elle pouvait être fière de ce "demi-oncle" qu'elle découvrait post mortem. Elle décida qu'il faudrait lui rendre hommage et elle avait sa petite idée.

Claudette n'eut même pas besoin de mettre sa pharmacie en vente.
Le jeune étudiant en pharmacie qui l'avait secondée arrivait au bout de son cursus. Il décida d'acheter la pharmacie et de s'installer à St Lubert où il connaissait déjà la population.
Une nouvelle vie s'ouvrait devant la jeune femme qui n'envisageait pas de rester dans cette ville où plus rien ne la retenait. La maison où elle avait vécu plus de vingt ans avait été usurpée. Elle s'y sentait désormais étrangère. Sa fille avait formulé le désir de rejoindre son ami en Afrique. Elle était parfaitement libre, légère, elle pourrait voyager, peut-être aider Clara, revoir sa mère et sa famille.
 Lorsque Clara lui parla de son nouveau projet, elle y vit un signe du destin.
Mon projet de partir au Togo s'est précisé, lui dit-elle, mais j'ai besoin de toi pour le réaliser ; Greg a un peu d'argent de côté, moi pas beaucoup mais si tu veux bien nous aider, nous construirions un dispensaire là-bas.
Bien sûr, j'adhère complètement à votre projet. Je pourrai peut-être t'accompagner, demanda Claudette timidement.
Mieux que ça, si tu veux, tu t'occuperas de la partie pharmacie, commander remèdes, vaccins etc. Qu'est-ce que tu en dis ?
Si Greg n'y voit pas d'inconvénient, je suis partante, répondit Claudette avec un grand sourire.
Greg sera ravi, nous en avons déjà parlé. Devine quel nom je pense donner à ce dispensaire !

J'ai bien une petite idée, mais dis-moi !

Ce sera le **Dispensaire Nestor Périchon.**

Je pense, comme mon grand-père Prosper, que "nous lui devons bien ça" ! dit Clara en riant.

Les deux femmes étaient heureuses. Elles venaient de poser, au propre comme au figuré, la première pierre de leur avenir. Un avenir humanitaire où elles seraient ensemble. Tout était à faire mais elles étaient animées d'un tel enthousiasme que rien ne les arrêterait.

De retour en Suisse, Sarah confia à sa mère ses nouveaux projets. Celle-ci avait appris avec gravité les raisons qui avaient décimé sa famille. Ce passé ignoré qui pesait si lourd sur sa vie depuis sa naissance, soudain, prenait sens. Comme un puzzle dont les pièces éparpillées trouvent enfin leur place et révèlent un paysage nouveau. Elle aussi se disait plus légère et impatiente de découvrir la maison de sa mère, sa ville, sa région, les traces qu'elle y avait peut-être laissées. Sarah prit la décision d'accepter l'héritage et en informa le notaire.
Elle écrivit un long message à Clara et à sa mère.

Chère Clara, chère Claudette,

Depuis mon retour, j'ai beaucoup réfléchi et pensé à vous deux. Cet héritage et cette hérédité tombés du ciel m'ont remplie de joie et d'inquiétude en même temps. Ma vie est bouleversée. Heureusement, ma mère me rassure et me conseille, mon père aussi, à sa façon.
Vous le savez déjà, j'ai accepté l'héritage de Nestor, impossible de faire autrement, ce serait une faute à sa mémoire. Cependant, je ne peux pas abandonner mon travail et mes petits élèves ici. J'aime ce que je fais et j'aime aussi ce pays qui nous a accueillies.
Alors, pour le moment j'envisage de continuer à travailler ici et de me rendre en France à St Lubert pour les vacances. Je reviendrai donc cet été, dans trois mois, pour les formalités. Mes parents m'accompagneront, ma mère a hâte d'y être, je la comprends. Nous y passerons l'été si cela n'entrave

pas vos projets. Nous pourrons d'ailleurs cohabiter. J'ai eu un grand plaisir à vous rencontrer ; je peux même parler d'amitié vous concernant. La vie est décidément bien étrange et pleine de surprises. Ta famille, Clara, a causé notre perte, et toi, par un improbable intermédiaire, tu rétablis la justice. Tu romps une chaîne funeste. Je suis sûre que cela te portera bonheur.

D'ailleurs, tu m'avais confié ton projet de dispensaire en Afrique. Je voudrais bien en être. Un peu de cet argent tombé du ciel ou plutôt de Nestor t'aidera à le réaliser, si tu veux bien. Avec ton ami Greg et ta "super-maman", vous formerez une formidable équipe. Je vous souhaite la réussite et à vous deux un grand bonheur.

J'espère vous revoir cet été, sinon, sachez que vous serez toujours les bienvenues à St Lubert dans cette maison qui portera désormais le nom d'**Anna.**

Et puis, je ne peux pas terminer sans vous livrer un dernier secret. Grâce aux cahiers de Nestor, je mettrai à profit mes vacances pour écrire le fameux roman qu'il m'inspire et qui devrait s'intituler :

Une vie pour Anna

Merci encore, avec toute mon amitié et ma reconnaissance.

A bientôt,

Sarah

Coquelicot

Coquelicot

Anna ! Anna ! Où est-elle encore passée cette petite ? crie Francine à la cantonade. Personne n'a vu Anna ?
Si ça continue, il va falloir l'attacher. Francine est la cuisinière de la maison familiale qui accueille des orphelins, La Passerelle.
J'aime tous ces "enfants du malheur". Ils sont comme les miens, moi qui n'aie pas eu la chance d'en avoir ! Elle dit ces mots avec un brin de tristesse dans le regard sans se départir de son bon sourire.
 Francine travaille dans cette "maison de l'espoir" depuis sa création. Elle frise une cinquantaine opulente et bavarde. Bien plantée dans ses chaussons usés, elle mène son monde avec autorité et bienveillance.

En ce moment, elle est à la recherche d'Anna, la petite qui vient d'arriver. Une fillette de six ans environ, farouche, qui ne pense qu'à s'échapper. Depuis qu'elle est là, à peu près un mois, elle a déjà tenté de s'enfuir trois ou quatre fois. Quand elle ne se sauve pas, elle se cache. On la retrouve après des heures de recherche dans la remise derrière des vieilleries entassées, sous un lit, dans un placard ou n'importe quelle cachette.

Anna ne parle pas, aucun son ne sort de ses lèvres, même quand elle a peur. Mais elle n'est pas sourde, on l'a vue sursauter à plusieurs reprises, réagissant à des bruits inhabituels, les mains sur les oreilles.
Anna est une jolie petite fille brune aux cheveux bouclés au teint pâle et aux grands yeux sombres, toujours inquiets.

Depuis son arrivée, Francine l'a prise sous son aile. La tâche est ardue. La fillette ne montre aucun sentiment, sauf la colère lorsqu' elle refuse de manger ou de participer à une activité quelconque. Elle se raidit, son front se plisse et elle ne bouge plus. Francine a tout essayé, la douceur, les promesses, la menace … Pas les coups, elle n'a jamais utilisé ce procédé, contrairement à d'autres dans la maison qui ne se gênent pas. Mais même cela ne ferait pas broncher la petite. Francine ne désarme pas... avec le temps !
La nuit, en passant dans le dortoir, la surveillante a souvent remarqué ses grands yeux ouverts. Le sommeil semble difficile. Parfois elle est très agitée et tombe de son lit. On la retrouve en sueur, perdue, toujours sans un cri.

Anna ne pleure pas, même lorsque le Père Anselme de la ferme voisine l'a trouvée un matin en allant traire ses vaches. Maigre, sale, affamée, elle était couchée dans le foin et grignotait un épis de maïs tout sec. Il l'a amenée dans la cuisine.
Voilà ce que j'ai trouvé dans la grange, a-t-il dit en la poussant devant lui, à Mathilde, sa femme qui venait de rallumer le feu dans la cheminée et de

préparer le café. Anselme est un peu bourru, c'est sa façon de cacher sa sensibilité, il faut le connaître. De surprise, Mathilde a failli lâcher son bol. Mais elle a vite réagi et a pris la petite, qui grelottait, dans ses bras, l'a assise près du feu et lui a servi un bol de lait chaud avec une tranche de pain et un peu de confiture. Elle l'a laissée se réchauffer, puis :

  Comment t'appelles-tu ? D'où viens-tu ? A-t-elle demandé doucement sans obtenir la moindre réponse. L'enfant dévorait ce qu'on lui avait donné sous les regards perplexes du couple de paysans.

        Encore une qu'on aura abandonnée...a dit Anselme,

  Ou qui se sera enfuie, a complété Mathilde. Une nouvelle pensionnaire pour La Passerelle ! Si c'est pas malheureux ! Je vais la laisser se reposer, elle tombe de sommeil la pauvrette. Ensuite, on avisera.

  La femme l'a couchée dans leur lit encore chaud, sous l'édredon de plume. L'enfant dormait déjà.

  Anna ne sourit pas. A la Passerelle pourtant, on l'a adoptée. Rémi, un facétieux garçonnet de sept ans, pensionnaire depuis trois ans, cherche à la distraire, lui montre ses billes, fait des grimaces, lui propose des jeux. Plusieurs fillettes de son âge ont tenté de lui parler de l'intégrer à leurs activités... rien n'y fait. Anna reste assise dans son coin, le regard au loin, infiniment seule.

  Anna ne s'appelle pas Anna. Il fallait bien la nommer. Francine a essayé plusieurs prénoms pour voir si elle réagissait à l'un d'eux. En entendant "Anna", la petite a eu un frémissement. C'est du moins ce que Francine a perçu. Alors, va pour Anna. Pour son nom, on verrait plus tard, si on retrouvait des parents, une famille. On ne peut pas faire de recherches pour le moment, c'est trop dangereux. La petite est en sécurité, c'est ce qui compte.

Pour l'heure, Francine est à sa recherche. Elle ameute surveillants et pensionnaires. C'est presque devenu un jeu, une chasse au trésor. Anna est le trésor ! Mais Anna ne joue_pas. Elle voudrait qu'on la laisse tranquille, elle voudrait disparaître. Si elle pouvait ne pas avoir faim !

Tout le monde cherche Anna. On entend des cris, des appels, des rires. Les petits restent autour de la maison, il y a bien des endroits où se cacher : la maison elle-même avec ses trois étages et son sous-sol, la cour, le jardin, le potager, le hangar. Les plus grands s'éloignent un peu. Le petit bois derrière la maison est autorisé sous la surveillance d'adultes. Les buissons de houx ou de laurier, les touffes de fougères, les souches abandonnées, les fossés sont autant de cachettes possibles. La rivière de l'autre côté est interdite. Exceptionnellement, on cherche aussi par là.

Finalement, après une heure de recherche, c'est Rémi qui la retrouve. Elle était cachée derrière le bassin du lavoir mais elle est si petite que personne ne l'avait vue. Le petit garçon la ramène en la tenant par la main, il est acclamé. Elle ne résiste pas.

Francine la récupère et l'emmène dans sa cuisine en lui faisant la leçon une fois de plus. On voit s'éloigner leurs deux silhouettes, l'une grande et massive, brandissant une main à l'index menaçant et tenant fermement de l'autre main la menotte minuscule d'une sorte de petit lutin boudeur.

En cette fin d'été, c'est le énième intermède provoqué par les disparitions d'Anna. Bientôt l'école va reprendre.

Ce premier matin, comme ils le feront chaque jour, les enfants partent en rang pour se rendre à l'école primaire de la ville. Elle est à un quart d'heure à pied par le chemin blanc le long de la rivière. C'est un raccourci discret et charmant qui évite les voitures. Mademoiselle Berthe, la surveillante en chef marche derrière ; elle tient Anna par la main. Les enfants portent une blouse grise ceinturée à la taille sur des pantalons courts pour les garçons, des robes aux genoux pour les filles, chaussettes longues pour tous. Le tablier d'Anna est un peu trop grand, il lui arrive à mi-mollet et il a fallu retourner ses manches. Ça lui donne une drôle d'allure !

La maîtresse, Madame Irène, a été mise au courant. Elle devra avoir la petite à l'œil, en plus des autres enfants.
 Anna a sa place dans la classe, près d'une fenêtre. Ça tombe bien, elle s'évadera par le regard. La salle est au premier étage. On voit loin au-delà de la cour de récréation. Quelques toits et puis la campagne, des collines, des champs, des bois et le ciel. C'est vers le ciel que les yeux d'Anna sont toujours tournés. Elle semble absente. La maîtresse dit qu'elle ne peut rien en tirer ; elle la laisse rêver. Lorsque la cloche sonne l'heure de la récréation, elle se précipite dehors et se réfugie dans un coin près du portail de l'école. C'est là qu'il faut veiller ! La petite est maligne, elle a le don de se faufiler partout.
Dans la classe, les porte-manteaux sont fixés le long du mur de l'entrée. Les enfants y suspendent

vestes, manteaux ou bérets. Certains oublient de récupérer leurs affaires. Irène est la nouvelle institutrice, elle ne connaît pas bien les élèves. Elle demande qui a oublié tel ou tel vêtement sans obtenir de réponse. Un jour, elle remarque un chapeau accroché dans l'ombre près de l'armoire. Personne ne le réclame. C'est un chapeau de fille rouge en grosse toile avec un ruban rouge aussi autour de la calotte et des attaches à nouer sous le menton. Depuis plusieurs jours, ses yeux se portent irrésistiblement sur ce chapeau.

 Après la troisième tentative d'évasion d'Anna, elle comprend. On va la coiffer de ce chapeau rouge et bien serrer le nœud. Même s'il lui tombe dans le dos, elle ne passera pas inaperçue. L'enfant ne proteste pas, elle est très jolie avec ce nouveau couvre-chef un peu trop grand.
   Tout le monde trouve l'idée géniale. A son retour à la Passerelle, Francine l'accueille avec son bon sourire. Elle s'exclame :
   Bonjour, mon joli coquelicot !

Voilà, Anna est devenue Coquelicot. Pour elle, ça ne change rien. Pour les autres, ça change beaucoup. Anna s'évade, Anna se cache. Son chapeau la trahit toujours. Les images sont jolies : Anna-Coquelicot courant dans un champ de blé, ballon écarlate dévalant un talus, champignon pourpre caché dans le bois... L'enfant sait qu'on la repère de loin maintenant. En grandissant, elle voudra sûrement s'en débarrasser, défaire les nœuds, couper ses attaches. Alors, Francine la prend à part, l'installe près d'elle à la table de la cuisine avec un bol de chocolat et une tranche de brioche et lui raconte une histoire.

Tu sais, lui dit-elle, en baissant la voix comme pour partager un secret, ce chapeau est magique. Il te portera bonheur tant que tu l'auras sur la tête. Avant toi, il appartenait à une autre petite fille que j'ai bien connue. Un jour, Rosine, c'est son prénom, était partie jouer au bord de la rivière. Voulant tremper ses pieds, elle est tombée à l'eau, profonde à cet endroit, avec son chapeau. A quelques mètres de là, un pêcheur a vu un point rouge flottant à la surface de l'eau Il a sauvé Rosine de la noyade grâce à ce chapeau. Une autre fois, sur le chemin blanc, elle est tombée de vélo. Elle aurait pu être gravement blessée à la tête, le chapeau qui est en grosse toile bien solide l'a protégée. Rosine l'a longtemps gardé, elle disait que c'était son porte-bonheur. Elle était déjà grande quand elle a quitté l'école. Elle a laissé le chapeau qui était devenu trop petit pour une autre fillette à protéger.

Et c'est toi qui en hérites.Tu as de la chance ! Garde-le précieusement. Rosine, c'est ma nièce, la fille de mon frère Roland. Elle a vingt ans aujourd'hui et se souvient toujours de son joli chapeau rouge.
Anna écoute, les yeux grand-ouverts, elle boit les paroles de Francine. C'est une belle histoire. Francine l'a un peu inventée pour la circonstance.

Anna finira par adopter son chapeau mais ses vieux réflexes de fuite ne se sont pas évanouis.
Rémi veille sur elle. Même quand il joue avec les autres garçons, il s'arrange pour l'avoir dans sa ligne de mire. Il se fait charrier, bien sûr :

Rémi est amoureux ! Rémi aime le Coquelicot !
Il rougit et lance quelques coups de pied mais c'est comme un devoir de grand frère, il ne peut s'en empêcher.

Pour Noël, l'orphelinat a organisé une collecte de jouets et de jeux. Les gens ont été généreux. Pourtant, il n'y a pas beaucoup de jouets dans les maisons comme dans les magasins en ce moment. On a d'autres priorités. Coquelicot a reçu une poupée, pas neuve, bien sûr, mais entière et habillée. Elle l'a immédiatement jetée par terre et a cassé sa jolie tête de porcelaine au grand effroi des autres fillettes qui auraient bien voulu l'avoir.
 Tu es méchante ! Méchante ! lui a crié Sophie en lui tirant les cheveux. Les autres enfants auraient fait de même sans l'intervention de Mademoiselle Berthe qui les a calmés et de Francine qui a emmené la petite à la cuisine. L'enfant est pâle, ses mâchoires sont serrées et ses yeux lancent des éclairs. La cuisinière ne pose pas de questions, ce serait peine perdue. Elle a assez de sensibilité pour déceler une grosse colère et un immense chagrin.

 Été comme hiver, on voit la petite au chapeau rouge. On ne s'étonne plus. Elle ne parle toujours pas. Pourtant les médecins disent que rien ne l'en empêcherait. Elle reste farouche, prête à fuir à la moindre occasion.
 En classe, elle rêvasse, semble ailleurs. Ce qui a changé, c'est qu'elle ne quitte plus son chapeau. Francine a gagné.

A neuf ans, Coquelicot est toujours à la Passerelle. Personne n'est venu la chercher et elle n'est pas adoptable. Qui voudrait d'une petite fille muette qui ne pense qu'à s'enfuir ? Francine est heureuse. Elle s'est attachée à la petite. La voir partir aurait été un crève-cœur.

Rémi est parti. On a retrouvé sa famille. Pour lui, ça a été difficile. Sa famille, c'était la Passerelle et surtout Anna. Il lui promet de ne pas l'oublier. Elle ne répond pas mais le fixe de ses grands yeux inquiets.

Francine adopte son Coquelicot. L'enfant aussi s'est attachée à elle même si elle ne manifeste aucun sentiment. Elle ne rejette pas les gestes d'affection de sa nouvelle maman. Elle apprend même quelques rudiments de cuisine.

Coquelicot a dix-sept ans. Elle est devenue une belle jeune fille mais a gardé son regard triste et son chapeau rouge un peu fané. Elle aide Francine à la cuisine.

Un jour, un jeune homme se présente à l'accueil de la Passerelle. Sa mère l'accompagne. Il est en fauteuil roulant. C'est Rémi qui revient comme il l'avait promis.

Il a vingt ans et a eu un grave accident. Il ne peut plus marcher mais il peint. C'est un artiste très doué. On l'a déjà remarqué dans le milieu. Il est issu d'une famille bourgeoise férue de littérature et de musique. On encourage son art. Il sourit en retrouvant Anna avec son chapeau rouge. Elle ne dit rien mais le rose lui monte aux joues, ce qui la rend encore plus jolie.

Rémi dit qu'il veut faire son portrait si elle est d'accord. Il viendra avec son attirail. Elle n'aura rien à faire, juste être là comme d'habitude.

Francine accepte. Elle aime bien Rémi ; il a toujours été un bon garçon. Le voir ainsi handicapé l'attriste mais lui ne semble pas malheureux.
Un beau sourire illumine son visage quand il regarde Anna.

Lorsqu'il revient avec ses toiles, ses peintures et son chevalet, Anna ne cherche pas à s'enfuir. Elle le regarde peindre. Il revient souvent, lui parle, met de la musique.

Son tableau terminé, il le lui montre enfin et lui dit :

Voilà Coquelicot ! C'est toi, c'est pour toi. Grâce à ce tableau, tu porteras toujours ton chapeau rouge porte-bonheur. Maintenant tu es libre, dit-il en lui ôtant le chapeau. Tu peux t'enfuir si tu veux, tu peux aussi rester. Coquelicot ne dit rien, elle esquisse un sourire. Puis dans un souffle : Merci.

Plus tard, bien plus tard, elle se souviendra, elle pourra raconter. A Rémi et à leurs enfants.

Je venais de fêter mes six ans. D'après mes déductions, c'était en 42, le mois, je ne sais pas vraiment, peut-être mars. Il faisait encore froid. A la Passerelle, on m'a inventé une date de naissance, le 12 mars 1936. Une belle année ! Je m'en souviens parce que j'avais reçu une jolie poupée en cadeau, j'étais la plus heureuse des petites filles.

Ce qui me fait le plus mal, c'est d'avoir oublié le visage de ma mère. D'elle, il me reste des sensations, celle d'avoir été aimée, câlinée ... et abandonnée. Oui, abandonnée. C'est ce que j'ai longtemps pensé et que je ne comprenais pas. Je lui en ai longtemps voulu. Après, c'est à moi que j'en ai voulu d'avoir été injuste. Elle m'avait sauvé la vie. Il m'a fallu tellement de temps pour pardonner, me pardonner et enfin aimer ma mère.
Nous vivions dans une petite maison, isolée à ce qu'il me semble. Je l'ai recherchée dans un rayon probable de dix à quinze kilomètres de la Passerelle. Je n'ai rien trouvé. J'ai interrogé des tas de gens, personne n'a pu me renseigner. C'est si loin tout ça, m'a-t-on répondu. Je n'ai même pas pu donner mon nom, le nom de ma mère. Ma petite enfance est perdue, comme dans un brouillard épais.

Les seuls moments dont je me souvienne vraiment, c'est le dernier jour. Il devait être dix

heures lorsque nous avons entendu du bruit dans la cour. Un camion s'est arrêté, puis des cris et des pas. Je jouais avec ma poupée toute neuve quand maman m'a prise dans ses bras, m'a embrassée très fort, m'a dit de me cacher dans le meuble de la machine à coudre avec ma poupée et surtout de ne faire aucun bruit. On a frappé à la porte, j'ai entendu de fortes voix d'hommes que je ne connaissais pas, des mots que je ne comprenais pas, ma mère leur répondait.
Le camion est reparti.
Et puis plus rien.

J'ai attendu un grand moment, la peur me paralysait. Recroquevillée dans ma cachette, les membres ankylosés, j'osais à peine respirer. Maman m'avait dit de ne pas bouger !

La faim m'a fait sortir. J'ai appelé maman tout doucement. Il n'y avait personne dans la maison. J'ai mangé ce que maman avait préparé pour midi puis je suis retournée me cacher. Je ne voulais pas désobéir à maman. Je crois qu'ensuite, je me suis endormie. Il faisait nuit quand je me suis réveillée. J'étais toujours seule et j'avais peur. Je crois que j'ai beaucoup pleuré en appelant maman.
Et puis, j'ai décidé d'aller la chercher. J'ai enfilé mon manteau, pris un quignon de pain et du chocolat et je suis partie. Je ne savais pas où aller, bien sûr. Alors, j'ai suivi la route et j'ai marché, marché, la peur au ventre. La journée du lendemain aussi. Je n'avais plus rien à manger et je me cachais pour ne rencontrer personne. J'ai passé une nuit dans un fossé et j'ai encore marché, épuisée, affamée. Enfin, j'ai osé m'approcher d'une ferme. Dans la grange, je me suis endormie dans le foin.

Le matin, le paysan m'a trouvée et c'est comme ça que je suis arrivée à la Passerelle.

Là, ça n'a pas été facile, je me sentais prisonnière. Je voulais retrouver maman, je voulais qu'on me laisse tranquille.
Heureusement, il y a eu Francine. Elle ne m'a pas lâchée. C'était la seule qui me comprenait. Il y a eu aussi madame Irène, l'institutrice, avec son idée du chapeau rouge. Cela m'a peut-être empêchée de faire des bêtises.
Beaucoup pensaient que j'étais idiote parce que je ne faisais rien à l'école, j'avais l'air de ne rien écouter. En réalité j'enregistrais tout, je comprenais tout mais je ne voulais pas qu'on le sache.
On m'appelait Coquelicot grâce à Francine. Certaines camarades pour se moquer. Moi, j'aimais bien cette fleur des champs fragile et sauvage avec sa robe écarlate un peu fripée.

C'est surtout l'histoire de Francine qui m'a convaincue de porter ce chapeau, j'y ai longtemps cru et même aujourd'hui … je l'ai gardé comme un talisman même si ton tableau, mon cher Rémi, m'a libérée. Je le regarde avec nostalgie en écrivant ces mots, accroché au-dessus de mon bureau. Ce moment a été si puissant, si fondateur pour moi.

Grâce à toi, j'ai retrouvé ma voix et trouvé ma voie. Aujourd'hui, nous avons deux beaux enfants, nous en accueillons d'autres moins chanceux auxquels nous essayons de rendre ce qui nous a été donné. A force d'efforts et de volonté tu remarches même si tu as gardé quelques séquelles. Tu peins toujours avec talent. Tes toiles se vendent bien.

Celles que je préfère embellissent et égayent les murs de notre maison.

Je ne saurai jamais qui était ma mère, pourquoi elle a été emmenée par les soldats allemands, ni ce qui lui est arrivé. Était-elle Résistante, juive ou simplement a-t-elle été dénoncée par jalousie, par méchanceté ? Je suppose qu'elle est morte quelque part dans un camp... Sinon, elle serait revenue me chercher, c'est sûr.

Je vis avec la hantise de perdre ceux que j'aime. J'ai toujours besoin de savoir qu'ils ne sont pas trop loin de moi.

Mes enfants, il manquera toujours une branche à votre arbre. Vous ne devez pas en rougir, elle était belle !

Francine, tu es bien vieille aujourd'hui. C'est à moi de m'occuper de toi. Tu as remplacé la mère que j'ai perdue, je suis la fille que tu aurais voulu et pour toujours ton joli Coquelicot.

La fenêtre de la maison d'en face

La vieille maison d'en face,de l'autre côté de l'étroite rue, avec son mur tissé de vigne vierge percé au premier étage d'une unique fenêtre aux volets gris-bleu un peu passé, est l'unique paysage qui s'offre à mes yeux.
 Hier, les volets se sont ouverts et c'était comme si la maison, fermée depuis longtemps, me souriait.

Quelqu'un a accroché des rideaux anciens en dentelle, légers et transparents. Des mains fines et agiles voletaient sur le voile ajouré, ajustaient les plis, vérifiaient l'harmonie de l'ensemble. Une jardinière fleurie de capucines et un pot de basilic ont mis la dernière touche à ce tableau charmant.

Depuis hier, quelque chose a changé. Une vie s'est installée derrière ce mur et ma solitude sera moins pesante désormais. Sans même soulever les rideaux de ma propre fenêtre, je peux observer la vie autrement que dans mes livres. Cette fenêtre est un roman qui va s'écrire pour moi au jour le jour.

Ce soir, les volets sont restés entrouverts. La faible lueur d'une lampe de chevet s'échappe par toutes les fentes et reste allumée longtemps, jusqu'au creux de la nuit. Je pense à ce qu'écrit Baudelaire dans le poème en prose Les Fenêtres : *Dans ce trou noir ou lumineux, vit la vie, rêve la vie, souffre la vie.*

Elle lit peut-être, ayant du mal à trouver le sommeil - Je dis "elle" car c'est une femme, c'est sûr - Un roman récent la passionne ou un plus ancien qu'elle relit pour la énième fois. Ou bien, elle écrit, l'idée me plaît. Je l'imagine penchée sur un cahier d'écolier ou sur une feuille de papier à

111

lettre. Rédige-t-elle ses souvenirs, ses réflexions, un début de roman ? Ou bien est-ce une lettre à un ami ? Un amant peut-être. Pas de machine sophistiquée, le stylo seul glisse sur la page, hésite, se lève, s'énerve, rature puis reprend sa course silencieuse et s'arrête à nouveau. De sa pointe coulent les mots qui dessinent un paysage intérieur foisonnant. Est-elle heureuse, triste ou mélancolique ?

Quand enfin la lumière s'éteint, je devine le feu de ses prunelles sombres scrutant la nuit et le silence à la recherche d'indicibles réponses.

D'elle, je ne sais rien. A peine ai-je aperçu une vague silhouette passant et repassant derrière le rideau.

Anna est le prénom que je lui ai choisi, un prénom doux, lumineux, ouvert comme un appel.

Son chat, noir comme les ténèbres, s'installe entre les pots sur le rebord de la fenêtre et surveille les oiseaux qui peuplent la vigne vierge. Nosfératu, ainsi que je l'ai nommé, ne peut rien contre eux mais sa présence dissuade toute tentative d'approche. Méfiants, ses yeux dorés ont deviné ma présence ; avec insistance, ils scrutent mes

carreaux. Sûrs de leur pouvoir, ils semblent dire :
Je te vois, inutile de te cacher !

Elle paraît n'avoir rien remarqué de ma
présence ou s'en moque et c'est bien ainsi.

Le matin, deux beaux bras blancs écartés
comme pour embrasser le jour, repoussent les
volets sans s'attarder. A peine ai-je le temps de voir
voleter un vêtement de satin blanc orné de
dentelle.

Comme sur un écran muet, les images d'une vie
défilent sans que j'en comprenne le déroulement.

Anna aime le silence. Ses vitres ouvertes laissent peu deviner ses activités. Quelquefois, l'après-midi, dans la pénombre des volets refermés, un piano joue une sonate de Schubert, un nocturne de Chopin et d'autres morceaux classiques. Est-ce elle qui joue ? Il me plaît de le croire. Des notes de jazz s'égrènent parfois et c'est pour moi un enchantement. Même la sonnerie de son téléphone, le Boléro de Ravel, m'est agréable.

Alors, j'entends sa voix, une voix claire, chaude et douce, pénétrante et envoûtante qui me procure une merveilleuse sensation de bien-être. Je ne comprends pas les mots prononcés, seule leur mélodie me parvient avec des variations joyeuses ou plus sombres.

Il m'a semblé l'entendre chanter une fois, très doucement, comme une berceuse à un enfant. Une nostalgie venue de très loin mais sans tristesse, m'a fait venir les larmes aux yeux, des larmes nées de la beauté et de la magie du moment.

Hier, Anna avait ouvert sa fenêtre en grand, les rideaux semblaient vouloir prendre leur envol, c'était charmant. J'ai pu entrevoir un coin de son intérieur. Sur le mur du fond, la corniche d'une bibliothèque de bois blond patiné et un bout de l'étagère du haut supportant des livres bien rangés, au-dessus du meuble, un panier d'osier rempli de fleurs séchées, immortelles aux teintes passées. J'apprécie son goût pour la lecture, cela ne fait

117

aucun doute !

A gauche de la bibliothèque, un tableau, un portrait de femme coiffée d'un chapeau rouge qui semble m'adresser un sourire un peu moqueur, je le devine plus que je ne le vois.

Est-ce Anna qu'une main artiste a représentée ? Anna jeune, belle et heureuse ? Le peintre est un homme amoureux, forcément. Il n'est pas là, Anna vit seule, je le sais, mais il a laissé son empreinte, la trace d'une histoire toujours présente.

Pour la première fois, les volets ne se sont pas ouverts le matin. Voilà plusieurs jours qu'Anna s'est absentée, du moins, c'est ce que je pense. J'imagine qu'elle a pris quelques jours de vacances. Il fait beau, l'air est doux. Elle est partie faire une randonnée avec des amis, la montagne n'est pas loin. Elle a raison, c'est si beau l'arrière-saison en montagne ! La mer aussi, c'est peut-être ce qu'elle aura préféré. Des promenades le long de la plage, des baignades dans les vagues, des soirées entre amis, des rencontres...

Elle rentrera pleine d'énergie et de souvenirs ; c'est ce que je lui souhaite. Mais après

119

tout, c'est peut-être bien autre chose ! J'attends son retour impatiemment.

Et Nosfératu, l'a-t-elle abandonné dans la maison vide ? Il m'a semblé entendre une voix de temps en temps. Ce n'est pas celle d'Anna. Quelqu'un vient s'occuper du chat. Il doit s'ennuyer ! Tant pis pour lui, je ne l'aime pas.

Les volets se sont rouverts. La silhouette d'Anna se dessine derrière le fin rideau de dentelle. Je la devine, grande, mince, brune aux longs cheveux. Elle a pris dans ses bras son affreux chat noir qui dormait sur le rebord, l'a caressé comme pour s'excuser du dérangement et a refermé ses carreaux. J'envie cette sale bête qui ne mérite pas tant d'affection ! Des effluves d'un doux parfum d'iode et de vanille ont imprégné l'air jusqu'à moi, confirmant mon hypothèse d'un séjour maritime.

Je m'interroge sur la vie de ma mystérieuse

voisine. Tout est possible. Par-delà cette fenêtre, espace restreint que je traverse et qui me traverse, j'ai l'illusion de la connaître et d'échanger avec elle d'infimes parcelles de vie. Elle ne sait pas ce qu'elle m'offre. Mes remerciements muets lui parviennent peut-être.

Hier, alors que je somnolais dans mon fauteuil comme souvent, j'ai entendu des coups frappés très fort à une porte, des mots inintelligibles comme des ordres hurlés et des pas précipités de l'autre côté de la rue.

Et puis, plus rien !

Je n'ai vu personne. Je ne peux pas me lever. Je suis au désespoir ! Qu'est-il arrivé ? La fenêtre d'en face est restée ouverte toute la nuit. Nosfératu a

123

miaulé longtemps. Où est Anna ? Son absence soudaine est intolérable.

Elle qui rendait ma vie d'infirme supportable a disparu …

Bonjour ! Bonjour ! C'est moi Rosine, la concierge. Ah ! Pardon, je vous réveille. Vous rêviez encore derrière vos carreaux !

Je vous apporte votre courrier et une nouvelle qui va vous faire plaisir. La vieille maison d'en face, cette ruine inhabitée depuis des lustres va être démolie. Vous allez pouvoir profiter de l'animation de la place et du jardin public. Ça va vous changer de la vue de ce mur gris délabré et de cette fenêtre aux volets vermoulus fermés sur on ne sait quels fantômes du passé ! Personne n'a voulu la racheter. Il paraît qu'elle recèle des souvenirs pénibles que tout le monde préfère oublier.

La Malvezine

Le lourd silence saturé d'odeurs de respirations, de corps mal lavés, de fumée, de craie et d'encre, émaillé de soupirs, de raclements de gorge, de chutes d'objets, de remuements de pieds, est soudain rompu par la voix sonore et autoritaire du maître :

Qu'est-ce que tu cherches au plafond, Marco ?

Rien, m'sieu, je réfléchis !

Alors, tu as la solution ? Demande Monsieur Viandrini, moustache guerrière et sourcils en broussaille levés au-dessus de ses lunettes rondes.

Non, m'sieu, c'est trop difficile !

Trop difficile 123+14 ? De qui te moques-tu ? Tonne le maître qui, descendu de son estrade, agite une règle menaçante sous le nez mutin du gamin.

Moi, M'sieur, je sais, je sais, intervient Manu au secours de son copain pour détourner l'attention belliqueuse du maître.

Alors, combien ?

247, M'sieur, s'écrie Manu, déclenchant un éclat de rire général.

Dix opérations supplémentaires pour demain et pour toute la classe ! Toi, Marco, tu trouveras sans doute les réponses au plafond ! Soupire le maître en s'emparant d'une craie pour inscrire les dix opérations au tableau.

Marco baisse la tête, résigné, puni une fois de plus et gêné d'avoir entraîné la classe entière.
Eh, Manu, t'aurais pu donner la bonne réponse, crie Pipo à la sortie en lui assénant une claque dans le dos.
Bah, dit Tintin en riant, il les aurait données quand même ses opérations, on le connaît Viandox !

Ce n'est pourtant pas de sa faute, pense Marco, s'il n'arrive pas à s'intéresser aux signes tracés maladroitement sur la froide ardoise grise.
Il se passe tellement de choses plus étonnantes au plafond ou par la fenêtre. Parfois c'est une araignée qui s'applique à broder sa dentelle dans un coin, une mouche infatigable qui virevolte et revient malicieusement se poser sur le crâne déplumé du maître, d'autres fois, c'est la pluie qui joue des claquettes sur le toit de l'école ou un pigeon qui se pose sur le rebord de la fenêtre et nargue la classe de son œil rond. Voilà ce qui plaît à Marco.

Le maître ne peut pas comprendre. Il n'a pas l'âme poétique. Lire, écrire, compter sont les seuls verbes qu'il sait conjuguer ! Il n'a pas de temps pour rêver ou alors ce fut dans un passé lointain. Les trente-cinq galopins assis devant lui gobent sa science et usent sa patience.
D'ailleurs, Marco saurait parfaitement faire

l'addition mais d'autres pensées le préoccupent en ce moment.

Marco est le fils des épiciers du village, Raymond et Simone Bartier. Il a dix ans. C'est un petit gars blond aux yeux rieurs, intelligent, espiègle, curieux, "du vif-argent", comme dit sa grand-mère qui aime employer cette expression à connotation financière. Il sait aussi s'inventer des histoires à partir de petits riens comme c'est le cas en classe quand le cours l'ennuie. Il écrit de belles rédactions mais déteste le calcul.

Il ne suffit pas de savoir écrire, mon petit, il faut aussi savoir compter, demande donc à tes parents, ajoute le maître avec un zeste d'ironie.

Quand il ne joue pas avec les copains du quartier, il aide ses parents à décharger les comestibles dans la réserve ou à ranger les boîtes sur les étagères du magasin. Une aide bienvenue qui n'est pas sans arrière-pensée. Entre la balance Roberval et la caisse enregistreuse, l'accès aux bocaux de bonbons et autres friandises est souvent libre, malgré les interdictions.

Marco a une petite sœur, Maguy, jolie blondinette aux bonnes joues de bébé. Elle a cinq ans, trop petite pour être intéressante, selon lui. Ils sont dans la même école cette année encore et il est obligé de la mener par la main le matin pour y aller et le soir en rentrant.

Ça fait ricaner les copains mais il joue vaillamment son rôle de frère aîné. Dans deux ans, il rejoindra les grands au collège. Pour cela, il devra travailler davantage. C'est ce que lui répètent à longueur de devoirs bâclés le maître et ses parents, eux, trop pris par leur commerce pour vraiment s'occuper de lui.

Pour l'heure, Marco est puni.

Va donc faire ta punition, on en reparlera ce soir ! Gronde son père pour la forme, parce qu'il le connaît, son garnement et puis au milieu des clients, il n'ose élever la voix.

Deux tartines avalées, un bol de chocolat et les dix opérations seront faites en moins de temps qu'il ne faut pour le dire.

Après, il ira courir avec ses copains jusqu'à la fermeture du magasin.

Les copains, ce sont Manuel, dit Manu, le fils du charpentier espagnol, un petit gars brun, costaud, bagarreur, Pascal, dit Pipo, l'enfant chéri de la cantinière de l'école, rouquin plutôt fluet et Antoine, dit Tintin, le petit dernier de la famille Grégoire, les quincailliers du village, le plus jeune et le plus timoré.

Leurs lectures se cantonnent aux illustrés qu'ils s'échangent avec ferveur : Mickey mouse, Popeye, Pim Pam Poum et Spirou, le petit dernier auquel Marco est abonné et que tous attendent avec impatience. Ils lisent aussi les Pieds Nickelés, d'où leur surnom bien qu'ils soient quatre, en raison de leur roublardise, toujours prêts à une manigance qui leur rapportera de quoi satisfaire leur gourmandise insatiable. Ce ne sont pas les dérouillées paternelles qui les décourageront.

L'autre jour, Manu a chipé la tarte aux pommes qui refroidissait sur le rebord de la fenêtre d'Octavie Luche, surnommée la Mère Luche par les garnements du quartier.

Ça lui fera un kilo en moins ! Elle devrait nous remercier, dit le jeune larron en mimant le physique avantageux de la brave cuisinière, devant ses comparses écroulés de rire.

Pipo, lui, est doué pour la comédie.

Qu'est-ce qui t'arrive, mon p'tiot ? S'est ému le vieux Léon en le voyant pleurer à chaudes larmes, assis devant l'église.

J'ai... j'ai perdu mes sous pour acheter le pain … j'ai peur de rentrer à la maison, maman ne sera pas contente !

Le vieil homme, apitoyé, lui a glissé une pièce que le petit filou s'est empressé d'aller dépenser à l'épicerie de Marco.

Tintin n'est pas très malin. Il se contente de garder la monnaie quand sa mère l'envoie faire une course. Elle n'est pas dupe mais ne sait pas le gronder, son père s'en charge bien assez.

Quant à Marco, c'est lui qui commande la troupe vu qu'il est le fils de l'épicier et qu'il fournit les goûters clandestins. Ces quatre-là s'y entendent pour les bêtises malgré des chamailleries à propos de billes ou de bonbons ; rien de grave !

Leurs terrains de jeux sont toujours les mêmes, la place devant l'église avec la fontaine, étrange construction à plusieurs niveaux, idéale pour jouer à chat perché et se retrouver trempé jusqu'aux os, le pré à l'entrée du village, parfait pour les parties de ballon avec les gars du quartier voisin, les ennemis, toujours prêts à en découdre sauf quand il est impraticable parce que Maurice, le fermier, y a fait paître ses vaches. Les rues aussi sont investies par les garnements à l'affût de quelque entourloupe.

Un seul endroit leur est interdit : La Malvezine.

La Malvezine est une ferme en ruine située à quelques centaines de mètres du village,   derrière un petit bois. Malvezine signifie "mauvaise voisine". Une légende raconte qu'elle fut habitée, dans un passé lointain, par une famille protestante rejetée par les habitants catholiques du village. Abandonnée depuis bien longtemps, elle a gardé une réputation sulfureuse.

N'allez jamais de ce côté, ont prévenu les parents, c'est dangereux. Il y a un étang où la nuit s'allument des feux follets. Il paraît que la maison est hantée, des gens qui s'y sont aventurés, à ce qu'on dit, auraient disparu sans laisser la moindre trace.

Il n'en fallait pas davantage pour exciter la curiosité des gamins.

Ils n'avaient jamais tenté l'expédition jusqu'à la maison, effrayés d'avance par son chemin bordé de cèdres sombres, géants aux grands bras squelettiques.

Pourtant, un après-midi d'été, les quatre explorateurs en herbe décident de partir à la découverte de la Malvezine, enhardis par leur nouvel équipement d'attaque. Bottes de caoutchouc, bâtons en forme d'épée, frondes artisanales et quelques cailloux dans les poches, voilà nos chevaliers partis pour l'aventure !

Il fait très chaud, l'air est lourd, les hirondelles tournoient en criant. Au loin l'orage menace mais il semble encore loin.

Comme toujours, Marco ouvre la marche. Les autres suivent, ils sifflotent pour se donner du courage, se font des croche-pieds, se racontent des blagues.

Ils approchent peu à peu. Les lieux n'ont rien

d'engageant. Le chemin n'est pas long mais herbes et ronces l'ont envahi. Un passage, néanmoins semble ménagé. Tous les quatre avancent en silence, le dos courbé, à l'affût du moindre bruit.

Soudain, un cri de douleur brise le silence. C'est Tintin qui vient de trébucher.

Tais-toi, souffle Marco, tu vas nous faire repérer !

Je me suis fait mal, pleurniche Tintin en se relevant, les bras et les genoux écorchés.

Arrête, mauviette, t'as qu'à faire attention, le sermonne Manu qui tient fermement son bâton et frappe le sol à chaque pas.

Comme des Sioux, ils progressent de buisson en buisson, découvrant les murs de torchis délabrés de la masure. Les volets au bois blanchi par le temps pendent tristement le long de la façade. Certains retenus par un seul gond rouillé menacent de tomber.

Marco risque un œil par une fenêtre, se baisse aussitôt, effrayé par le noir épais de l'intérieur. Pipo, plus hardi, se faufile jusqu'à la porte entrebâillée mais se replie vivement vers ses copains, une main sur la bouche et le nez.

Ça pue là-dedans, chuchote-t-il, moi, je rentre pas !

Chut ! Fait Marco, pas plus rassuré.

Allez, on s'en va, supplie Tintin, moi, j'ai peur !

Un tressaillement du lierre qui ronge la façade provoque un recul général de la troupe.

C'est rien qu'un lézard, bande de nazes ! Fanfaronne Marco qui n'en fait pas moins un pas en arrière.

En fait, c'est toute la végétation environnante qui est habitée d'une vie invisible. Ça rampe, ça grouille, ça se faufile parmi les vieux outils envahis de ronciers et mangés de rouille, pareils à des carcasses d'animaux jetées çà et là entre un pied d'artichaut et une touffe d'acanthe, restes vigoureux d'un jardin d'autrefois.

Les enfants n'en mènent pas large, d'autant que le ciel s'assombrit peu à peu et que le vent se lève. Un peu en contrebas, ils devinent les eaux noires de l'étang entouré d'arbres touffus qui bruissent et s'agitent.

Un éclair puis le fracas du tonnerre déclenchent la retraite des combattants qui s'enfuient en courant sous les flèches de l'orage qui vient d'éclater.

Trempés de la tête aux pieds, les quatre Pieds Nickelés trouvent refuge dans la grange du vieux Léon.

Assis sur les bottes de paille, ils font le point de la situation.

Mes parents avaient raison, dit Tintin, c'est un endroit dangereux … "maléfique" qu'ils ont dit. Je voulais pas y aller, moi ! En plus, je me suis esquinté les bras et les genoux, ça saigne !

Oh, là, là, c'est rien ça ! Moi, je suis sûr que c'est habité. J'ai vu quelque chose bouger à l'intérieur, dit Marco.

Et moi j'ai vu une tête toute blanche, ajoute Manu encore pâlot.

Si ma mère apprend qu'on y est allés, ça va être ma fête, dit Pipo.

T'as qu'à pas lui dire, andouille, assène Marco. Pour moi, y a un mystère dans cette baraque.

Mais non, fait Manu, tout ça c'est des "halluces"....

On dit pas des "halluces", idiot, mais des ha-llu-ci-na-tions, corrige Marco. Et d'abord, je suis pas fou, j'ai vu quelque chose bouger et j'ai entendu un bruit.

Faut pas y retourner, ça va nous porter malheur, insiste Tintin qui a déjà pris sa décision.

Bah, on verra, moi, ça m'intrigue. Allez, on rentre, on se caille ici.

A partir de ce jour, La Malvezine hante les nuits de Marco. Il est persuadé qu'il doit percer le mystère tout seul. Les autres sont des froussards qu'il n'a plus envie de traîner derrière lui.

De la fenêtre de sa chambre il aperçoit au loin le toit de la vieille maison. Tous les soirs, avant de s'endormir, il regarde dans sa direction, tente de découvrir quelque chose et surtout imagine une présence. Ses rêves sont peuplés d'êtres étranges, monstrueux qui viennent jusque dans sa chambre et l'attirent vers la Malvezine.

En septembre, Marco retourne en classe. Le maître est toujours Monsieur Viandrini, Viandox pour ses élèves. Le jeune garçon, si vif d'habitude, se montre moins attentif, plus rêveur. Il est toujours partant pour les bêtises et pour les jeux avec les copains mais ne leur propose plus une virée à la Malvezine. Du haut de son observatoire, il surveille.

Un soir, à la tombée de la nuit, il croit apercevoir une lueur à travers le toit défoncé de la masure. Il n'en est pas sûr mais cela conforte sa première impression.

Si j'avais bien vu et entendu quelque chose, pense-t-il, et si Manu avait vraiment vu une tête blanche ! Alors quelqu'un se cacherait là ?

Marco décide de faire une enquête.

Le jeudi, au lieu d'aller jouer avec ses copains, il décide d'aider ses parents toute la journée. Ceux-ci sont bien étonnés mais imaginent quelque fâcherie de gamins. Marco veut voir si un nouveau client vient s'approvisionner à l'épicerie, mais non, personne de ce côté-là. Il n'ose pas interroger ses parents.

Le dimanche, il accepte sans rechigner d'aller à la messe. Assis près de sa mère, il observe les paroissiens qui s'installent, se retourne sans cesse pour que rien ne lui échappe.

Arrête de bouger et de te retourner, chuchote madame Bartier agacée et gênée, qu'est-ce que tu cherches ? Ça dérange les gens, qu'est-ce qu'ils vont dire ?

En effet, madame Bartier est très soucieuse du qu'en dira-t-on. Elle met un point d'honneur à bien respecter les us et coutumes des uns et des autres. Sa clientèle est précieuse, surtout en ce moment. Il ne faut pas "être sur la langue des gens", comme dit la grand-mère de Marco.

L'enfant est de plus en plus sûr de voir une faible lumière, il croit même apercevoir une fumée diffuse s'échappant du toit de la Malvezine. Il hésite cependant, il sait que son imagination est fertile. Il écrit d'ailleurs de très belles rédactions. La dernière fois, Viandox a lu son texte à toute la classe.Il s'agissait de raconter une mésaventure.

Sans évoquer ses copains, il racontait sa virée dans un château abandonné. Dans les pièces en ruine, il avait trouvé des trésors, tableaux, bibelots, livres et avait décidé de s'installer là durant ses moments de liberté. Petit châtelain dans son palais enchanté ! Mais il avait vite été délogé manu militari par le propriétaire, énorme bonhomme en uniforme, armé jusqu'aux dents.

Toute la classe avait ri. Manu, Pipo et Tintin avaient en tête leur malheureuse expédition.

T'es pas retourné là-bas quand même ? Lui demande Manu en sortant.

On s'y serait cru en vrai, dit Tintin, ça m'a foutu les jetons ta rédac !

J'ai inventé le dedans, je crois pas que ça soit si chouette.

On pourrait y retourner, y a peut-être un trésor, comme tu dis dans ta rédac, propose Pipo.

Non, pas la peine, c'est nul cet endroit, répond Marco qui ne veut surtout pas y emmener ses copains ni leur dévoiler ses découvertes.

Un soir, toujours à son poste d'observation, Marco voit son père sortir silencieusement par la porte de derrière. Avec un sac qui paraît lourd, il se dirige vers le fond du jardin qui ouvre sur une impasse.

Marco n'ose toujours pas poser de questions. Si son père avait quelque affaire un peu louche !

Le garçon en oublie un peu La Malvezine. Les sorties hebdomadaires tardives de son père l'intriguent davantage et l'inquiètent.

Le maître a remarqué le changement de son élève devenu plus silencieux et renfermé. Faut-il en parler aux parents ? Il hésite, la conjoncture pourrait l'expliquer, il y a de quoi être inquiet. Il attend, Marco est toujours un bon élève.

Les Pieds Nickelés aussi voient leur copain plus distant, ils le charrient un peu mais Marco arrive à donner le change.

Un beau matin, à l'ouverture de l'épicerie, des voix devant la porte réveillent Marco. C'est inhabituel, peu de gens viennent si tôt faire leurs courses. Il se penche à la fenêtre et tend l'oreille aux conversations désordonnées.

La pauvre ! Si c'est pas malheureux ! Dit l'un.

Elle ne méritait pas ça quand même ! J'espère qu'on va le retrouver le salaud qu'a fait ça, dit l'autre.

Je savais pas qu'elle avait de l'argent ! Ajoute un troisième.

Non, c'était pas pour l'argent, il paraît qu'elle avait des armes. C'est ça qu'on lui aurait volé. Son défunt mari les collectionnait. Elle s'est trouvée en travers du chemin du ou des voleurs. On a voulu la faire taire !

Par les temps qui courent, vous savez, dit le père de Marco, le crayon sur l'oreille, il faut s'attendre à tout.

Hélas ! Soupire sa mère... Qu'est-ce que je vous sers, Madame Rabaud ?

A l'école, les copains bien informés lui apprennent que c'est Octavie Luche qui a été assassinée pendant la nuit.

Le voisin a retrouvé la mère Luche étranglée dans le couloir de sa maison, raconte Pipo, c'était pas beau à voir qu'il a dit à ma mère. Le voleur lui avait serré le kiki avec son foulard. Elle était en chemise de nuit, la vioque, mais elle dort toujours avec son vieux machin autour du cou !

Elle est pourtant rudement costaud, elle aurait pu se défendre.

Tu parles, c'est que du gras, pas du

muscle !

Tu dis rien Marco, t'as l'air bizarre. Me dis pas que ça te rend triste ! Grimace Manu.

Ya pas de quoi rigoler quand même, vous charriez. Si c'était ta mère, Manu ?

T'es pas drôle en ce moment, Marco, t'as un problème ou quoi ?

J'ai pas de problème ! Des fois c'est vous le problème !

Marco quitte le groupe qui reste là, déconcerté par cette étrange attitude.

Les jours passent, le voleur assassin n'est pas retrouvé. Marco ne surveille plus son père, pas plus que La Malvezine ; Il a peur. Les cauchemars se multiplient la nuit, il se réveille terrorisé, en nage. La journée, il est fatigué. A l'école, rien ne va plus. Le maître s'inquiète et demande à voir ses parents.

A la maison, madame Bartier s'est aperçue du changement de son fils mais ne sait à quoi l'attribuer. Elle l'interroge, multiplie les gentillesses, se sentant coupable de manquer de temps pour ses enfants. Le père de Marco, lui, pense qu'il faut sévir davantage, que les mauvaises habitudes ont pris le dessus. Marco est puni, reçoit quelques raclées qui lui font découvrir la violence de son père. Il n'ose plus lever les yeux sur lui. Les sorties nocturnes, les armes, le sac lourd, les raclées le persuadent que c'est lui qui a commis le crime. Il est très malheureux d'autant plus qu'il ne peut en parler à personne.

Tourmenté et seul face à son désarroi, Marco se dit qu'il doit savoir où va son père la nuit et s'il est vraiment coupable.

Le suivre lors de ses sorties n'est pas chose aisée. Il faut éviter de réveiller Maguy qui dort dans la même chambre que lui, s'habiller chaudement car il fait froid dehors, ne pas faire craquer les marches de l'escalier qui alerteraient sa mère et surtout suivre son père d'assez près mais sans se faire remarquer, ceci de nuit et sans lumière.

Sans parler de la peur ! Marco n'a que dix ans, mais beaucoup de courage et de détermination.

Il a préparé ce dont il aura besoin s'il voit son père sortir. Il est aussi très attentif aux conversations de ses parents.

Ce soir-là, ils se parlent à voix basse lorsque les enfants sont sensés être couchés. Marco, posté en haut de l'escalier écoute et surprend quelques mots.

Fais bien attention, il paraît qu'ils sont sur le qui vive avec ce qui s'est passé l'autre nuit !

Ne t'en fais pas, par où je passe, personne ne peut me voir.

C'est pas si sûr ! je ne suis pas tranquille ! Tu devrais y aller moins souvent.

Tu sais bien que c'est pas possible... Allez, j'y vais ! Tu peux aller te coucher, je ne tarderai pas.

Marco enfile son manteau, enroule son cache-nez autour du cou, prend ses chaussures à la main, il se chaussera dehors. Pendant que sa mère se couche, il descend l'escalier tout doucement en évitant les marches qui craquent. Il faut faire vite, son père est déjà dans la cour, ne pas le perdre de vue, s'habituer à la nuit à peine éclairée par un croissant de lune. Marco tremble à l'idée d'être repéré mais aussi de ce qu'il pourrait découvrir.

Le père de Marco se dirige vers le fond du jardin, ouvre le portillon au bout de l'impasse, pousse la barrière qui donne sur le pré du vieux Léon. Une chouette hulule, un chien aboie au loin, quelques fenêtres sont encore éclairées, une voiture traverse le village. Marco connaît les lieux. Jusque-là, pas de problème. Mais son père se dirige vers la forêt à travers champ. Là, la nuit sera plus dense, les bruits plus terrifiants. C'est la direction de La Malvezine, il en est sûr.

Marco suit, de loin, la peur au ventre. Que contient ce sac si lourd ? se demande-t-il, ce sont peut-être les armes volées à Octavie Luche !

La Malvezine est de l'autre côté de la forêt, la traverser est hasardeux à cause des branches et des feuilles mortes qui craquent à chaque pas, des petits animaux que l'on dérange et qui s'enfuient.

Raymond Bartier ne se retourne pas, il avance, le sac sur le dos. Le bruit de ses pas couvre celui de Marco. Ils arrivent en vue de la vieille maison. Une faible lumière éclaire la pièce située côté forêt. Marco s'est arrêté, il regarde son père qui coupe à travers une haie et rejoint le chemin de l'entrée.

La maison est donc bel et bien habitée ! La curiosité galvanise Marco qui traverse la haie à son tour et court se poster sous la fenêtre près de la porte. Son cœur bat la chamade, il lève la tête. Cette pièce est dans l'obscurité mais il devine ce qui se passe dans la pièce du fond. Il distingue un bout de table, des gens parlent à voix basse. Il ne les voit pas. Le sac est posé par terre. Contre le dossier d'une chaise, est appuyé un fusil ou ce qui y ressemble. Son père s'en empare, il semble montrer son fonctionnement.   Une tête aux cheveux blancs est penchée vers la table, on dirait une vieille femme.

Manu avait raison ! Et si son père allait commettre un autre crime ! Marco est terrifié. Il reprend le même chemin et s'enfuit en courant. Ruisselant de sueur, en larme, tremblant de tous ses membres, il se couche et s'endort, épuisé.

Au réveil, Marco a du mal à reprendre ses esprits, il croit avoir fait un cauchemar. Sa mère l'appelle, il ne répond pas, encore épuisé des émotions de la nuit. Sa petite sœur le secoue gentiment.

Allez, lève-toi ! Oh, pourquoi t'es tout habillé dans le lit ?

Tais-toi, chuchote Marco, ne dis rien à maman, j'ai pas envie de me faire attraper !

D'accord, mais dis-moi pourquoi, insiste la fillette.

J'ai eu besoin d'aller au cabinet pendant la nuit, j'allais pas sortir à poil, avec le froid qu'il fait ! Ça caillait tellement que je me suis recouché comme ça ! Voilà, t'es contente ?

Oui, d'ailleurs, je t'ai entendu remonter, tu respirais fort !

Marco soupire. Heureusement Maguy aime bien son grand frère. Elle ne dira rien aux parents.

Sur le seuil de l'épicerie, en partant pour l'école main dans la main, les enfants voient arriver deux gendarmes à vélo. Marco pâlit et cherche son père des yeux. Celui-ci n'a pas l'air affolé de quelqu'un qu'on viendrait arrêter. Au contraire, il sourit aux deux acolytes et les salue.

Marco et sa sœur sont bien obligés de poursuivre leur chemin. C'est sûr, le garçon pense qu'il ne reverra pas son père ; on est venu chercher l'assassin !

A l'école, c'est difficile, entre larmes et colère, Marco se ferme. Les copains ne comprennent pas, le maître déjà inquiet de son comportement, respecte son silence et son manque d'attention. Il lui demande de rester après la classe.

Gentiment, il l'interroge. Que se passe-t-il ? A-t-il un problème avec ses copains ? Avec son père ? A-t-il fait une bêtise ? Marco peut tout lui dire, il l'aidera si c'est possible. Mais Marco ne dit rien, il fond en larme.

Le maître décide de raccompagner les deux enfants chez eux. Maguy est toute triste de voir son frère pleurer. Elle pense qu'il a peur d'être grondé et tente de le consoler comme elle peut.

Pourtant, en arrivant à l'épicerie, son père est là comme d'habitude.

Bonjour, monsieur l'instituteur, vous me ramenez mon garnement ! Il a encore fait une bêtise ?

Non, monsieur Bartier, il n'a pas fait de bêtise. Je m'inquiète à son sujet. Il est triste et il s'est mis à pleurer quand je l'ai interrogé. Vous savez ce qui se passe ?

Avec ma femme, on ne sait pas ce qu'il a depuis quelque temps, il ne comprend ni la douceur, ni les coups, on n'arrive à rien !

Moi, je crois qu'il a eu peur des gendarmes ce matin, intervient Maguy qui n'en perd pas une et qui cherche à voler au secours de son frère.

Les gendarmes ? s'étonne son père en se tournant vers Marco. Celui-ci, tête baissée, fuit le regard de son père. Pourquoi il aurait peur des gendarmes ? Tu as quelque chose de grave à te reprocher ? En tout cas, si tu veux savoir, ils ne venaient pas pour toi. Ils recherchent celui qui a tué la pauvre madame Luche et je ne crois pas que ce soit toi. A moins que tu aies assez de force pour étrangler une femme quatre fois plus grosse que toi ! Ajoute-t-il en riant. Ils interrogent tout le monde. C'est forcément quelqu'un qui savait qu'elle avait des armes !

Bien sûr, répond le maître, mais le comportement de Marco ne date pas d'hier.

Si c'est comme ça, je ne vois que la pension, ça réglera tout !

C'est au tour de Maguy d'éclater en sanglot et à madame Bartier de s'écrier :

Ce n'est peut-être pas le moment ; on ne sait pas comment les choses vont tourner et puis la pension, c'est cher ! On a déjà du mal avec le commerce !

C'est vrai, ajoute monsieur Viandrini, attristé par la tournure que prend sa visite. Il faut peut-être attendre. Les événements ont forcément une influence sur les enfants. Marco n'est pas le seul !...

Vous avez sans doute raison, mais Marco a besoin d'être vissé et moi je n'ai pas le temps de m'en occuper comme il faudrait. La pension, c'est le seul moyen ! Bonsoir monsieur Viandrini et merci de votre visite.

Dépité et malheureux de son intervention, l'instituteur retourne à son école, espérant que le père de Marco reviendra sur sa décision.

Lui aussi en son temps avait connu la pension. Il avait tout juste sept ans quand son père fut mobilisé. Après trois mois à peine, il mourut sur le champ de bataille, laissant trois orphelins et une femme éplorée.

Celle-ci était couturière, Félix était l'aîné. Il devint comme ses frères pupille de la nation. On l'envoya à l'orphelinat St Sauveur où il pleura beaucoup la mort de son père et la séparation avec sa mère.

Il a peur pour Marco qu'il sent fragile et tellement sensible. Quelles seront ses fréquentations ? Il se souvient de l'atmosphère qui régnait dans les classes avec des maîtres qui glorifiaient la guerre et la patrie à coups de textes, de leçons de morale, de devoirs avec comme livre de référence Le tour de la France par deux enfants de G. Bruno. L'enfant était utilisé dans un but idéologique et comme instrument de propagande. Triste période qu'il ne souhaite pas voir revivre à ses élèves.

Le père de Marco ne revient pas sur sa décision. Son fils ira en pension au collège Jules Ferry à cinquante kilomètres malgré les prières de sa femme et les larmes de Maguy.

Marco est triste, il laisse sa famille et ses copains mais au fond s'éloigner de son père l'arrange plutôt et puis découvrir d'autres lieux, rencontrer d'autres personnes lui feront un peu oublier la Malvezine et les mystères qui l'entourent.

Au collège, la discipline est sévère, presque militaire. Marco pleure souvent le soir sous sa couverture. Il a froid, sa mère et sa sœur lui manquent. Les copains aussi. Les garçons ne sont pas tendres avec lui ni entre eux. Certains viennent de loin, ils ont aussi quitté leur famille. La tristesse les rend agressifs, violents parfois. Les maîtres ne réagissent pas. Ils trouvent que ça les endurcit et s'amusent des bagarres.

Le voisin de dortoir de Marco s'appelle Robert, il a un an de plus que lui. Il est grand et costaud. C'est un spécialiste de la savate, sport de combat que son père lui avait appris. Beaucoup le craignent. Lui aussi a dû quitter les siens, il en a pris son parti mais les sanglots étouffés de Marco l'émeuvent.

A l'étude, Robert est assis au même pupitre que Marco. Dans la cour, on les voit discuter, le grand faisant répéter les leçons au plus jeune. Une amitié se noue. Marco partage avec lui les colis envoyés par sa mère. Lui n'en reçoit jamais.

Pourquoi ? S'étonne Marco. Ils sont où tes parents ?

Si je savais ! Soupire Robert.

Ils t'ont abandonné ?

Mais non, qu'est-ce que t'es naïf. On ne t'a rien appris dans ta campagne ?

Marco ne trouve rien à répondre. C'est vrai, il s'est bien aperçu de certains événements, des plaintes de ses parents qui manquent de denrées alimentaires à vendre, des clients qui râlent. Le soir, le magasin à peine fermé, c'est la radio qu'on allume et qu'on écoute religieusement dans la cuisine. Pas question de causer, on est renvoyé dehors ou dans la chambre.

Je peux te confier un secret ? dit Robert à voix basse. Tu promets de ne rien dire à personne ? Ce serait grave !

148

Bien sûr, fais-moi confiance.

Eh bien, Robert Dupin, c'est pas mon vrai nom ; je te dirai pas le vrai, des fois que ça t'échappe mais sache que je serais pas ici si on le savait.

Tu serais où ? demande Marco naïvement.

Loin d'ici … ou mort peut-être !

Marco reste bouche bée. Robert continue à raconter et c'est comme une avalanche qui s'abat sur Marco. Il comprend que ses parents, les gens de son village épargnent les enfants, les protègent comme ils peuvent. Il est plein de compassion pour son nouvel ami qu'il admire pour son courage.

A son tour, il veut lui prouver sa confiance en lui livrant ses propres secrets.

Moi aussi, j'ai un secret, dit fièrement Marco, d'ailleurs, c'est un peu à cause de ça que je suis là !

Et Marco raconte La Malvezine, la mort d'Octavie Luche, le vol des armes, les sorties nocturnes de son père et les soupçons qu'il fait peser sur lui.

Robert écoute, vivement intéressé. Il demande :

Pourquoi tu crois que c'est ton père qui a tué la vieille ?

J'ai vu le fusil qu'il a apporté à la Malvezine !

ça n'a peut-être rien à voir ! Le fusil, il l'avait avant et tu le savais pas !

Je l'avais jamais vu... Mais ces visites à la Malvezine la nuit ? Avec un sac ? Et ces gens dans la maison en ruine ?

Ben, t'as qu'à lui demander à ton père !

Tu parles, comme si c'était facile ! Tu le connais pas, ça se voit !

149

Moi, je crois que tu te trompes sur ton père, dit Robert ; aux vacances, tu en sauras peut-être davantage.

C'est avec appréhension que Marco rentre chez lui pour quelques jours. Le plaisir des retrouvailles se lit sur les visages de ses parents et de sa petite sœur. Le père prend son fils par les épaules, constate avec émotion qu'il a grandi.

Tu vois, la pension, ça a du bon, lance-t-il.en riant.
Tais-toi, lui intime sa femme, laisse-le tranquille !

Marco retrouve aussi sa bande de copains. Les questions fusent ; ils veulent savoir comment c'est la pension. Ils racontent aussi les nouvelles du village, la mort du vieux Léon, l'arrestation d'Armand Pic, le mécano du garage Molinié.
C'est lui qui a zigouillé la vieille, dit Manu, il paraît qu'il voulait juste la faire taire mais qu'elle gueulait sans arrêt en lui tapant dessus ! Il voulait juste prendre les armes pour rejoindre ses potes là-bas du côté de Ginouillac dans les bois !
Mon père a dit que c'est dommage, c'était un bon gars et un fameux mécano, ajoute Tintin.
Et la Malvezine, vous y êtes retournés ? Demande Marco.
T'es pas fou, répond Pipo, ton père a dit à ma mère qu'il y a peut-être des pièges et des animaux sauvages, vaut mieux éviter !
Marco sourit en son for intérieur, il en sait plus qu'eux, il ne leur dira rien.

De nouveau, le soir, il surveille son père.

Aucune sortie nocturne ! Rien ne bouge jusqu'à minuit. Après, Marco se couche, fatigué de veiller.

En une semaine, il ne l'a jamais vu sortir.

De retour au collège, Marco retrouve son copain. Ils se racontent leurs vacances. Robert est resté là avec deux ou trois autres sous la surveillance du directeur qui habite sur place. On leur fait quelques faveurs, par pitié. La plupart du temps, ils s'ennuient. La cour est vide, silencieuse, triste malgré ce début de printemps.

Heureusement, il y a la lecture. Robert dévore les livres de la bibliothèque en accès libre le temps des vacances. Il y a aussi la fille du directeur qu'il aperçoit quand elle sort avec sa mère. Elle lui sourit de loin, ça le réconforte. Il a même repéré sa chambre au deuxième étage du bâtiment. Il l'a vue un jour à sa fenêtre. Le soir, sa lumière reste longtemps allumée. Il se dit qu'elle doit aimer lire, qu'elle ira peut-être faire un tour à la bibliothèque et lui parlera. Il écrit des poèmes qu'il ne lui enverra jamais. Les mots le consolent et meublent sa solitude.

Marco n'a pas les mêmes préoccupations, il est plus jeune et moins mûr que Robert. Il aime jouer, se dépenser avec les copains. Il lui raconte leurs jeux, leurs balades, leurs bêtises aussi. Il parle de son père qu'il a trouvé plus détendu et qu'il n'a pas vu ressortir la nuit, de l'arrestation du meurtrier de la pauvre Octavie, de son soulagement en apprenant la nouvelle.

Je te le disais bien qu'il n'y était pour rien, ton père.

Oui, mais ça n'explique pas tout,

151

réplique Marco, le mystère de la Malvezine reste
entier.

        En effet, il n'avait rien appris de ce côté-là et
cela alimente des discussions sans fin tout comme
les événements qui agitent le pays.
Au contact de Robert, peu à peu, l'enfant naïf et
insouciant   apprend à réfléchir, devient un
adolescent plus mûr, plus conscient des réalités
mais aussi moins joyeux.
    Trois ans plus tard, Marco est un jeune garçon
bien dans sa peau.
 Il termine sa troisième au collège avec de bons
résultats. Toujours interne, il rentre maintenant
plus souvent chez ses parents. Sa bande de copains
l'a rejoint au pensionnat mais Robert est parti, il est
retourné dans sa famille, très loin, vers l'est du
pays. Ils se sont promis de s'écrire. Marco, avec
l'accord de ses parents, l'a invité à venir passer des
vacances chez lui. Robert a promis qu'il viendrait.
Il pense secrètement à la jolie Eva, qu'il a enfin
rencontrée à la bibliothèque. Peut-être la reverra-t-
il.

    La Malvezine a été achetée. C'est un Parisien en
mal de campagne qui va retaper la vieille maison.
Il voudrait lui donner un nouveau nom mais pour
tous, elle restera la Malvezine. Les Pieds Nickelés
n'y sont jamais retournés. Ils évoquent parfois en
riant leur expédition ratée. Marco, lui, ne rit pas.
Le mystère n'est toujours pas éclairci, il sait bien
ce qu'il a vu. Saura-t-il un jour ce qu'il s'est passé
là ? Osera-t-il interroger son père ?

    A l'épicerie, la vie a repris comme avant, mieux
qu'avant. Les parents de Marco sont très occupés.

152

Ils pensent même embaucher un commis pour les aider. Peut-être même faudra-t-il réaménager le magasin, le rendre plus attractif, enlever les vieilles réclames pour le potage Maggi, les pâtes Lustucru ou la chicorée Leroux. De nouveau panneaux publicitaires en tôle émaillée, plus colorés et amusants ont fait leur apparition : La Vache qui rit, le chocolat Menier innovent et font envie.

Maguy a bien grandi, sa jolie frimousse a la même expression espiègle que son frère. C'est elle qui a maintenant Monsieur Viandrini comme instituteur. La tradition se perpétue, pour elle comme pour les autres, il est et restera Viandox.

Par un matin de juillet ensoleillé, Marco qui installait les légumes et les fruits sur les étalages à la devanture du magasin, voit arriver une 2CV gris-bleu un peu poussive. La voiture se gare devant l'épicerie. Des portières ouvertes sortent quatre personnes aux visages radieux. Une vieille dame aux cheveux blancs s'extirpe difficilement du siège peu adapté avec l'aide d'une jeune femme en robe rouge. Un homme dans la quarantaine, moustachu et très maigre ouvre la portière à une fillette coiffée de tresses brunes et arborant un magnifique sourire.

Monsieur Bartier est là ? Demande la jeune femme à Marco qui n'a jamais vu ces gens et qui se demande bien comment son père pourrait les connaître.

Marco n'a pas le temps d'appeler son père. L'épicier sort de la boutique et les yeux et la bouche grands ouverts s'exclame :

Ça alors ! Anna ! Mamita ! Et toi Lizzy,

153

comme tu as grandi ! Bonjour ! Quelle surprise !

Bonjour ! Moi, c'est Benjamin, le papa de Lizzy !

Bienvenue, bienvenue à vous, répète le père de Marco tout ému, venez, entrez, je vais vous présenter ma famille. Voilà Marco, mon aîné qui nous aide pendant les vacances, dit-il en ébouriffant les cheveux de son fils, la petite, c'est Maguy, ma dernière. Ah, et voilà Simone, ma femme.

Puis, s'adressant à elle :

Ce sont les B. qui nous rendent visite, tu te rends compte !

Nous ne voulons surtout pas vous déranger, s'excuse Benjamin, nous avons retenu deux chambres à l'Hôtel du Commerce sur la place. Nous voulions absolument venir vous remercier.

Comme c'est gentil, dit madame Bartier, vous resterez manger avec nous ce soir, et la petite, elle peut rester dormir ici. Elle jouera avec Marco et Maguy, n'est-ce pas Lizzy ?

La petite, intimidée, ne répond pas mais son sourire laisse entendre qu'elle est d'accord.

Marco, lui, se demande à quoi il pourrait bien jouer avec les filles. Il n'est pas très emballé par l'idée de sa mère ! Puis il se ravise, c'est le moyen d'en savoir davantage sur cette famille inconnue qui semble si sympathique à ses parents.

Allez donc faire visiter le village à Lizzy, il y a le marché aujourd'hui, dit monsieur Bartier, pressé de se débarrasser des enfants à ce que croit comprendre Marco. Et s'adressant aux parents :

Entrez donc à la maison ! Ici, on passe par le magasin, l'appartement est à l'arrière. Vous allez prendre quelque chose ; vous devez être fatigués du voyage, surtout vous Mamita, la dedeuch, c'est pas bien confortable !

Oh ! J'ai l'habitude du manque de confort, vous savez, lui répond la vieille dame d'un air entendu.

Maguy a pris la main de Marco et celle de Lizzy et les voilà partis tous les trois. Ils restent silencieux un moment puis Maguy demande :

Toi et ta famille, vous arrivez d'où ? Comment vous connaissez nos parents ?

Marco n'aurait pas osé l'interroger si vite mais il est reconnaissant à Maguy de le faire. La petite nomme le village d'où elle vient et précise que le voyage a été très long, qu'il a fallu faire une étape et dormir à l'hôtel. Mais c'était moins difficile que la dernière fois ! Ajoute-telle.

Comment ça, la dernière fois ? On ne t'a jamais vue ici, ni tes parents, reprend Marco de plus en plus intrigué.

C'est normal, fallait pas qu'on nous voit.

Mais pourquoi ? Demande Maguy.

Ben, vous savez bien ! Paraît qu'on n'est pas comme vous !

Ah, fait Maguy en regardant Lizzy avec l'air de ne pas voir de différence.

Mais où vous étiez ? Insiste Marco qui a déjà sa petite idée.

Oh, dans une maison en ruine, pas loin d'ici. C'était pas terrible, on ne pouvait rien faire, ni sortir, ni faire de bruit …

A la Malvezine ? L'interrompt

Marco.

Oui, je crois que c'était ce nom-là, je ne me souviens plus très bien. Heureusement que votre père venait nous apporter de quoi manger, la nuit ! Il risquait de se faire prendre ! Et Viandox aussi...

Viandox ? Tu connais Viandox ?

Bien sûr, il venait lui aussi en cachette pour me donner des leçons, il nous apportait aussi des livres, heureusement ! On s'ennuyait tellement. Il me parlait de toi et de tes copains.

Il sait qu'on l'appelle Viandox ?

Bien sûr ! D'ailleurs, je vous ai vus un jour et on a bien ri après !

Marco ne dit rien mais il a compris de quel jour il est question. Il n'en est pas très fier, il rougit. Elle reprend :

Ce jour-là, on vous a entendus arriver, l'un de vous a crié, on a juste eu le temps de monter se cacher à l'étage. Vous aviez plus peur que nous ! Je vous ai vus de la fenêtre du haut, derrière un vieux rideau. Et puis l'orage a éclaté, vous avez détalé comme des lapins. Nous, on était soulagés ! Si vous étiez rentrés, on aurait été bien embêtés !

Ouais, les copains, c'est pas des casse-cou ! Dit Marco en s'excluant du lot.

Les trois enfants arrivent sur la place où est installé le marché hebdomadaire. La conversation est interrompue, ce qui permet à Marco de mettre de l'ordre dans son esprit. Lui reviennent alors les propos de Robert quand ils étaient au collège :

« Robert Dupin, c'est pas mon vrai nom, je te dirai pas le vrai des fois que ça t'échappe mais sache que je serais pas ici si on le savait ».
 Il avait ajouté :

T'as bien entendu parler des juifs, non ?

Non, Marco n'en avait pas entendu parler. Alors Robert lui avait expliqué que sa religion n'était pas la même que la sienne, que les juifs étaient envoyés dans des camps à cause de ça. C'est ce qui était arrivé à ses parents ; lui y avait échappé parce qu'il n'était pas chez lui au moment de la rafle. Les parents de son copain l'avaient fait passer pour un cousin et l'avaient envoyé sous un faux nom au collège où ils se sont rencontrés, dans la zone Nono, avait-il dit sans expliquer ce curieux nom. Marco s'était promis d'en demander le sens à Viandox à l'occasion.

Tout à ses réflexions, Marco suit les filles qui discutent joyeusement en passant devant les étals. Près de la mairie, il les rattrape et ne peut s'empêcher de demander à Lizzy :

Mais alors, vous êtes juifs, toi et ta famille ?

Ben oui, t'avais pas compris ? Répond la fillette, un peu ennuyée de revenir à ces sombres souvenirs.

Mais, ton père, il y était pas à la Malvezine ?

Non, il était dans un camp ! Et puis, arrête avec tes questions, j'ai pas envie de parler de ça !

Lizzy hausse les épaules et reprend sa conversation avec Maguy.

157

Marco aurait bien eu d'autres questions à lui poser mais il a compris l'essentiel. Pour le reste, il saura se renseigner.

Désormais, il ne regardera plus son père de la même façon, ni Viandox, pardon, Monsieur Viandrini comme il l'appellera maintenant avec respect.   Ils sont devenus ses héros, ils ont aidé trois personnes à survivre au risque d'être arrêtés, dénoncés peut-être.

Il a envie de courir se jeter dans les bras de son père, de lui demander pardon de l'avoir cru coupable d'un meurtre, de l'avoir haï lorsqu'il l'a mis en pension.

Ce soir-là, l'épicerie a fermé un peu plus tôt. Les parents de Marco ont aussi invité l'instituteur et sa femme. Autour de la table, on évoque les souvenirs de ces années de malheur. Benjamin parle peu, il écoute surtout. Raymond raconte ses sorties nocturnes à la Malvezine et ce fameux soir où il a eu l'impression d'être suivi.

Marco ne moufte pas, il a honte mais il est tellement fier de son père. Monsieur Viandrini raconte aussi ses expéditions à vélo, l'air de rien ! Si on l'avait arrêté, il n'aurait pas su expliquer la présence de tant de livres dans son sac à dos ! Mamita se plaint de ses rhumatismes depuis son séjour à la Malvezine :

J'ai eu tellement froid dans cette maison des quatre vents !
Quant au matelas, je n'en parle même pas ! Enfin, c'était quand même le bonheur comparé à ce que d'autres ont vécu ! N'est-ce pas Benji ?

Benji confirme d'un hochement de tête mais ne dit rien.

Marco n'en perd pas une ; discrètement, il s'approche de Monsieur Viandrini et lui demande à voix basse :

C'était quoi la zone Nono ?

Souriant et ravi de l'intérêt de son ancien élève, le maître lui explique que c'était la partie de la France située au sud de la ligne de démarcation, la zone NON-Occupée par l'Armée allemande de 40 à 42. Il lui promet de lui raconter en détail ces "années noires" un peu plus tard.

La conversation s'est poursuivie entre les autres ; il est maintenant question d'Armand Pic et du meurtre d'Octavie Luche. Le père de Marco dit que c'est triste pour ce garçon, il voulait juste rejoindre ses copains au maquis et avait besoin d'armes. Ça s'est mal passé, il ne voulait pas faire de mal à la pauvre vieille mais elle allait ameuter tout le quartier !

Enfin c'est une sale histoire ! Conclut-il.

Marco pense à Robert, cette nuit-là. Il va lui écrire. Il a tant de choses à lui raconter et à lui demander. Mais s'il connaît maintenant son vrai nom il se rend compte qu'il ne sait pas où adresser sa lettre. L'aide de l'instituteur sera nécessaire.

Un jour, espère-t-il, Robert et lui retourneront ensemble à leur ancien collège. Eva n'aura peut-être pas oublié ce grand garçon solitaire qui aimait tant lire.

L'ombrelle

Mrs Juliet Nobody ne sort
jamais sans son ombrelle. Une ombrelle de soie
noire parsemée de fleurs roses, au manche d'ivoire
sculpté ; un cadeau de son dernier compagnon pour
la protéger des regards et des ardeurs du soleil
provençal. Son heure, toujours la même, dix
heures. Tailleur strict, gants blancs, la voilà qui
franchit la porte de sa résidence niçoise. De sa
loge, la gardienne la salue : « Bonjour Mrs
Nobody, dit-elle de son un accent bien marqué, il
va encore faire bien chaud aujourd'hui ! J'irai
arroser vos plantes tout à l'heure. »
Quinquagénaire imposante et joviale, balai en
main, elle est la vigie du bâtiment.
Pour toute réponse, la vieille dame lui fait un signe
de la main. Elle a l'habitude. Ses pensées sont
ailleurs. Rejoindre au plus vite la Promenade, son
rendez-vous quotidien. Un rituel auquel elle ne
déroge jamais. Il faut chasser les angoisses
nocturnes, les souvenirs trop lourds. Seule la
lumière du jour sur la mer a le pouvoir d'éteindre
les cauchemars qui hantent ses nuits.
D'abord, elle longe le Négresco ; les palmiers et les
lauriers roses exubérants, le luxe rococo de sa
façade, la rotonde rose bonbon de l'énorme gâteau
un peu ridicule lui redonnent le sourire.
Sa première étape est le marché aux fleurs du
Cours Saleya, tableau enivrant de couleurs et de
parfums. Elle achète un bouquet selon la saison ;
du mimosa, du jasmin ou des roses. Elle aime
toutes les fleurs, leur délicate beauté l'enchante.
Elles ont tant manqué à sa jeunesse. Les
marchands la connaissent ; c'est une cliente
spéciale. On remarque de loin sa silhouette mince
et son ombrelle fleurie. On ne saurait décrire son

visage toujours dans l'ombre mais on la reconnaît et l'on ne manque jamais d'ajouter une ou deux fleurs, un peu de feuillage à son bouquet. « C'est cadeau pour vous aujourd'hui, lui dit Marcel, le vieux qui vend des œillets, je vous souhaite bien le bonjour Miss ! ajoute-t-il en rajustant sa casquette ». Un gant blanc remercie, l'ombrelle poursuit son chemin.

De retour sur la Promenade, Mrs Nobody suit le bord de mer jusqu'au quai des Etats-Unis. Son grand âge ne lui permet pas de gravir la colline du Château à pied. L'ascenseur la mène au cimetière israélite où elle vient se recueillir sur la tombe de son ami.

La vieille dame semble poursuivre une conversation interrompue la veille. L'ombrelle s'abaisse ou se relève au rythme de paroles muettes. Elle reste là un moment, tournée vers l'horizon, l'immense baie à ses pieds.

Il est près de midi lorsqu'elle redescend par les ruelles du Vieux Nice. Son itinéraire est toujours le même ; la place Rossetti colorée et toujours animée, la cathédrale Sainte Réparate avec sa façade pittoresque, la chapelle Sainte Rita vouée aux cas désespérés. Elle s'y arrête un instant.

Au détour d'une rue, devant sa boutique, Hamed, le marchand d'épices et d'olives interrompt sa conversation avec un client pour la saluer. Mrs Nobody fait partie de son décor quotidien. En réponse, l'ombrelle s'agite.

La vieille dame ralentit devant les étals, parfums de lavande, d'épices, de pâtisserie, s'attarde devant les vitrines de souvenirs et babioles pour touristes.

Midi, l'heure de sa pause-déjeuner. Au petit troquet de la rue des Lauriers, elle s'installe. La table au soleil, toujours la même ; l'ombrelle ne se referme pas. Une portion de socca, une part de pissaladière ou parfois une salade niçoise accompagnée d'un petit verre de rosé composent son menu.

De retour chez elle, Mrs Nobody disparaît pour un moment de repos.

Elle redescend ensuite sur la Promenade, s'installe sur un banc face à la mer. A l'abri de son ombrelle, elle observe les baigneurs dans l'eau ou allongés sur les galets de la plage en contre-bas. Parfois un passant s'assoit près d'elle ; l'ombrelle s'agite, brève conversation. La solitude est sa meilleure compagnie, la lumière son seul réconfort.

Aujourd'hui, elle est restée plus tard, comme pour un rendez-vous ; cette soirée de juillet est si douce ! Elle veut voir le spectacle fascinant des feux d'artifice sur la mer. Les détonations l'effraieront sans doute, lui en rappelleront d'autres mais elle attend la tombée de la nuit.

Après l'irruption du camion blanc, lorsque tout fut terminé, on trouva près d'un banc de la promenade une ombrelle de soie noire parsemée de fleurs roses qui n'appartenait à aucune des victimes.

(Nouvelle inspirée par l'attentat du 14 juillet 2016 à Nice)

La mouche

« **A, noir corset velu des mouches éclatantes**
  Qui bombinent autour des puanteurs
cruelles. »
Arthur Rimbaud

Ce voyage n'en finit pas, ils en ont encore pour des heures avant d'en atteindre le but.

Une mouche tournoie dans l'atmosphère lourde de toutes les respirations. Allant d'un voyageur à l'autre, elle se pose prudemment sur un crâne chauve, un visage endormi, parfois chassée d'une main agacée. Cette mouche, c'est elle, Jeanine. Elle se reconnaît dans le vol aléatoire, sans but, épuisé, inutile, de l'insecte. Revenant sans cesse sur la main de son mari, la mouche navigue entre les poils bruns dans l'indifférence navrante de l'homme endormi. Comme elle, désormais, Jeanine n'arrive plus à réveiller l'apathie de cet homme qui partage sa morne existence.

168

Que fait-elle, assise là, sur ce siège inconfortable, dans cet autobus vieillot et crasseux, roulant péniblement vers une destination qui l'indiffère ?

Après bien des hésitations, elle avait finalement accepté ce voyage dans le sud marocain pour rejoindre un couple ami. Par politesse, sans enthousiasme, elle avait préparé leurs affaires, persuadée que rien ne pourrait lui apporter apaisement et confiance en l'avenir.

Depuis quelques années, Jeanine souffre d'une mélancolie vague, d'une insatisfaction permanente que son mari a vainement essayé de combler. Ce voyage est une de ses tentatives d'avance vouée à l'échec.

Elle ne voit ni les ocres rouges des paysages alentour, ni le bleu ardent du ciel. Elle ne prête aucune attention aux villages traversés, aux habitants qui saluent les touristes, à leurs sourires, à ses compagnons de voyage qui s'exclament à chaque découverte. Seule, elle se débat dans l'encre noire du cours de sa vie.

Jeanine se tourne vers l'homme endormi à ses côtés, son mari, observe son crâne dégarni, ses bajoues, son ventre proéminent ; elle a envie de pleurer, ferme les yeux...

Soudain, le crissement des freins la sort de sa torpeur. Les cris des voyageurs l'obligent à regarder à l'extérieur. Une jeep vient de leur couper la route. Trois hommes et une femme en descendent. Les hommes portent un foulard noir cachant le bas de leur visage, la femme en burqa lui fait penser à la mouche noire qui l'avait agacée. Ils sont armés et menacent le chauffeur de l'autocar, l'obligent à ouvrir les portes. La femme monte, dit quelques mots en arabe au chauffeur. Tout le monde doit lui donner argent et bijoux sous peine d'exécution immédiate. Dans un silence de mort, chacun présente ce qui est demandé. La femme va de l'un à l'autre, mouche monstrueuse, avalant tout ce qu'on lui présente dans ses ailes noires.

Jeanine, sidérée, n'a pas encore ôté ses bijoux. La femme s'arrête devant d'elle et plante son regard noir de khôl dans ses yeux effarés. Le mari de Jeanine l'aide aussitôt à détacher collier et bracelet. L'effrayant diptère les lui arrache des mains.

Puis, l'insecte repu quitte l'autobus ; l'un des hommes, armé d'un fusil, monte à son tour, fait signe à tous les voyageurs de sortir. Jeanine a du mal à se lever et à marcher tant ses jambes tremblent. Elle pense qu'ils sont arrivés au bout du voyage ; c'est là, sur cette route déserte, au fin fond du Maroc qu'ils vont tous mourir.

L'un des hommes les fait asseoir le long du bus et s'en va parlementer avec ses acolytes et le chauffeur.

Assise un peu à l'écart des autres, Jeanine, le regard lointain, refait le tour de sa vie. Elle n'a manqué de rien ; ses enfants ont une bonne situation et sont toujours présents et affectueux ; son mari ne l'est pas moins, même si, avec le temps, les gestes de tendresse sont plus rares. Elle n'a rien à lui reprocher ; pourquoi alors cette perpétuelle langueur ? Elle regrette...

Madame ! Madame ! Réveillez-vous, on est arrivés !

Jeanine sursaute. La dame du siège à côté vient de poser sa main sur son épaule. Jeanine s'était profondément endormie. Bouleversée par le cauchemar d'où elle émerge, elle s'extirpe difficilement de son siège. Son mari s'occupe des bagages. Il est tard, leurs amis les conduisent chez eux . Après un dîner rapide, ils peuvent gagner leur chambre.

Jeanine s'allonge. Elle observe la chambre décorée avec goût dans le style marocain ; son attention est soudain attirée par une mouche noire, immobile, posée au plafond. Elle se lève, ouvre la fenêtre pour la chasser, la regarde s'envoler dans la nuit étoilée et revient se coucher. Son corps se détend enfin ; elle se sent plus légère ; la gratitude gonfle son cœur. Son mari est là, il la regarde, sans comprendre. Elle pleure, à gros sanglots, sans pouvoir se retenir. Dans un hoquet, elle articule enfin : « Tout va bien, mon chéri, tout va bien ».

La pension
d'Angèle

La pension d'Angèle

On ne vient pas à la pension d'Angèle par hasard. Il faut que quelque chose vous y ait poussé, quelque chose qui vous échappe mais qui s'est insinué en vous comme une nécessité absolue. Si donc vous souhaitez vous rendre à la pension d'Angèle, au lieu-dit La Source, il vous faudra aller jusqu'à Fronsac, ce qui est déjà compliqué, ce hameau pittoresque n'étant pas indiqué sur les cartes. A la sortie du hameau, après la dernière maison en direction de Bériac, vous devrez prendre la première route à droite. Attention, ne vous trompez pas, c'est bien la petite route qui semble ne jamais être empruntée à cause de l'herbe qui envahit l'axe central et les nombreux nids de poule qui vous donneront l'impression de rouler sur une piste africaine. Il est préférable de la faire à pied, c'est un conseil. Si vous vous trompez, vous risqueriez de vous perdre dans la forêt de Noirépine et vous ne sauriez plus revenir en arrière.

Une fois sur cette petite route bucolique, continuez jusqu'à la maison en ruine à votre gauche. Poursuivez votre chemin et prenez à droite celui qui descend tout droit vers la rivière - c'est la

174

Lorgue- traversez le petit pont de bois. Il est plus solide que vous ne croyez même si les planches sont disjointes. Montez la côte pendant environ neuf cents mètres. Profitez du paysage unique avec ses rochers en surplomb, la forêt, les montagnes au fond et les chèvres sauvages qui paissent là tranquillement.

 En haut, à flanc de coteau, vous verrez la barrière de bois et le portail ouvert, la pension est là, dans le petit bois de chênes verts qui semble l'entourer de son ombre protectrice. Les chiens vous accueilleront, ils seront gentils, vous verrez, dès qu'ils vous connaîtront. Soyez heureux, vous y êtes ! Vous la verrez aussitôt apparaître sur le seuil de sa porte, l'œil méfiant mais les bras grands ouverts

Elle, c'est Angèle, la maîtresse des lieux. Elle règne sur son monde avec autorité et franc parler. Ne soyez pas étonné par son apparence, c'est une "bonne" femme. De longs cheveux gris-blanc encadrent son visage sillonné de rides mais éclairé par des yeux d'un bleu pâle troublant. Toujours vêtue d'un pantalon et chaussée de bottes, façon Calamity Jane. Elle doit avoir dans les soixante-dix ans et se déplace en 4x4, luxe unique et nécessaire dans cette contrée, d'après elle. Ceci dit, ne vous y trompez pas question progrès, chez elle point d'internet ou de téléphone portable, il faut le savoir ! En revanche, des livres et de la musique tant que vous voudrez.

Bien sûr, l'annonce qu'elle a rédigée sur Lebeaucoin – depuis Fronsac – ne comporte pas tous ces détails. Il y est simplement question de nature, de calme, de ressourcement, de refuge pour cœurs brisés ou chercheurs de solitude méditative. Elle promet que vous n'aurez rien à faire, juste respecter les horaires. Petit déjeuner, huit heures, déjeuner midi, dîner dix-neuf heures. Passée l'heure, plus de repas !

Dans le village, on la connaît et on la respecte, même si on la trouve un peu "zarbi", comme disent les plus jeunes, à cause de son allure, de son franc-parler et de ses idées bien arrêtées. On dit aussi qu'elle a un don pour soigner, qu'elle est un peu sorcière. Elle a remis sur pied le vieux Jeantou qui était tombé de vélo, guéri d'un zona la pauvre Marcelle qui est morte depuis longtemps et fait d'autres miracles trop longs à énumérer. Bref, voilà le personnage qui, depuis près de cinquante ans fait partie du paysage de la région. Jeune mariée, elle était venue s'installer là avec son "cher époux", mort prématurément d'une longue maladie dans sa quarantaine. Ils étaient éleveurs et avaient constitué un beau troupeau de moutons qu'elle avait été contrainte de vendre.

Seule depuis lors, elle a transformé sa maison en pension et a presque toujours trouvé des âmes en peine pour venir se réfugier chez elle loin de la civilisation. Elle a fini par adopter ces lieux coupés du monde, faute de mieux. Qu'aurait-elle fait ailleurs, disait-elle, elle qui n'avait aucun diplôme, appris aucun métier ! Et puis au fond elle aimait bien sa solitude intermittente, sa liberté et ses quelques animaux.

La maison d'Angèle, c'est aussi tout un poème ! Outre les chiens et chats, quelques volailles et un âne vous feront la fête en guise de bienvenue. Extérieurement, c'est une longère ouverte sur une cour, percée d'une double porte vitrée et de plusieurs fenêtres aux volets autrefois bleus. Les murs écaillés et mangés de vigne vierge de la façade laissent apparaître pierres et briques mêlées. Le toit de tuiles plates en bâtière lui confère l'élégance d'une jeune fille faisant la révérence en relevant les pans de sa robe. Le tout est noyé dans une végétation indisciplinée mais gracieuse et accueillante.

L'intérieur aussi a gardé son authenticité avec son sol de tommettes rouges, ses murs passés à la chaux, sa vaste cheminée de pierre et au plafond ses poutres noircies garnies de paniers d'osier et de fleurs séchées. Seules cuisine et salles de bain ont cédé aux avantages du confort moderne pour les besoins des hôtes d'Angèle.

Voilà le décor qui s'offre aux yeux émerveillés quoique vaguement inquiets de Martin Lavergne à son arrivée.

Venu à pied depuis le village et chargé d'un lourd sac à dos, essoufflé et en nage, je suis assailli par les chiens aussitôt calmés par la voix quelque peu virile de leur maîtresse. Je l'ai saluée et me suis extasiée devant l'endroit, manière de m'assurer sa bienveillance et celle de ses chiens.

Attendez un peu d'y vivre quelque temps, vous changerez sûrement d'avis, m'assène Angèle sarcastique en faisant taire ses deux gardiens. Moi, j'y suis habituée mais parfois... seule c'est dur !

J'ai ajouté avec le sourire le plus convaincant possible que j'étais un citadin depuis toujours et que je souhaitais ardemment découvrir la campagne.

Les politesses d'usage faites, je découvre la grande salle fraîche et silencieuse de l'entrée. Un léger parfum de plantes sèches et de feu de bois m'accueille agréablement. Quelques mouches bombinent au-dessus de la longue table de ferme flanquée de deux bancs de bois. Au fond trône un invraisemblable buffet-vaisselier Henri II garni de pots de confiture et d'assiettes anciennes. La partie salon éclairée d'une large fenêtre invite à la lecture avec son imposante cheminée encadrée d'étagères garnies de livres, son canapé plus très jeune et ses fauteuils défraîchis disposés sur un tapis un peu élimé. Je remarque avec plaisir le piano et son tabouret contre le mur du fond et un tas de partitions éparpillées dessus.

Vous pourrez en jouer si vous voulez, me propose Angèle qui a remarqué mon intérêt pour l'instrument. Moi, je n'ai jamais appris, je joue à l'oreille quelques morceaux classiques. J'espère que vous serez indulgent.

Je me débrouille un peu, ayant fait quelques années de musique mais je n'ai pas beaucoup pratiqué depuis. Je ne me permettrai pas de vous juger, dis-je modestement.

Je gagne ensuite la chambre qui m'est destinée. Une pièce lumineuse au confort spartiate composée d'un grand lit, d'une grosse armoire à glace sans style et d'un bureau simple mais de belle taille placé devant l'une des deux fenêtres ouvertes sur un horizon de collines boisées propices à l'inspiration ou tout au moins à la méditation.

Après avoir posé mes bagages, rangé mes affaires, disposé papier, stylos et ordinateur sur le bureau, il me semble que je deviens aussitôt l'écrivain de romans que je rêve d'être. L'endroit est idéal !

En effet, si j'ai fui la civilisation, c'est pour pouvoir écrire.

Lassé du métier d'enseignant, répétitif et usant, j'ai fini par obtenir l'année sabbatique réclamée avec persévérance depuis cinq ans.

Mon rêve d'écriture et de solitude se réalise. Rien ne pourra me distraire de mon objectif. Seul le sujet de mon futur roman reste embarrassant. En fait, je n'en ai pas. J'y réfléchis depuis longtemps mais rien n'a émergé.

Raconter ma vie ratée de divorcé, de père orphelin et de prof désabusé ne m'inspire pas, non plus que la biographie de quelque illustre personnage oublié. Polar, roman d'aventure ou d'amour ne m'emballent pas davantage. Je compte sur le lieu, persuadé qu'il éveillera mes facultés créatrices en sommeil depuis des lustres. Prendre mon temps, m'imprégner des lieux et des présences me

179

semblent une priorité. Je sais qu'il me faudra de la rigueur, ne pas avoir peur de la page vierge pendant des heures, des jours peut-être. C'est ainsi, me semble-t-il, que travaillent les écrivains.

Je commence par établir mon emploi du temps. Il sera rythmé par les repas. Écriture le matin, balades et lectures l'après-midi et le soir. Angèle me présente la région, cartes à l'appui, me conseille des balades, des randonnées nombreuses par ici et m'avertit des dangers. Quelques ravins inaccessibles aux secouristes, les forêts d'épicéas sombres et denses où se perdre facilement, la rivière parfois trompeuse. Épate par tant de connaissances et de précisions, je la remercie et l'assure que je ne suis pas un grand aventurier.

C'est l'aventure littéraire qu'il me tarde d'embrasser.

En quittant ma chambre, je croise une dame qui me salue à peine et referme sa porte brusquement, l'air effarouché. Je m'inquiète pour la suite !

Claire Durieux

   Après deux mois de tranquillité, voilà qu'un certain Martin Lavergne vient de débarquer à la pension. Je ne m'y attendais pas ; j'espérais ne pas rencontrer d'hommes ici. J'ai trop souffert à cause d'eux.

  Angèle me l'a présenté comme "un prof saturé à la recherche d'un havre de paix pour écrire un roman". Je soupire intérieurement, ça va être long !

J'ai à peine salué l'individu. Avec sa pipe au coin des lèvres, ses lunettes rondes à fine monture et sa dégaine d'intello triste, il semble pourtant inoffensif notre futur écrivain en quête de gloire littéraire.

De toute façon, je ne suis pas venue ici pour faire des rencontres mais pour marquer une pause et me remettre en question afin de comprendre pourquoi ma vie n'a été que désastre jusqu'à aujourd'hui.

  Angèle a su m'écouter lorsque je lui ai raconté le mépris et la hargne de mon père qui ne voulait que des garçons. Une fois mariée, j'espérais que des enfants viendraient combler mon besoin d'amour. Malheureusement, ce ne fut pas le cas, je ne pouvais pas en avoir. Du coup, j'ai subi les remontrances et les trahisons de mon mari en même temps que l'autoritarisme phallocrate de mon patron à la conserverie et souvent les invectives de mes collègues masculins. Peu de femmes m'ont soutenue, j'ai perdu ma mère à douze ans. Elle seule me comprenait.

Voilà pourquoi, à bout de force et de solitude, j'ai rompu toutes mes chaînes, abandonné famille, maison, mari et travail. Je suis tombée par hasard sur l'annonce un peu étrange mais prometteuse d'Angèle avec sa pension située à mille lieues de chez moi.

Depuis que je suis ici, j'ai enfin pu m'adonner au dessin et à la peinture qui ont toujours été une passion. Hélas, je n'ai eu ni le temps ni l'argent nécessaires pour me perfectionner. Angèle a gentiment accepté plusieurs aquarelles pour réduire le montant de ma pension. Elle les a accrochées aux murs de la grande salle. C'est un bon début ! J'espère que le nouveau venu ne fera pas de commentaires désobligeants.

Martin

Le premier soir à table, Angèle m'a présenté la jeune femme d'une quarantaine d'années croisée précédemment, Claire Durieux. Les yeux baissés sur son assiette, les lèvres pincées, elle était quasiment muette et mangeait peu. J'ai bien tenté quelques mots par courtoisie sans obtenir de réponse. Le repas terminé, elle s'est presqu'enfuie dans sa chambre à mon grand étonnement. Je n'ai pas osé poser de questions. Angèle a haussé les épaules mais n'a rien dit. Que dire de cette femme ?

Toute sa personne trahit une grande souffrance. Son visage aux yeux tristes est déjà très marqué. L'amertume se lit dans les plis au coin de ses lèvres. Ses cheveux châtains peu soignés et mal coupés révèlent son indifférence aux regards extérieurs comme aux siens. Son corps épais et sans grâce semble être une armure contre toute tentative d'approche.

J'ai vu une femme brisée, compris sa fragilité. Je me ferai discret pour ne pas la heurter. Ses aquarelles que j'ai eu le temps d'admirer révèlent une grande sensibilité, une imagination et une profondeur insoupçonnables autrement. Des ciels tourmentés alliant des tons pastel rose, mauve à des couleurs vives, pures, turquoise, écarlate, des paysages oniriques, fantasques, d'une beauté irréelle. Ce sont ses états intérieurs qu'elle livre dans sa peinture. En a-t-elle conscience ?

La Source serait-elle une sorte de SPA, Société Protectrice des Âmes en peine ?

Car, j'ai aussi mes blessures et pas des moindres. Le suicide de mon fils unique puis mon divorce m'ont anéanti. Las d'une vie sans relief, je cherche à m'en inventer une autre. Écrire pourrait être une issue de secours.

Me voilà enfin arrivé à la pension. J'appréhende !

C'est ma mère qui a trouvé l'annonce. "Un endroit coupé du monde, c'est ce qu'il te faut !" Elle pense que je ne pourrais pas être efficace et sérieux si je restais à la maison ou à la fac. Elle a peut-être raison. J'accepte l'expérience, et puis je veux réussir.

Angèle, la maîtresse des lieux, est impressionnante. Sa physionomie, son costume de baroudeuse et son 4x4 me transportent dans un film américain des années 50. Heureusement, la cuisine d'Angèle est exquise, moins que celle de ma mère bien sûr, la maison est confortable et les environs propices aux randonnées. Apparemment, nous sommes plusieurs pensionnaires. Tant mieux, je me voyais mal tout seul avec Ma Dalton !

Angèle m'a présenté Martin, un prof à la dérive qui vient ici pour écrire un roman. Il doit avoir la cinquantaine en forme et a l'air assez sympa.

Contrairement à l'autre pensionnaire, Claire, m'a dit Angèle, une femme revêche au regard fuyant, pas avenante, la dame. Elle m'a à peine salué. Tant pis, je ne suis pas là pour m'amuser !

Je me suis installé ; ma chambre n'est pas très grande mais elle est lumineuse. Elle donne sur la prairie où paissent des chèvres et un petit âne gris. Ces paysages sont si différents de ceux où je vis habituellement.

Il faut dire que j'ai toujours vécu en banlieue parisienne sauf pendant les vacances scolaires où nous allions retrouver la famille à Casa. Oui, je suis d'origine marocaine ; mes parents sont arrivés en France avant ma naissance. A l'école, j'ai toujours été bon en math, c'est ce qui m'a sauvé, j'étais nul dans les autres matières ... enfin, ça ne m'intéressait pas. Les maths, ça ouvre toutes les portes, c'est ce qu'on m'a dit. Informaticien, prof de math... je ne sais pas encore. J'ai deux frères et une sœur plus âgés que moi ; tous ont fait de brillantes études et ont une belle situation. Mes parents sont très fiers d'eux, je ne peux pas faire moins. Voilà ce qui m'amène dans ce coin perdu.

En attendant, il va falloir affronter Madame Revêche à tous les repas, ça va être gai !

Un autre pensionnaire vient d'arriver. Encore un mec ! Décidément, ce n'est pas de chance. Je ne sais pas si je vais rester.

Celui-là est jeune, un étudiant, m'a dit Angèle. Il s'appelle Karim. Ce qui m'a frappée en le voyant arriver, c'est son allure dégingandée, sa tignasse brune frisée un peu trop longue et ses yeux sombres bordés de très longs cils qui lui donnent un air très doux, surtout quand il sourit. Ça n'en fait pas un ange pour autant ! J'ai tout juste répondu à son "Bonjour Madame" ; je n'ai pas envie de discuter. Ce n'est pas parce qu'on vit momentanément sous le même toit qu'il faut absolument partager sa vie.
Lui aussi était chargé de plusieurs sacs de livres et documents. Il paraît qu'il vient ici pour écrire un mémoire ou une thèse de math. Je ne le verrai pas beaucoup lui non plus. Tant mieux ! Martin et lui passeront le plus clair de leur temps dans leur chambre.

Moi, je suis dehors toute la journée avec mon chevalet et mes pinceaux. La nature, les animaux, tout m'inspire ici. J'ai peint le petit âne gris qui est venu me voir derrière la clôture alors que je m'installais. Il est resté là à me regarder avec ses yeux doux quémandeurs de friandises. Le coq qui me réveille à l'aube tous les matins a aussi eu droit à son portrait en action, dressé sur ses ergots, bec ouvert et crête en érection. Un vrai mec !

Le soir, après dîner, j'aide un peu Angèle qui ne m'a rien demandé, mais c'est normal. On discute un peu dans sa cuisine puis je regagne ma chambre avec mon infusion. C'est une spécialité d'Angèle. On n'en connaît pas la composition, c'est un mélange de plantes secret, dit-elle, mais c'est toujours très bon, très parfumé et agréable. D'ailleurs, je dors mieux depuis que je suis ici. Ma chambre est claire, dans des tons de bleu très doux, avec un grand lit moelleux, une table de toilette ancienne faisant office de bureau, un confortable fauteuil voltaire tapissé dans les mêmes tons, un placard et un cabinet de toilette attenant. Je m'y sens très bien. Je suis plus sereine, ma vie d'avant s'éloigne peu à peu, mais je me protège toujours. Angèle m'a conseillé des livres de sa bibliothèque ; je les lis le soir avec gourmandise, tant ils me font du bien. Il y est question de psychologie, d'expériences personnelles. Tout m'intéresse parce que beaucoup de thèmes me concernent.

Angèle

Voilà, ça y est, la maison est pleine ! Mon dernier pensionnaire vient d'arriver, un jeune gars d'origine marocaine sympathique et plein d'ambition. Nous formons une sorte de petite famille avec chacun ses occupations : deux écrivent ou s'y emploient, une peint et moi je fais le reste, cuisine, ménage, jardin etc. Ça ne m'ennuie pas, je me sens utile et surtout moins seule.

Martin m'amuse beaucoup avec son idée d'écrire un roman. Il commence la journée plein d'énergie, va dans sa chambre, y reste environ une heure puis vient me voir désespéré. Il n'a pas écrit une ligne et n'a qu'une seule envie, partir explorer les environs, il dit que ça va l'inspirer. Je lui conseille des chemins, il est ravi et s'en va sac à dos et chaussures de randonnée aux pieds. Je ne sais pas s'il écrira son fameux roman, en tout cas il connaîtra bien la région.

Pour d'autres raisons, Claire m'amuse aussi et m'émeut. Depuis que les deux hommes sont arrivés, elle fait la tête aux repas et ne décroche pas un mot, sauf avec moi dans la cuisine. Les deux autres ont tenté quelques approches en vain. Martin l'a complimentée pour ses aquarelles. Elle a rougi mais a haussé les épaules sans même un merci. Karim essaye de plaisanter, raconte des blagues, pose des devinettes, elle fixe son assiette comme si c'était une œuvre d'art. Je connais son histoire et je la comprends. J'espère que petit à petit elle s'ouvrira davantage. Elle n'a déjà plus le même visage qu'à son arrivée, ses traits sont plus détendus.

Ces deux-là auront besoin de temps mais je ne désespère pas !

Quelle région magnifique ! Chaque matin, j'ouvre mes fenêtres et quel que soit le temps, je respire. Il me semble que je nettoie mes poumons encrassés de pollution depuis cinquante ans. L'air est pur, je découvre des odeurs nouvelles de terre, d'herbe, de mousse, de forêt et même celle du fumier ne me dérange pas.

Assis à mon bureau, aucune idée ne vient, je n'aspire qu'à sortir, à marcher, à courir les chemins pour tenter de voir un chevreuil, un lièvre, un renard, les petites chèvres sauvages plus haut dans les rochers. Tout m'enchante.

Et pourtant, je veux écrire, je dois écrire. Je suis ici pour ça. Assis à ma table chaque matin, je tente quelques phrases. D'abord, elles me semblent bonnes puis en les relisant, je les trouve ridiculement pompeuses, sans intérêt, sans style, bref, je me trouve nul. A quoi ont donc servi tant d'études, tant de cours pour essayer d'apprendre aux élèves à écrire, tant de lectures, d'analyses de textes ? C'est comme si je n'avais rien à dire, à raconter. Alors, j'efface tout et je vais prendre l'air. Voir Angèle soigner ses animaux, travailler son jardin, étendre le linge me rassérène. Je l'aide, elle m'apprend les choses simples comme utiliser un outil, réparer une clôture, changer une litière, nourrir les animaux, jardiner, cueillir des herbes sauvages pour ses infusions et autres préparations mystérieuses. Autour de la maison, les fossés, les haies regorgent de plantes aux vertus extraordinaires et ignorées le plus souvent : pâquerette, bruyère, sauge des près, pimprenelle, absinthe, angélique des bois, campanule, chicorée,

fenouil, mauve, mélilot, coquelicot, que de jolis
noms ! Je prends des notes qui me serviront peut-
être un jour.

Je me suis mis au travail. Ça avance bien. J'écris surtout la nuit. Tout est calme, c'est le meilleur moment pour moi. Le matin, je dors et je rate souvent le petit déjeuner. Angèle a pitié de moi, elle me fait déjeuner dans sa cuisine pendant qu'elle prépare le repas de midi, une vraie petite mère !

J'ai pris l'habitude ensuite d'aller courir. C'est mon sport favori. Martin, lui ne court pas, il dit qu'il est trop vieux. Il préfère marcher, découvrir les environs, grimper là-haut dans les collines et les bois. Je vais souvent avec lui l'après-midi. C'est un sportif quoi qu'il en dise. En rentrant, après quatre heures de rando, je suis fourbu, pas lui. Nous parlons beaucoup, de nos vies, de nos projets. Il n'a rien écrit depuis qu'il est là, il dit qu'il n'y arrive pas. Il a essayé de raconter sa vie, mais c'est trop douloureux. Je comprends, son fils avait mon âge. Rester assis devant la page blanche le ramène toujours à ces moments terribles. Avec moi, il parle essentiellement de littérature. C'est son métier. Il doit être un bon prof car je l'écoute sans m'ennuyer. Avec d'autres, j'ai toujours eu du mal.

Il dit que la littérature c'est la vie, qu'on se retrouve dans les romans, que ce sont des portes ouvertes vers les autres, vers le rêve. C'est drôle, je ne voyais pas ça comme ça ! J'ai toujours eu du mal à lire les bouquins qu'on nous imposait à l'école. Il dit que c'est normal, qu'il faut qu'on découvre soi-même le plaisir de lire. Il faut tomber sur "Le Livre" qui sera le déclencheur. Peut-être, ça n'a pas été le cas pour moi jusqu'à maintenant !

A part les maths, ce que j'aime, c'est la musique.

J'écoute de tout, du classique jusqu'au rap, même en travaillant ou en courant. Le soir au salon, après dîner, on bavarde en buvant les fameuses tisanes d'Angèle et souvent Martin joue des airs de jazz au piano. J'apprécie ces moments. Angèle connaît quelques morceaux de ses compositeurs préférés, Schubert ou Chopin, elle nous en joue en se trompant souvent et nous rions beaucoup. Dommage que Claire ne reste pas avec nous.

Je suis contente. C'est assez nouveau chez moi ! Dans la bibliothèque d'Angèle, j'ai trouvé le livre de Lewis Carrol, Alice au pays des merveilles. J'ai envie de l'illustrer. Cette histoire m'avait passionnée quand j'étais gamine. J'ai des images plein la tête. Je sais que ça a déjà été fait mais je veux le faire à ma façon. Ce qui me rend heureuse, c'est que ça va me tenir un bon moment. Rien ne vaut d'avoir un projet passionnant pour oublier ses misères.

J'en ai parlé à Angèle. Elle m'encourage et s'enthousiasme à l'avance.

Ça tombe bien, l'hiver arrive, je ne vais plus pouvoir peindre dehors. Angèle m'a proposé de m'installer dans l'arrière-cuisine, une pièce très bien éclairée qui donne derrière la maison, côté potager et verger. C'est l'endroit où elle fait sécher ses herbes magiques et où s'entassent les bocaux de conserves préparées par elle-même avec les légumes de son potager. Les plantes dégagent des parfums très subtils et agréables.

J'ai hâte de commencer. Je dois d'abord relire l'œuvre et réfléchir aux moments que je vais illustrer. C'est un gros travail. Je ne veux pas faire une BD mais un album composé de grandes planches accompagnées de l'écriture du texte.
Au petit-déjeuner Karim m'a complimentée sur ma bonne mine. Je l'ai remerciée en souriant. Martin en a profité pour me demander si j'ai des projets de tableaux. J'ai dit oui, c'est encore confus pour l'instant. Il allait poursuivre mais je me suis levée brusquement comme si j'avais été agressée.

Je vois bien que ces deux-là ne sont pas hostiles

mais je ne peux pas m'empêcher de voir en eux des ennemis. C'est ce que les hommes ont été toute ma vie et lorsque je pense à ma mère, je me dis qu'elle aussi a dû subir leur mépris et leur violence. Elle, a choisi de mourir. Je lui en ai voulu de m'avoir abandonnée mais je comprends. Moi, je choisis de vivre. J'ai la chance d'avoir une passion que je peux exercer dans la solitude et sans la tutelle masculine. Je me sens sereine.

Angèle

Je suis toujours fascinée par ce qui se passe lorsque plusieurs personnes vivent sous le même toit. Il se produit une sorte d'alchimie entre les êtres et malgré eux. J'observe mes pensionnaires et je les vois évoluer. Ils viennent ici avec leurs "gros bagages" qu'ils déposent en entrant et un projet à concrétiser. Ils ont déjà fait une démarche importante : celle de faire la coupure avec leur vie d'avant en s'éloignant du bruit et du tumulte. Chacun se retrouve face à lui-même et peut alors se poser les questions importantes.

Ainsi Martin et son désir d'écrire un roman. Il cherche une idée qu'il ne trouve pas. A mon avis, c'est lui-même qu'il recherche. Il ne le sait pas mais il est en chemin.

Claire aussi avance. Elle est arrivée ici pour fuir les hommes et pour peindre. Le hasard a fait que deux hommes sont arrivés après elle et qu'elle doit faire avec. Je me rends compte que c'est très dur pour elle. Elle a déjà été si courageuse de tout quitter. Maintenant, elle a un beau projet qui lui tient à cœur. Je la vois se redresser, elle sourit plus souvent et ose lever les yeux. Sa métamorphose a commencé, un beau papillon naîtra-t-il.

Quant à Karim, c'est différent bien sûr. Il n'est pas là après un bilan de sa vie. Au contraire, c'est sa vie qui commence. Il est gai, plein d'enthousiasme et il travaille beaucoup, surtout la nuit. Je le vois se lier d'amitié avec Martin. Tous deux partent faire de longues randonnées. Martin a-t-il retrouvé le fils perdu ? Karim a-t-il trouvé le père qu'il aurait aimé avoir ? Qui sait ! Le soir, ils parlent beaucoup littérature, enfin, c'est Martin qui parle surtout. Il prend des livres dans la bibliothèque et il raconte, commente, lit des passages. Karim l'écoute avec intérêt. Je pense que notre matheux ne va pas tarder à se mettre à la lecture.

Voilà trois mois que je suis ici et je n'ai rien écrit, ou si peu. Des bribes de pensées, des anecdotes que j'ai vécues au jour le jour, bref, pas de quoi faire un roman. Ce qui a changé, c'est que je ne m'en inquiète plus.

Ma vie dans ce coin perdu est plus pleine que celle d'avant avec les cours, les copies, le chahut, les sorties, le ciné, le théâtre, les soirées, les rencontres etc. Ici, rien de tout cela ne me manque. Les randonnées avec Karim ou seul, les discussions du soir, l'attention chaleureuse et les petits plats d'Angèle, le silence, la beauté de la nature, tout cela me suffit amplement.

Au cours d'une ballade, j'ai rencontré un berger avec son troupeau et ses chiens. C'est un jeune gars chevelu et barbu. Nous avons bavardé un moment. Il m'a expliqué son choix de vie et se dit très heureux seul, sans télé, sans portable ni internet six mois dans l'année, juste quelques bouquins qu'il lit et relit dans sa cabane, près de ses brebis. Je l'envie. Son visage et ses yeux irradient. Quelle chance de pouvoir vivre ainsi ! C'est cela qui me paraît juste aujourd'hui par rapport à la frénésie consumériste des villes.

Karim m'a demandé un conseil de lecture. Je commence à le connaître et je ne voudrais pas le décevoir ou le dégoûter un peu plus de la lecture. Je lui ai proposé Chagrin d'école de Daniel Pennac pour qu'il se sente libre avec un livre dans les mains. Il a promis de le lire. Je lui ai dis que ce n'est pas obligatoire.

Claire reste plus longtemps à table avec nous le

soir, son regard est moins fuyant et ses yeux plus brillants. Je crois qu'elle travaille beaucoup à son nouveau et mystérieux projet.

Claire

J'ai fini de préparer la maquette de mon album. Je vais pouvoir commencer à peindre. Le temps passe vite. Angèle me dit que je pourrai rester ici le temps qu'il me faudra. Ma réussite sera sa récompense. Je n'en suis pas encore là mais ça m'encourage.

J'ai décidé de sortir davantage. A force d'entendre Karim et Martin faire l'éloge de la marche dans la "Fabuleuse Nature" qui nous entoure, j'ai envie d'essayer. Angèle dit que cela me fera du bien de prendre l'air car d'après elle j'ai un "teint d'endive". Elle m'a même proposé de m'accompagner étant donné qu'elle connaît tous les chemins. Je risquerais de me perdre ou de faire de mauvaises rencontres !

J'ai mis ses chaussures de marche, un peu grandes pour moi, mais faute de mieux ! Elle a ajouté en confidence que quelques kilos en moins me rajeuniraient. Je ne me vexe pas, elle a raison, je ne me suis jamais préoccupée de mon corps. A l'école, certains m'avaient surnommée "l'air de rien". J'aurais voulu disparaître. Alors, j'ai délaissé mon corps ; ma mère n'était plus là ; je mangeais n'importe quoi, n'importe quand. De toute façon, je n'étais "rien" ! Angèle me bouscule un peu et Martin et Karim aussi sans le faire exprès. Leur dynamisme et leur enthousiasme sont contagieux. Je me suis surprise à rire avec eux d'une blague de potache de Karim. Ces deux sont tellement différents des mâles odieux que j'ai connus !

Angèle

J'ai décidé Claire à sortir. Je sens qu'elle est prête à s'ouvrir un peu. Elle a accepté à condition que je l'accompagne. Comme Martin, je vois qu'elle ne connaît rien à la campagne.Tout l'étonne ; elle est comme une enfant qui découvre un nouveau jeu. En rentrant, la fraîcheur avait rosi ses joues, ses yeux brillaient d'un éclat nouveau. Elle veut recommencer l'expérience toute seule chaque jour entre deux séances de peinture. Elle n'ira pas bien loin mais c'est un énorme progrès. Martin et Karim l'ont félicitée. Gentiment moqueurs, ils lui ont proposé de faire une randonnée avec eux tout là-haut aux Roches Blanches. Elle a souri et a dit : "Bientôt peut-être, je dois m'entraîner d'abord !" Une si longue phrase les a épatés, je crois.

Mes deux mousquetaires se défient parfois dans des discussions à fleuret mouchetés à propos de politique. Le plus jeune prêt à renverser la table, le plus sage revendiquant un changement en douceur. Je m'amuse à les écouter, moi qui suis bien loin de ces considérations.

Karim dit qu'il avance bien dans son travail, encore un mois, prévoit-il, et il rentrera chez lui. Depuis quelque temps, je le vois prendre des romans dans la bibliothèque sur les conseils de Martin. C'est nouveau ! Il m'a dit qu'il a découvert les polars et qu'il adore ça ! Il pourra emporter tous ceux qu'il voudra.

Martin est toujours en panne mais ne s'affole pas. Je pense qu'écrire un roman n'est plus tout à fait à l'ordre du jour ! Il passe son temps dehors par monts et par vaux à la rencontre des quelques habitants de la région, bergers, paysans et autres autochtones. Aux repas, il nous régale des anecdotes qu'il rapporte de ses conversations en imitant les voix et les accents de chacun. L'autre jour, sur le chemin des trois bossus, il a croisé le vieux Migou avec sa canne, son béret et son mégot pendu au coin des lèvres. Il nous a rapporté ses paroles :

« Alorrrsss, jeune homme, paraît qu'vous zêtes chez l'Angèle. Al vous a pas encore ensorcillé avec sa source et ses misturrres ? Al est encorrre belle l'Angèle ! J'la marierai ben, n'était la Germaine !»

 Ce sont des moments de fous-rires inoubliables. Nous lui conseillons de les noter pour son futur roman et c'est encore des rires et des plaisanteries à n'en plus finir. Claire ne se retient plus, elle rit avec nous !

Martin

Il me semble que je revis, que j'ai enfin trouvé ma place, et c'est ici, dans cette nature sauvage parmi des gens authentiques.

Mon livre, je l'écrirai, mais avant, je dois à réorganiser ma vie. Rien ne m'attache ailleurs, je me sens libre comme je ne l'ai jamais été. Depuis quelque temps, une idée me taraude, un projet un peu fou mais qui m'enchante. Il faut d'abord que sa réalisation soit possible. Angèle dit que lorsqu'un projet est juste, tout concourt à sa réalisation. Je vais m'y employer avant de le divulguer.

Claire nous a enfin parlé du sien. A la fin du repas, elle a ramassé les assiettes et a regagné sa chambre et contrairement à ses habitudes, est aussitôt revenue avec un grand sourire et son carton à dessin. Elle prépare un album à partir d'Alice au pays des merveilles. Je trouve l'idée excellente et au vu des quelques planches qu'elle a bien voulu nous montrer, je ne doute pas du résultat final. J'ai une amie éditrice d'ouvrages de littérature de jeunesse qui pourrait lui donner son avis. J'ai beaucoup œuvré dans ce domaine pour mes élèves en faisant venir chaque année dans mes classes auteurs et éditeurs. Un retour sur investissement serait normal. Encore faudrait-il que Claire accepte un petit coup de pouce, mais étant donné le changement que nous avons constaté chez elle, cela me semble possible.

Karim est en passe de terminer son mémoire. Il m'épate par son sérieux et sa volonté mais pas seulement. Il s'est mis à lire et dévore maintenant tous les polars de la bibliothèque d'Angèle. Il me remercie de cette découverte et j'avoue que je suis assez fier, même si cette littérature n'est pas celle que je préfère, quoique Simenon, Leroux, Japrisot, Chandler et d'autres méritent largement le titre de Classiques du roman policier.

Il va nous manquer lorsqu'il partira, je me suis habitué à sa présence lors de nos randonnées et à ses réparties et ses blagues du soir. Sa jeunesse est rafraîchissante. Il nous promet qu'il reviendra car la région lui plaît vraiment.

Notre petite communauté fonctionne de mieux en mieux à tel point que le facteur, le beau Tony qui ne se déplace qu'une fois par semaine, le mardi matin, nous interpelle en arrivant sur son vélo jaune en disant : Et bonjour les angelots d'Angèle, tout va bien au paradis ? Nous rions et Angèle lui offre un café pour le récompenser de la peine qu'il a prise pour arriver jusqu'ici.

Mon projet avance bien mais je suis tombée en panne de papier. J'ai dû demander à Angèle de me conduire avec son 4x4 jusqu'à Bériac pour me réapprovisionner. Ce retour à la civilisation m'a dérangée et fatiguée. Je me rends compte combien le calme de la maison d'Angèle est important et bénéfique pour mon travail et ma santé mentale.

J'ai montré mes planches d'aquarelle à mes "colocataires". Leur appréciation m'a rassurée. Je leur ai expliqué mon parti-pris, mon choix de couleurs, ils ont été emballés. Martin me propose de montrer mon travail à son amie éditrice en lui envoyant des photos dans un premier temps. Je veux bien, même si j'ai peu d'espoir, il y a déjà eu tant de versions d'illustration de ce livre. Karim m'a déjà commandé une dizaine d'exemplaires de l'album en chantier et même du suivant qui n'existe pas. Il dit qu'il y a beaucoup d'enfants dans sa famille en France et à Casa. Nous avons ri de son enthousiasme.

Martin a un nouveau projet et ce n'est plus un roman. Il ne veut pas en parler avant de savoir s'il est réalisable. Je suis curieuse de savoir mais je ne pose pas de questions. Il est souvent avec Angèle qu'il aide dans tous ses travaux ; il lui pose des tas de questions sur le jardinage, sur ses animaux. J'imagine que son projet doit être en rapport avec la campagne. D'ailleurs, il connaît tous les paysans et les bergers du coin. Il nous raconte ses conversations en imitant leur accent, c'est à mourir de rire.

Karim nous quitte dans quelques jours. Moi qui le fuyais, je vais le regretter. Il a contribué à me réconcilier avec le masculin. Disons que je n'en fais plus une généralité.

Avant le départ de Karim, Angèle a dit qu'elle veut nous raconter l'histoire de sa maison et de son secret.

C'est l'heure du départ, je vais quitter la pension d'Angèle et ces gens qui sont devenus des amis, mes amis. Je vais quitter ces paysages magnifiques, cette lumière unique, ce pays où je me suis senti si bien.

Ce n'était pas prévu ; d'ailleurs ça avait mal commencé. Angèle me terrifiait, Claire me fuyait. Tout a changé depuis.

Bien sûr, je vais retrouver ma famille et les petits plats de ma mère avec plaisir, mes copains, copines avec joie, bref, revenir à ma vie d'avant … enfin, pas vraiment car je ne suis plus tout à fait le même. Cette expérience m'a beaucoup appris sur les rapports humains, sur la nécessité de prendre du recul pour voir plus clair dans sa vie. Je n'étais pas là dans ce but mais l'effet est le même.

Grâce à Martin, j'ai découvert le plaisir de la lecture. J'ai d'ailleurs fait une cure de polars ! La mécanique d'une intrigue policière qui n'est pas sans rapport avec les maths, m'a passionné.

J'ai été épaté par Angèle, une femme admirable qui travaille beaucoup, donne beaucoup et fait ce qu'elle veut sans se soucier de ce qu'en disent les autres. Je crois qu'elle est un exemple pour Claire qui a bien changé depuis son arrivée.

J'ai évidemment un esprit très rationnel et pragmatique mais l'heureuse influence du lieu m'interroge. Avant de partir, il faut que je pose quelques questions à Angèle, notre hôtesse qui porte si bien son nom.

Angèle

Nous avons passé un dernier soir à quatre, Karim est parti ce matin.
La soirée fut joyeuse avec un brin de nostalgie et pleine de promesses.
Chacun avait mis la main à la pâte, nous avons mangé, bu, chanté, fait de la musique et beaucoup ri jusqu'à quatre heures du matin.
Karim a voulu que je leur raconte l'histoire du lieu.
Je ne parle jamais de La Source à mes hôtes à leur arrivée. Je préfère les laisser expérimenter les lieux pour qu'ils ne soient pas influencés.

Lorsque je suis arrivée ici avec mon mari pour acheter la ferme, l'ancien propriétaire, un vieux paysan chenu et barbu nous a confié la légende de La Source. Les Anciens du coin la connaissent encore mais les plus jeunes l'ont oubliée ou s'en moquent s'ils l'ont su. Moi, j'étais jeune mais l'histoire m'a plu et j'ai aimé La Source. C'est elle qui alimente la Lorgue en bas, c'est elle qui fournit l'eau que nous buvons, qui nous lave et nous murmure sa fraîche mélodie. Elle sourd derrière la maison, au pied du gros figuier. Je la fais analyser régulièrement, elle est parfaitement potable. Par ici, aucune culture, donc pas de pesticides, juste des moutons et des chèvres en liberté ! Un système nous a permis d'en amener une partie jusqu'à la maison. Depuis que je vis ici, elle ne s'est jamais tarie, son débit est très régulier.

Venons-en à la légende. Dans des temps très anciens, les gens venaient à la source car son eau avait la réputation de guérir la myopie si on s'en lavait les yeux. On disait qu'elle redonnait la vue aux aveugles et même qu'elle avait le pouvoir d'ouvrir le troisième œil. On pouvait faire un vœu en touchant le rocher d'où elle jaillit et en faisant une prière. Une petite chapelle, disparue depuis longtemps, avait été construite à l'emplacement de la maison.

Pendant que je racontais, tous me regardaient, Karim avec un sourire dubitatif, Martin avec intérêt, la pipe pendue au coin des lèvres et Claire, les yeux écarquillés et la bouche ouverte.

Ainsi, a dit Martin, nous buvons de cette eau depuis notre arrivée, et nous nous lavons avec ?

J'ai dit oui, je prépare les repas, je nourris mes animaux et j'arrose mon jardin avec cette eau. Ce n'est peut-être qu'une légende mais j'aime la croire et j'augmente le pouvoir de cette eau en y faisant infuser des herbes que j'ai appris à connaître.

Une vraie sorcière ! a dit Karim en riant.

Il avait donc raison le vieux Migou, tu nous as « ensorcillés », a

ajouté Martin qui me tutoie depuis quelque temps.

Je comprends tout maintenant, s'est exclamé Claire avec le plus grand sérieux. Nous sommes « envoûtés » mais j'espère bien ne pas me réveiller, a-t-elle ajouté avec un lumineux sourire.

La joie de ces trois-là me procure un immense bonheur. Je n'y suis sûrement pour rien , ce sont eux qui ont fait le travail sans s'en douter.

Après eux, je ne prendrai plus personne en pension. Leur départ est trop dur.

Mon amie Marion, l'éditrice d'albums de jeunesse, m'a répondu. Elle est intéressée par le travail de Claire. Elle lui propose un rendez-vous dans sa maison d'édition à Paris. Claire n'en croyait pas ses oreilles, elle en tremblait d'émotion. Je crois que ça va marcher pour elle. Elle est vraiment douée et elle a du mérite.

Quant à moi, c'est décidé, je reste ici. J'ai enfin trouvé le propriétaire de la maison en ruine située sur la route qui mène à la pension. Il accepte de me la vendre avec un bout de terrain. J'ai quelques économies mais ça ne suffira pas pour la retaper, je ferai un prêt comme tout le monde. J'ai hâte de me mettre au travail. Angèle est ravie, elle ne sera plus seule. Je pourrai rester chez elle tant que je ferai les travaux.

C'est une nouvelle vie qui commence pour moi. Certes, je devrai quand même m'absenter pour régler mes affaires mais ce ne sera pas long.

J'ai repris goût à la vie, cette terre m'appelle, m'apaise. La solitude ne me fait pas peur. Je pense toujours au roman que je dois écrire. Je sais maintenant quel en sera le sujet.

Claire

Martin a obtenu pour moi un rendez-vous avec une éditrice parisienne. Je suis contente et angoissée en même temps. Va-t-elle vraiment apprécier mon travail en le voyant pour de bon ? Me rendre à Paris m'inquiète aussi, j'ai peur d'être ridicule, maladroite. Angèle, Martin et Karim m'encouragent. Karim a même proposé de m'accompagner mais j'ai refusé. Je dois m'assumer maintenant.

Si mon album est accepté, que va-t-il se passer ensuite ? Je ne veux pas vivre à Paris, ni retourner d'où je viens ; je veux dire avant la pension d'Angèle. Je ne saurais pas où aller. Angèle acceptera-t-elle de m'héberger encore ?

Il faut bien que j'avoue que quitter Angèle, sa maison … et Martin m'est difficile à envisager. Je me suis attachée aux lieux et aux personnes. Ils ont participé à mon évolution. Des inconnus ont pour la première fois posé sur moi un regard bienveillant, sans jugement. Ma reconnaissance est infinie même si Angèle dit que c'est moi qui ai fait le chemin.

Je pars demain pour une semaine. Mon avenir se joue à partir de ce rendez-vous.

Épilogue

Ils étaient venus à La Source, chez Angèle. Ce n'était pas un hasard, ils avaient rendez-vous avec eux-mêmes. Claire, Martin, Karim avaient chacun un projet mais ce n'était pas celui qu'ils croyaient.
Martin retape sa maison peu à peu, il a déjà un potager et quelques poules mais ce n'est qu'un début. Il dit qu'il est très heureux et compte bien élever des moutons et des chèvres. Il a changé physiquement, son visage rayonnant s'orne d'une barbe et son crâne encore garni de boucles grisonnantes a adopté le béret. Ses mains sont moins fines, la bêche et la truelle ont remplacé le stylo et l'ordinateur. Ses vêtements aussi sont différents ; un vieux jean usé, un tee shirt délavé et une veste de travail ayant jadis appartenu au mari d'Angèle constituent la garde-robe du nouveau paysan qu'il est devenu. Il lui arrive même de chanter en travaillant, ce qui fait rire Angèle quand elle vient voir l'avancée des travaux. Tu chantes comme une casserole, lui dit-elle, mais ce que ça fait plaisir à entendre !
 Karim vient de leur envoyer un exemplaire de son premier roman policier : Un loup dans la bergerie. Des personnages inspirés de son séjour chez Angèle avec de nombreux clins d'œil à ses amis. Il a accompagné son livre d'une lettre où il leur exprime à nouveau sa reconnaissance et dit le

bonheur qu'il éprouve à inventer des intrigues et des personnages. Il est prof de math, écrit à ses moments perdus et s'amuse parfois à lire des passages de ses écrits à ses élèves qui en redemandent. Il faut dire que son héros s'inspire davantage des aventures burlesques du fameux commissaire San Antonio et de son adjoint Bérurier de Frédéric Dard que du très sérieux Maigret de Simenon. Martin s'en réjouit, disant fièrement que c'est le plus beau succès de sa carrière de prof de lettres.

Le jeune auteur leur annonce aussi sa prochaine venue à La Source avec sa copine Léa.

Quant à Claire, installée provisoirement à Paris, elle est devenue illustratrice de livres pour enfants et rencontre un joli succès dans les salons auxquels elle participe. Elle se rend même dans des écoles où elle explique son travail aux enfants. Elle aussi a changé. Plus attentive à son apparence, elle a minci, laissé pousser ses cheveux, adopté des tenues plus modernes et féminines. Pour autant, elle n'oublie pas ses amis et revient chaque weekend à La Source où l'attendent Angèle et surtout Martin, pas insensible à sa métamorphose.
Il n'est d'ailleurs pas interdit de penser que bientôt Claire s'installera chez Martin, Aux quatre vents, ainsi qu'il a baptisé sa ferme, et qu'elle travaillera là ses illustrations. Quant à lui, il aura sûrement à cœur d'écrire le roman longtemps mûri de sa nouvelle vie.

Angèle, désormais entourée, n'aura plus besoin d'accueillir de nouveaux hôtes, elle s'est inventée une famille et peut vieillir tranquille et heureuse.

Le Portrait

Le portrait

I

« Il est beau, n'est-ce pas ? me dit une voix rocailleuse venue d'un coin obscur de la boutique ».

J'étais entrée dans cette brocante sans intention particulière après une matinée studieuse et un rapide déjeuner. Et me voilà plantée devant un tableau, fascinée par le regard singulier du personnage représenté sur la toile.

Devant mon mutisme prolongé, l'homme reprend, insistant :

- Je viens de le rentrer. C'est un portrait de belle facture, voyez ces yeux, ce regard perçant ! Pour vous, je ferai un prix, c'est une bonne affaire. Remarquez qu'il est signé ! Deux cents euros, parce que vous êtes sympathique, c'est donné !

- Oui, c'est vrai, ce portrait est très beau, dis-je laconiquement sans le quitter des yeux.

Déjà, la grosse main velue du brocanteur s'empare du tableau.

- Vous le prenez, n'est-ce pas ? Vous ne le regretterez pas !

Sans chercher à discuter le prix avec ce boutiquier sans scrupule, j'inscris la somme annoncée sur le chèque que je tends à l'homme qui a déjà fourré le tableau sans ménagement dans un sac plastique.

Je sors de cet antre sombre et encombré avec des sentiments ambigus de mal-être et de nécessité en même temps.

Reprenant ma flânerie dans les ruelles du quartier, j'arrive à la librairie de mon amie Charlotte, prête à confesser mon achat impulsif et déraisonnable.

- C'est un beau portrait, reconnaît-elle, le regard de ce jeune homme est remarquablement rendu.

- oui, c'est ce qui m'a attirée. Je ne pouvais me détacher des yeux fascinants, hypnotiques, presque vivants de ce visage. Et puis, j'ai aimé l'économie des deux teintes utilisées en dégradé, le bleu pour le fond et la veste, le brun et l'ocre pour marquer les reliefs et les ombres.

- Je ne suis pas étonnée, dit Charlotte en souriant, il t'a séduite avec son expression dynamique et volontaire et surtout son air sombre et mélancolique.

- Bien sûr ! Ce qui me plaît aussi, tu sais que j'adore la mer, c'est qu'il s'agit d'un marin avec son chapeau à visière et le filet de pêche qu'il tient dans les mains. Ce tableau me fait penser au style de certains portraits de Manet.

- C'en est peut-être un ! s'exclame Charlotte.

- Mais non, regarde la signature en bas, sur la manche du pêcheur. P. Broque, on la lit difficilement.

- C'est rigolo comme nom, ça te dit quelque chose ?

- Pas du tout, mais je ne suis pas experte !

- Il faut faire des recherches. Ce tableau date de 1847. Tu as peut-être dégoté de quoi faire fortune ! En attendant, il mérite d'être mis à l'honneur chez toi. Il t'inspirera peut-être de nouvelles histoires.

C'est ce que je fais aussitôt en suspendant le tableau au-dessus de mon bureau dans mon petit appartement, mon refuge comme je l'appelle. Il faut dire que le parcours pour arriver jusqu'à lui n'a pas été facile.

II

Après des études littéraires, j'ai travaillé dans un quotidien de province comme journaliste et me suis mariée, trop jeune, avec un collègue. Certes, j'aimais écrire, mais la rédaction d'articles de faits divers ne pouvait m'enthousiasmer. Je me suis vite lassée de ce travail, de l'ambiance délétère et asphyxiante du bureau et aussi de mon apathique mari. Une histoire d'amour impossible avec un homme marié a achevé de me désespérer. J'ai donc décidé de changer de vie et j'ai tout quitté, travail, mari, amant, amis, région, pour me consacrer à ma passion de l'écriture.

Sans enfants et grâce au petit héritage, venu à propos, d'une parente éloignée, la décision a été facilitée. Ma famille et mes amis ont bien tenté de m'en dissuader.

– Tu vas ''galérer'', c'est pas facile de percer dans ce milieu, tu seras seule, tu vas vite déchanter etc.

C'est en compagnie d'Isabelle, mon amie de toujours que j'ai pris conscience de cette nécessité au cours d'une randonnée autour d'un lac de la région.

En ce début d'automne, l'air était très doux, aucun promeneur ne croisait notre chemin. L'eau clapotait doucement à nos pieds. Mélancolique, je confiais mes doutes et ma difficulté à prendre une décision. Isabelle m'écoutait ne sachant quel conseil me donner, tant ma vie serait bouleversée.

A un moment donné, un peu plus haut sur la berge, un livre ouvert, posé à l'envers sur les graviers, comme abandonné là par un lecteur étourdi a attiré mon attention. Les environs étaient déserts, cette présence insolite m'appelait.

 Son titre : Va où ton cœur te porte, agit comme un révélateur. Ce roman de Susanna Tamaro avait eu un beau succès à l'époque. C'est l'histoire d'une grand-mère qui raconte sa vie à sa petite fille et lui conseille de suivre les élans de son cœur, elle qui n'a pas su.

Isabelle n'avait pas vu le livre. Le message semblait m'être adressé personnellement. J'ai éprouvé une vive émotion. La réponse que j'attendais m'était offerte. Très pragmatique avant cet événement, je n'avais pas conscience de ce que j'ai appris plus tard être des synchronicités. Maintenant, j'y suis très attentive. Souvent, quelque chose se produit qui me confirme que je suis sur la bonne voie, cela peut-être un nom, une situation, n'importe quoi.

 Voilà ce qui m'a aidé à ce moment-là et m'aide encore.''

Ainsi, confortée dans mon désir, j'ai emménagé dans une autre ville. Mon appartement situé en plein centre avec balcon et vue sur le fleuve me convient parfaitement.

C'est là qu'est née Laura Brémont, pseudonyme que je me suis choisi, puisque j'ai aussi abandonné mes anciens noms.

Mes débuts n'ont pas été faciles. J'écrivais depuis longtemps de courts récits, des nouvelles que je n'osais plus faire lire.

 Je me sentais usurpatrice, comme si avouer mon plaisir d'écrire était prétentieux, comme si cette activité n'était réservée qu'à une élite intellectuelle et qu'il était ridicule de vouloir s'y frotter.

Au début, mes manuscrits ont été refusés, mon

premier roman n'a pas eu plus de chance mais a été édité à compte d'auteur. Charlotte, dans sa librairie ''*Ceux qui lisent ont une histoire*'', m'a proposé de m'y installer une journée pour rencontrer des lecteurs et faire quelques ventes. Cela m'a stimulée. Pour mon deuxième roman j'ai utilisé le même procédé qui m'a permis de retrouver des lecteurs du premier. Grâce à ma libraire j'ai rencontré un éditeur qui a accepté, moyennant quelques corrections, de publier mon troisième roman intitulé ''L'absence''.

On parle maintenant de Laura Brémont dans les milieux littéraires locaux.

Je peux enfin dire :''J'écris'', sans complément.

 J'ai fini par assumer mon désir.

 Certes, je suis loin de pouvoir vivre de mon travail mais je suis heureuse, j'ai enfin la vie que je souhaitais.

III

Le tête à tête avec mon tableau ne reste pas sans effet. Chaque fois que je quitte l'écran, mon regard croise celui du portrait.

 Sa présence magnétique me poursuit. Tout au fond d'un placard, il continuerait à me hanter.

- Il n'a pourtant rien de négatif ce visage, me dit Charlotte.

- Non, mais il est insistant, c'est comme s'il formulait une demande.

- Ton imagination te joue des tours à mon avis !

- Peut-être... Tu sais que depuis longtemps les thèmes de prédilection de mes histoires sont la disparition, l'absence, les traces laissées par ce qui aurait dû être et n'a pas été.

Comme Camille Claudel, je peux dire : « Il y a toujours quelque chose d'absent qui me tourmente ».

- Quel rapport avec ton tableau ?

- Eh bien, je me dis que ce portrait est la trace d'une histoire qu'il me revient de découvrir.

- Tu as peut-être raison mais tu oublies le roman que tu as commencé et que tes lecteurs attendent, me dit mon amie vaguement inquiète.

- Je ne l'oublie pas, je fais juste une pause, le temps de mener une petite enquête.

IV

Même si l'entrevue ne me réjouit pas, je décide de retourner chez le brocanteur, pour essayer de glaner quelques renseignements.

- Oui, je vous reconnais, dit le marchand, toujours assis dans son fauteuil branlant, vous êtes la petite dame du tableau ! J'espère que vous en êtes contente. J'en ai rentré d'autres si vous voulez …

- Non, non, dis-je, déjà agacée. J'aurais voulu des renseignements sur celui que vous m'avez vendu.

- Oh, là ! C'est compliqué, que voulez-vous savoir ? grogne l'homme soupçonneux.

- Eh bien, par exemple qui vous l'a vendu.

Il fourrage dans sa barbe touffue, prend le temps de rallumer sa pipe et de consulter son portable.

- Si je me souviens bien, j'avais débarrassé une maison du côté de Peyriac. On va parfois les chercher loin nos "merveilles" !

- Vous pourriez me donner l'adresse ou le nom du propriétaire ?

- Oh, la, la, vous m'en demandez beaucoup. Qu'est-ce que vous voulez savoir ?

- J'ai fait une recherche sur le peintre mais je n'ai rien trouvé. Il n'existe aucun P. Broque recensé parmi tous les peintres connus.

- P. Broque, s'exclame le brocanteur hilare, c'est une blague !

- Pas du tout, c'est la signature au bas du tableau.

- Si votre P. Broque n'est pas connu, vous n'en tirerez pas plus que moi, si c'est ça que vous voulez.

- Mais il n'est pas question de le revendre, je voudrais juste savoir qui est représenté sur ce portrait et vous pouvez m'aider en me donnant ce renseignement.

- Bon, bon, ne vous énervez pas. Vous n'avez qu'à aller voir le maire de Peyriac de mer plus exactement. C'est dans l'Aude, pas loin de Narbonne et de Gruissan, entre la mer et l'étang de Bagès. Un beau coin ! Dites-lui que vous venez de ma part, c'est un copain, et racontez-lui votre histoire. Vous êtes sympathique … et mignonne, il vous aidera.

Et le malotru se détourne pour saluer la jeune femme qui vient d'entrer.

V

Ce n'était pas prévu mais l'occasion de prendre quelques jours de vacances et de revoir la mer tombe à point nommé. J'irai visiter ce petit village qui promet de belles balades. Charlotte accepte de m'accompagner, laissant la librairie aux mains de son associé, le fidèle et dévoué Thomas Booklet, Tom pour les intimes.

- Je sais que les clients seront entre de bonnes mains. Tom ne les laissera pas repartir les mains vides. Il connaît tous les livres et a un tel bagou qu'il est impossible de lui résister.

- Tant mieux, s'il pouvait vendre de nombreux exemplaires de mon roman.

- Ne t'en fais pas, il l'a adoré et ne manque jamais une occasion de le proposer et de faire l'article. Ton livre est en bonne place. Au-dessus de la pile, il a écrit : ''Coup de cœur des libraires, L'absence, un roman qui parle à chacun de nous et dont on ne sort pas indemne''.

- C'est un peu exagéré, non ! Il ne faudrait pas que les lecteurs soient déçus !

- Allez, aie confiance ! Tu ne connais pas Tom, c'est un grand lecteur, il est très compétent et passionné par l'histoire et la généalogie à ses heures perdues.

 A son charmant accent tu as dû comprendre qu'il est Anglais. Il vit en France depuis vingt ans au moins, d'où sa parfaite connaissance de notre langue. C'était un copain de Théo. Ils travaillaient tous les deux dans la même compagnie d'assurance. Quand j'ai décidé de monter ma

librairie, j'avais besoin d'un ou une associée pour m'aider dans ma "folle entreprise". Tom cherchait à se reconvertir, il était partant, je lui ai fait confiance et je ne regrette pas, lui non plus, je crois, à voir son enthousiasme !
- Tant mieux ! Il est plutôt beau garçon…pour un Anglais.
- Oui, c'est vrai, le genre Hugh Grant ! Je vois que tu n'es pas insensible au charme british ! Je te le présenterai à notre retour ! Allez, partons tranquilles, ça va te faire du bien d'abandonner un peu ton ordinateur et de changer d'air.

VI

Sacré Raymond ! vieille canaille ! toujours prêt à aider les jolies femmes !

s'exclame le maire de Peyriac après avoir entendu ce qui nous amène.

- Vous connaissez sans doute les personnes qui ont fait débarrasser leur maison par votre ami brocanteur ?

- Mon ami, c'est vite dit. C'était un copain d'école puis un copain de bringue alors on est restés en relation. Je l'appelle quand je sais que quelqu'un cherche à vider une maison ou un grenier. Pour ce qui est de votre demande, attendez, il faut que je regarde mon agenda.

Voilà, dit l'homme après avoir longuement feuilleté un agenda bien rempli et, semble-t-il, assez illisible. Raymond est venu avec sa camionnette le 12 septembre. Il devait vider la maison de la vieille Marceline. Elle est morte il y a un an et ses enfants voulaient vendre. Ça n'a pas tardé, des Parisiens en ont fait leur maison secondaire, faut dire que la région est très touristique ! Vous allez visiter j'espère …

Impatiente, j'insiste :

- Mais vous savez où habitent les enfants ?

- Ah, malheureusement, ils ne sont pas d'ici ! Je crois qu'ils ont une maison à Gruissan, mais je n'en suis pas sûr.

Devant ma déception, Charlotte prend la parole :

- Vous pouvez peut-être nous donner leur nom et nous essaierons de les trouver.

- Oui, oui, bien sûr, enfin, c'est pas très légal …

Montrez- moi donc ce tableau !

C'est votre fiancé ? Il est pas mal, il a de beaux yeux, dit le maire pour plaisanter.

- Le nom du peintre vous dit quelque chose ?

- P. Broque, drôle de nom ! Non, ça ne me dit rien. Allez à Gruissan, demandez à la mairie, c'est pas les peintres qui manquent là-bas. La famille s'appelle Vignau, leur maison est au vieux village, au pied de la tour Barberousse.

Je vous souhaite bonne chance pour votre enquête mais surtout, ne partez pas sans faire un tour par ici !

En le remerciant, nous lui en faisons la promesse, pressées de quitter la mairie et son intarissable édile.

Bien sûr, il n'est pas question de quitter Peyriac sans en profiter pour découvrir ce village pittoresque et sa promenade sur l'étang, un chemin de planches sur pilotis qui donne l'illusion de marcher sur l'eau. Installées sur les rochers au bord de l'étang, nous improvisons un pique-nique afin de jouir du spectacle des flamants roses majestueux, perchés sur une patte gracile, fouillant la vase de leur énorme bec.

VII

Malgré la beauté des paysages que nous découvrons, je suis impatiente de me rendre à Gruissan à la recherche de la famille Vignau ou des descendants du peintre.

Le port de plaisance est sans grand intérêt avec ses bâtiments aux toits arrondis et ses multiples boutiques et restaurants. Une visite à l'office de tourisme nous rassure.

« Gruissan est en trois parties, nous dit la jeune fille de l'accueil : le port, le quartier des Chalets avec ses maisons sur pilotis et sa plage, et le vieux village au pied de sa tour ».

C'est là que nous devons nous rendre.

La déception fait place à l'enchantement. En gravissant les marches inégales et glissantes menant au sommet du rocher, nous pouvons admirer le magnifique panorama, la côte, le bleu éblouissant de la mer, l'étang, les damiers aux nuances de rose des marais salants, le port et tout autour de nous, en contre-bas, les toits rouges des petites maisons de pêcheurs serrées les unes contre les autres comme pour se mettre sous la protection du mystérieux pirate Barberousse et de sa fameuse tour. Je me sens particulièrement bien dans ce lieu que je découvre.

A la mairie, on nous explique qu'il était impossible de communiquer l'adresse d'habitants de la commune. Le maire de Peyriac est en tort.

Quant au peintre, le fameux P. Broque, personne n'en a entendu parler, on s'en souviendrait !

« Allez donc voir Madeleine Rochebrune, dit la plus âgée des deux secrétaires, elle a bien quatre-vingt-dix ans aujourd'hui mais elle a encore toute sa tête et n'a jamais cessé de peindre. Elle a exposé jusqu'à l'été dernier. Je peux vous donner son adresse puisque c'est aussi sa galerie. Vous verrez, ajoute-t-elle, c'est une charmante vieille dame, pleine d'humour et de joie de vivre, comme ses tableaux ».

 C'est un début. Nous irons voir Madeleine.

VIII

La maison de la vieille dame donne sur la rue principale du village. On ne peut pas se tromper, les volets ouverts, d'un bleu passé sont décorés de fleurs et de feuillages un peu décolorés, désuets et charmants. En guise de sonnerie, une clochette au son si faible que personne ne répond. Je dois frapper fort. Enfin une voix fluette venue du fond de la maison crie : J'arrive !

La porte s'ouvre sur une vieille petite femme tout en rondeur et si bancale qu'on se demande comment elle peut encore se déplacer. Pourtant, son visage au sourire et aux yeux malicieux a gardé la fraîcheur de la jeunesse. Un gros chat roux passe la tête dans la porte entrebâillée et se frotte contre la jambe de sa maîtresse.

Bonjour mesdames, si vous venez m'acheter un tableau, désolée, c'est trop tard, j'ai tout donné à la ville de Gruissan, je n'ai plus rien à vendre.

- Nous aurions bien voulu voir vos tableaux, mais … nous ne venons pas pour ça, dis-je un peu gênée.

Madeleine nous fait entrer dans la pièce qui a servi de galerie et qui maintenant est encombrée de chevalets, de tubes de peinture, de toiles poussiéreuses inachevées, de chiffons et de vieux canapés où le minet en propriétaire des lieux s'est déjà installé. Sur les murs sont accrochés plusieurs tableaux. Surprises, nous les contemplons avec intérêt, constatant que la secrétaire de mairie a raison. Les peintures sont naïves, pleines de couleurs et de gaieté représentant des scènes de fêtes, de vendanges, de plage, de personnages

231

volants, avec toujours Gruissan en perspective.

- Oui, j'en ai gardé quelques-uns mais ils ne sont pas à vendre.

- Nous ne voulons pas vous déranger, madame…

- Mais non, mais non, à mon âge, voyez-vous, c'est un plaisir d'avoir de la visite, et puis, appelez-moi Mado, comme tout le monde. Et voilà Mitsou, mon compagnon à poil. Il me suit partout.

La vieille dame s'installe dans son fauteuil, Mitsou sur les genoux et nous fait asseoir sans nous demander ce qui nous amène. Elle semble ravie de pouvoir bavarder avec quelqu'un, de parler de sa peinture, de ses dernières expositions.

Vous savez, j'ai bien gagné ma vie grâce à ma peinture, poursuit Madeleine qu'il semble difficile d'interrompre. Chaque été, les touristes s'arrachaient mes tableaux. Il faut dire que je ne les vendais pas très cher. Et puis, maintenant, allez, je peux bien dévoiler mon secret.

Un sourire espiègle éclaire son visage tout plissé de rides.

J'ai eu l'idée, un jour, de dire que mes tableaux étaient peints à l'eau de mer ! Elle rit franchement en racontant, de connivence avec son matou qui la regarde amoureusement. Ce fut un succès fou ! C'était faux, bien sûr, je n'ai même jamais essayé ! Mais les gens, qui n'y connaissaient rien, voulaient tous un tableau à l'eau de mer en souvenir de leurs vacances à Gruissan ... et aussi, pour épater la galerie de retour à Paris !

Ah ! Je riais bien en moi-même. Ils me posaient tout un tas de questions, le sel, c'est pas gênant pour peindre ? Et le sable ? Ça va résister avec le temps ? Etc . Je répondais à tout avec aplomb et ils me croyaient ! Ils repartaient tout fiers de leur acquisition. Ce que j'ai pu rire !

Elle en rit encore. Nous aussi, tout en nous demandant si nous n'aurions pas été dupes comme les autres.

- Vous avez toujours vécu ici ? dis-je profitant d'une interruption.

Vous connaissiez beaucoup de peintres de la région ?

- Bien sûr, j'y suis née, je m'y suis mariée et j'ai eu trois enfants ! Avant que Mado poursuive sur sa lancée, Laura rebondit :

- Vous connaissiez beaucoup de peintres de la région ?

- Oh oui ! Y en avait peu de valables, croyez-moi !

- Si je vous cite un certain Pierre ou Paul Broque, ça vous dit quelque chose ?

- Pépin Broque vous voulez dire ?

Ravies, nous nous regardons refoulant un fou-rire.

Ben oui, c'était mon grand-père ! Il s'appelait Paulin en fait mais vous savez P Broque, ça faisait rire, alors, tout le monde le surnommait Pépin et ça ne le dérangeait pas. Moi-même, au lieu de l'appeler pépé, je disais Pépin comme les autres !

- Il était artiste peintre ? demande Charlotte qui s'amuse follement.

- Évidemment ! D'où croyez-vous que je tienne mon art, répond-elle avec fierté, c'était même un fameux peintre. Les gens venaient de partout se faire faire le portrait, certains quand ils en avaient les moyens venaient avec la photo d'un parent disparu. C'était encore rare et pas très au point. Ils trouvaient qu'un tableau ça parlait mieux qu'une photographie. Et puis ici, c'était un pays de pêcheurs, mon grand-père les connaissait tous. Beaucoup ont péri en mer, il peignait leur portrait de mémoire à la demande des familles. Si vous avez le temps, allez donc faire un tour dans la

Clape jusqu'au cimetière marin de Notre Dame des Auzils. Vous y verrez toutes les stèles le long du chemin et, dans la chapelle, les ex-voto offerts par les familles.

- Nous irons, nous sommes en vacances. Mais est-ce que je peux vous montrer la photo d'un des tableaux de votre grand-père. Et avant d'attendre la réponse, j'affiche le portrait sur mon portable.

- Ah oui, c'est bien son style ! Mitsou se faufile pour voir aussi. Où l'avez-vous trouvé ?

- Dans une brocante, je voudrais savoir qui est l'homme du tableau.

- Ça, c'est une autre histoire ! dit la vieille dame qui n'ajoute plus rien et semble réfléchir. Je peux peut-être vous aider...mais je ne vous garantis rien et j'aurais besoin de vous. Revenez demain.

Très intriguées par ses propos, nous prenons congé de notre aimable hôtesse. Nul doute que la soirée sera animée, riche en conjectures et que nous nous précipiterons dès le demain matin au n°21 de la Grand'rue du village.

Cette nuit-là, je vois en rêve l'homme du portrait. Il s'avance vers moi en souriant et semble vouloir me montrer quelque chose derrière moi. Il parle mais je n'entends pas ses paroles. Je me réveille, impressionnée par l'étrangeté de ce qui me semble être un message.

- Nous en avons tellement parlé hier soir, dit Charlotte, ce n'est pas étonnant, toutes nos élucubrations ont produit ton rêve.

- Sans doute, quand même, cet homme voulait me dire quelque chose …

- Oui, mais il est resté énigmatique, comme Madeleine quand nous l'avons quittée !

- Tu as probablement raison, dis-je sans conviction !

    Le marché est en pleine effervescence lorsque nous nous présentons à la porte de Madeleine. Elle est assise dans l'entrée, vêtue d'une robe à fleurs très colorée. Ses cheveux roussâtres frisottés auréolent son visage rond orné grosses lunettes à monture bleue. Le chat sur les genoux, elle lit *L'Indépendant* et commente d'une voix forte les articles avec un monsieur aussi vieux qu'elle qui hoche constamment la tête.
- Ah ! Voilà mes nouvelles amies ! Je vous attendais, mesdames. Je vous présente Alphonse, mon voisin, il est sourd comme un pot mais il fait semblant d'entendre, une coquetterie ! dit malicieusement Mado.
En effet, le vieil homme sourit :
  Bonjour mesdames, bienvenue chez Madeleine, un grand peintre, vous savez ! Allez, je vous laisse entre vous, dit-il en se levant péniblement de sa chaise et en soulevant galamment son béret en signe d'au revoir.

- J'ai pensé à vous. Venez vous asseoir que je vous explique, nous ordonne Madeleine. Là-haut, au grenier - ça fait des lustres que je ne peux plus y monter- il doit toujours y avoir une malle qui vient de mon grand-père Pépin. Vous qui êtes jeunes, vous pourrez la descendre et nous verrons ensemble ce qu'elle contient. Il gardait tout ! Ma mère avait conservé cette malle en souvenir. Elle est restée là-haut, personne n'y a touché.
Si vous n'avez pas peur de la poussière et des

235

araignées, allez-y, l'escalier est au fond du couloir
à gauche. Pour ce qui est des souris, n'ayez pas
peur, Mitsou s'en charge !
Même si je craignais les araignées, je monterais
avec la même précipitation tant je suis curieuse
d'en apprendre davantage sur Pépin Broque.

La maison de Madeleine Rochebrune est à son
image comme ses tableaux, joyeuse et colorée.
Suivant le chemin indiqué, il faut se faufiler parmi
les meubles anciens hétéroclites et surchargés de
bibelots poussiéreux, de livres, de magazines
éparpillés. Dans ce décor désuet, chargé de
souvenirs mais charmant avec ses vieux papiers
peints à fleurs, ses tapis élimés, ses tentures fanées
et ses odeurs de vieilles choses, nous gravissons
l'escalier, le chat sur les talons et atteignons la
porte du grenier. Sa résistance est la preuve qu'elle
retient ses secrets depuis longtemps.
- C'est la caverne d'Ali Baba ! s'exclame Charlotte
en découvrant le lieu. Si tu ne trouves pas ton
bonheur là-dedans !
- Ça dépend de ce que tu appelles ''mon
bonheur'' ! Dis-je en riant. Ça va être coton de
descendre une malle !

Le grenier qu'une lucarne éclaire faiblement est
envahi de toiles d'araignée, d'objets couverts de
poussière, impossibles à distinguer les uns des
autres.
A l'autre bout de la pièce, une malle en osier attire
notre attention. Nous traînons la lourde malle
jusqu'à l'entrée du grenier.
En bas, Madeleine nous attend avec un café et des
biscuits. Une attention agréable après la périlleuse
descente !

- Vous avez trouvé ? Oui c'est bien la malle de mon grand-père, dit la vieille dame ! Voyons un peu ce qu'elle contient.

Avec un ouf de soulagement, nous nous laissons tomber, épuisées, sur le vieux canapé.

Mais, très vite, j'ouvre la malle, pressée de découvrir son contenu. Mitsou a déjà pointé son nez à l'intérieur. Une odeur désagréable de moisi et de vieux papier s'en échappe. Toutes sortes d'objets sont entassés pêle-mêle : livres, cadres, montres, images pieuses, fleurs séchées, tout un fatras qu'il faudrait examiner soigneusement.

- Vous en avez pour des heures mes pauvres amies ! Vous devrez revenir plusieurs fois !

- Sauf si nous trouvons tout de suite ce que nous cherchons ! s'amuse Charlotte qui commence à sortir les livres et les objets qui ne nous sont d'aucune utilité.

Madeleine nous a dit que le peintre travaillait parfois sur photos, c'est donc ce que nous espérons trouver.

Quelques tirages anciens en noir et blanc décolorés de petits formats sont remisés dans une boîte à chaussures. On y devine des familles, des couples lors de leur mariage, des portraits de jeunes hommes, de femmes ou d'enfants. Dans des enveloppes jaunies ont été écrits un mot de remerciement, un nom. D'autres contiennent aussi une image pieuse ou une médaille de métal argenté ou doré.

Chaque objet est examiné avec émotion. Cette boîte à chaussures recèle tant de souffrance, d'amour, d'espoir et de reconnaissance. Des vies brisées par le chagrin et le deuil ont sans doute trouvé un apaisement grâce au peintre qui redonnait vie à ces disparus. Avec ses pinceaux et ses couleurs, il ajoutait un sourire, une lumière dans le regard, un peu de rose aux joues.

Je lis tout haut :

'' Avec tous mes remerciements'', Émilie Evrard

'' Que dieu vous garde ! Merci'', Antoine et Mariette

'' Merci Pépin. Mon Jacquot est un peu avec nous maintenant ! ''Rose

'' Soyez béni, nous prions pour vous'' Thérèse et son fils Baptiste

Et ainsi de suite, mettant de côté ce que nous éliminons.

- Vous reviendrez demain, dit alors Madeleine qui s'ennuie un peu et voit dans cette interruption la garantie de notre retour.

Bien qu'un peu déçues de cesser si vite nos recherches, nous comprenons la vieille dame et confiantes, nous sommes persuadées de toucher bientôt au but.

IX

De son côté, à la librairie, Thomas Booklet travaille aussi pour moi. Il ne manque jamais de faire l'éloge de mon livre qu'il vend bien. Il appelle Charlotte pour l'informer des ventes et lui demander où nous en sommes de nos recherches.

- Je crois que tu ne lui es pas indifférente, dit Charlotte en riant, Il ne me parle que de toi !

- Moi, je suis ravie qu'il vende mon livre ! Tu n'es pas jalouse quand même !

- Moi, jalouse ? Tu sais bien qu'il n'y a que Théo qui compte pour moi. Non, je pense à vous deux, célibataires, encore jeunes et plein d'enthousiasme, vous iriez bien ensemble. Il ne te plaît pas ?

- Pour l'instant, ce n'est pas ce qui me préoccupe, et puis j'ai déjà donné ! dis-je un peu troublée malgré tout.

- Nous en reparlerons, conclut Charlotte malicieusement.

Comme la veille, Madeleine et son chat nous attendent dans sa galerie. Tout est en place pour continuer nos explorations. Après avoir avalé un café, je replonge dans la malle avec une impatience qui amuse beaucoup mes deux compagnes.

- Eh, me taquine Madeleine, prenez le temps de vous restaurer un peu, Laura ! Je n'ai touché à rien, tout est comme vous l'avez laissé hier.

- Pardon, Mado, je voudrais tellement découvrir qui est l'homme de mon tableau.

- Et après ? Qu'est-ce que vous en ferez ? Il est mort depuis belle lurette…

- Je sais bien … mais, je veux savoir, il y a quelque

239

chose … je ne peux pas expliquer, il faut que je sache ! Dis-je avec détermination.

Je me remets à fouiller et à trier enveloppes et photos que je manipule avec beaucoup de respect comme si ces bouts de papier avaient quelque chose de sacré.

Fatiguée, désespérée de ne rien trouver, j'arrive au bout de ma recherche. De son côté, Charlotte examine un cliché très abîmé. Ne voulant pas me donner une fausse joie, elle m'interpelle :

- Regarde un peu ce que j'ai trouvé. Ça ne serait pas notre homme par hasard ?

Je compare les deux images avec attention avant de m'exclamer, victorieuse :

- Mais oui, c'est ça ! C'est bien lui, merci ! Merci !

En effet, le visage de l'homme sur la photo fanée correspond bien au portrait peint. Le regard est moins vif cependant et les tons de gris sont ternes, jaunis, tachés. Au comble de l'excitation, je retourne la photo. Un nom et une date sont inscrits au crayon, à peine lisibles : Joseph Marti, 1846 et trois mots : Reconnaissance éternelle. Alice.

Madeleine et Charlotte rient de me voir si heureuse. Mon enquête a abouti ! Je les embrasse, caresse Mitsou et remercie chaleureusement la vieille dame.

- Et maintenant ? Demande Charlotte, que fait-on ?

- Ce nom, Marti, ne me dit rien, fait Madeleine, mais c'est un nom courant et je ne connais pas tout le monde à Gruissan.

- Ce n'est pas grave, Mado, maintenant que j'ai un nom, je pourrai continuer mes recherches avec internet ! Si nous allions pique-niquer dans la Clape pour fêter ça !

- Allez-y toutes les deux, moi je ne peux pas vous suivre, soupire Madeleine. Mais un conseil pour

votre pique-nique, allez au marché acheter des ''coustellous'', vous allez vous régaler. Vous m'en direz des nouvelles. Et tant que vous y êtes, faites un tour à Notre Dame des Auzils dont je vous ai parlé.
- J'y pensais, acquiesce Charlotte. Mais avant, nous allons remonter la malle au grenier...
- Pas aujourd'hui, rien ne presse, comme ça vous reviendrez me voir !
- Bien sûr Mado, dis-je en l'embrassant.
Nous quittons la vieille dame, et, affamées, nous empressons de suivre ses conseils.

C'est dans un concert de cigales parmi les parfums de garrigue que nous découvrons la Clape, installées pour pique-niquer et nous régaler des fameux ''coustellous'' avant l'ascension vers la chapelle des Auzils. Je savoure ce moment avec gourmandise. J'ai mis un nom sur le visage du tableau. Reste à trouver qui était Joseph Marti et pourquoi son regard m'obséde à ce point.
Charlotte, ravie de ces vacances insolites, me taquine.
- Entre Joseph, mort, paix à son âme et Thomas, bien vivant et très attentionné, moi, je n'hésiterais pas !
- Tu sais bien que ça n'a rien à voir ! Ce portrait semble me dire quelque chose, c'est peut-être un fantasme mais c'est comme ça que je le ressens.
Arrête de m'embêter avec Thomas et allons plutôt faire notre excursion.

A quelques mètres du parking, une stèle surmontée de la croix occitane avec une ancre à sa base commémore les naufrages du 28 février 1797. Ensuite, s'amorce la montée vers le cimetière marin, un chemin bordé de cyprès et de pins d'Alep appelé l'Allée des naufragés. Tout en haut de la falaise se dresse la chapelle toute blanche émergeant de la sombre végétation.

Des visiteurs abordent comme nous l'ascension, d'autres descendent, chapeaux et chaussures de marche obligatoires pour affronter les ardeurs du soleil, les cailloux et irrégularités du chemin.

Un couple se tient par la main et monte en silence. Une famille discute autour des tombes. Une petite fille demande ce qu'est un cénotaphe.

- C'est un tombeau à la mémoire d'un mort mais sans son corps, lui répond son père.

- C'est vrai, murmuré-je à l'oreille de Charlotte, j'avais oublié !

- Pourquoi sans son corps ? interroge encore l'enfant.

- Parce que, ici, ce sont des marins gruissanais qui ont péri en mer et dont on n'a jamais retrouvé les corps. Tu vois toutes ces stèles, ce sont les familles qui les ont fait construire pour les honorer et se recueillir. Aujourd'hui encore des pèlerinages sont organisés chaque année.

La petite semble très impressionnée, elle s'arrête devant chaque monument et s'efforce de lire les noms gravés.

Nous suivons la famille et à notre tour tentons de déchiffrer les noms, les dates, les mots que des mains malhabiles ont gravés à la demande de parents éplorés. Nous lisons avec émotion :

A la mémoire de Léon Lapière Naufragé dans ce golfe le 11 novembre 1871 à l'âge de 16 ans PPL D'autres :

Armand Gorse Capitaine marin décédé à Alger le 9 février 1840 à l'âge de 29 ans

A la mémoire de Cordier Marius si tristement ravi à la tendresse des siens âgé de 44 ans

A la mémoire de Rose Castelli décédée à Marseille le 15 mars 1892 âgée de 18 ans Regrets

Ces quelques mots maladroits disent toute la tristesse et tout l'amour qu'on a voulu exprimer sur de pauvres dalles de pierre pour que demeure le souvenir.

Après avoir fait une halte rafraîchissante dans le jardin de l'Ermite, nous reprenons notre ascension. Arrivées au sommet, nous visitons la petite chapelle où nous admirons les ex-voto reproduits sur les murs. Les vrais tableaux de bateaux ayant été volés.

De là-haut, le paysage est merveilleux : au loin, la mer étincelante, à nos pieds, parmi les pierres sèches, des fleurs sauvages, du thym et tous les parfums de la garrigue, autour de nous, partout, le chant obsédant des cigales.

En redescendant, je glisse soudain sur une pierre trop lisse. Charlotte me rattrape et me fait asseoir à l'ombre en face d'une stèle surmontée d'une croix barrée d'une ancre qui nous a échappé en montant. En me massant la cheville, je fixe la pierre. La voix étranglée par la surprise et l'émotion, je lis :

A la mémoire de Joseph Marti Maître d'équipage disparu à l'âge de 32 ans avec son fils Léon âgé de 13 ans lors de la tempête du 26 juin 1846 au large des Baléares PPE

- Incroyable ! s'écrie Charlotte, aussi surprise que moi, le père et le fils ont péri en mer, et sans doute tout l'équipage avec eux ! je ne m'attendais pas à ça. Si Madeleine ne nous avait pas conseillé cette excursion, nous n'aurions rien su. En y repensant, avec la photo, le tableau, c'était évident ! Encore un signe, ta glissade !

Et maintenant, que comptes-tu faire ?

- Eh bien nous allons achever notre balade. Ma

cheville semble aller mieux. Je ne manquerai pas de remercier la Dame du Bon Secours qui est sans doute pour quelque chose dans ma quête, dis-je avec gravité.
Et puis, nous rentrerons. Ta librairie et Tom t'attendent …
- Nous attendent, tu veux dire, corrige Charlotte en riant.
- Si tu veux, mais je n'en ai pas fini avec Joseph. Si je connais maintenant la cause de sa mort, je ne sais rien de sa vie, et c'est ça qui m'intéresse.

Revenues au village, les bras chargés de fleurs et de gourmandises, comblées et radieuses nous rendons une dernière visite à Madeleine et à son chat avant de prendre le chemin du retour.

X

Rentrée chez moi, je reprends le roman momentanément abandonné et travaille d'arrache-pied pour rattraper le temps perdu.

Cependant, le portrait de Joseph Marti, toujours sous mes yeux, me ramène constamment au cimetière marin et à la stèle qui lui est dédiée.

Je sais que Joseph a disparu en mer en octobre 1846, dis-je à Charlotte, je devrais être débarrassée de ce souci. Mais non, il continue à m'obséder. C'est comme si son fantôme revenait sans cesse me hanter pour je ne sais quelle raison.

- Moi, je crois que tu devrais sortir davantage, te distraire. Pour commencer, je t'invite à dîner demain soir. Tu rencontreras Thomas. Il est charmant et il te fera penser à autre chose qu'à tes fantômes !

Je la remercie mais mes pensées sont ailleurs.

- Tu te souviens que le maire de Peyriac nous a parlé d'une famille Vignau et de la vieille Marceline qui avait conservé le tableau ?

- Oui, et alors ?

- Eh bien, ce portrait leur appartient. Je devrais peut-être le leur rendre. Et si c'était ça qu'il fallait comprendre ?

- Dans ce cas, retrouver cette famille ne sera pas trop difficile.

Le nom de Vignau n'étant pas des plus rares, je me concentre sur la région de Gruissan et trouve plusieurs personnes portant le même patronyme.

Je me hasarde à demander à mes correspondants si le nom de Joseph Marti leur dit quelque chose. L'un d'eux me raccroche au nez, un autre me traite

de folle, sans compter ceux qui ne répondent pas.
Je m'obstine.

Charlotte et Tom, que je connais mieux
maintenant, me taquinent gentiment :
C'est si vieux ! Comment veux-tu que ces gens se
souviennent, autant chercher une aiguille dans une
botte de foin !
Mon obstination est récompensée lorsque je tombe
sur une certaine Sylvie Vignau qui, intriguée,
accepte de m'écouter.
La dame ne comprend pas tout de suite ma requête.
- Non, je ne connais pas de Joseph Marti. Pourquoi
le recherchez-vous ?
Je lui explique ma démarche.
- Ah, c'est vous qui avez demandé mon adresse à
la mairie il y a quelque temps ? Je connais bien la
secrétaire, Madame Raymond. Elle m'a parlé de
votre demande et m'a dit vous avoir envoyé chez
Madeleine Richebrune.
- C'est exactement ça, dis-je, ravie d'avoir une
interlocutrice aimable. Est-ce qu'une certaine
Marceline de Peyriac était quelqu'un de votre
famille ?
- Oui, tante Marceline était la plus jeune sœur du
père de feu mon mari, mon beau-père, quoi.
Lorsqu'elle est morte, mes cousins ont eu vite fait
de vendre la maison et d'empocher le magot sans
se soucier de ce qu'elle recelait. J'aurais pourtant
bien aimé garder quelques souvenirs de cette
vieille dame si gentille !
- Et ce tableau dont je vous ai parlé vous avez une
idée de sa provenance ?
- Pas du tout mais votre enquête concernant ce
Joseph Marti m'interpelle. Mon mari était
historien. La maison est un vrai sanctuaire. J'ai
gardé tous les documents concernant ses

nombreuses recherches. Si vous me laissez un peu
de temps, je vais consulter l'arbre généalogique
qui s'étale sur tout un mur de son bureau et je vous
rappellerai si je découvre quelque chose.

Quelques jours plus tard, comme promis, Sylvie Vignau me téléphone. Elle m'invite un week-end chez elle à Gruissan afin de me montrer l'arbre généalogique constitué par son mari. Une curiosité ! Me dit-elle et elle ajoute, mystérieuse :

J'ai autre chose à vous montrer, un document qui ne manquera pas de vous intéresser. Je ne vous en dis pas plus. Je vous attends au numéro 7 de la rue de L'étang.

Évidemment, elle a aiguisé ma curiosité si bien que dès le samedi suivant, je prends la direction de Gruissan me promettant également une visite à Mado.

La tramontane souffle fort lorsque j'arrive au village. Sans difficulté, je trouve la ruelle au pied de la Tour. Au numéro 7, une porte double peinte en bleu, et comme toutes les autres, armée d'une moustiquaire s'ouvre sur une dame fluette, la soixantaine, très souriante qui m'invite à entrer.

''Ce n'est qu'une petite maison de pêcheur mais elle est agréable et bien assez grande pour moi''.

Nous faisons plus ample connaissance autour d'un thé puis Sylvie me propose de découvrir le bureau de son mari. Un mur entier est couvert de cercles reliés entre eux par des rayons formant comme des soleils où fourmillent des noms et des dates.

''J'ai réussi à trouver votre Joseph Marti, me dit-elle en riant devant mon visage ahuri, ça n'a pas été facile, comme vous voyez. C'était un aïeul de mon mari. Elle me montre le soleil où figurent son nom, sa date de naissance, 1814, celle de sa mort avec la mention : péri en mer 1846, son épouse Alice, leur fils Léon, mort à la même date que son père et leur fille, Joséphine, née en 1847.

''Je savais qu'il était mort lors d'un naufrage pour avoir vu la stèle érigée par sa famille au cimetière

248

marin de N.D des Auzils.

- Vous me l'apprenez, me dit Sylvie étonnée. Il faut vous dire que j'ai travaillé à Perpignan jusqu'à ma retraite et que je ne suis revenue vivre ici dans la maison familiale que depuis deux ans. Mais, dites-moi, quel rapport avez-vous avec cette famille ?

- Aucun, que je sache, c'est une simple curiosité à partir de ce portrait qui m'intrigue. J'écris des romans et l'histoire de ce marin m'inspire, dis-je avec aplomb. Je découvre qu'il a eu une fille après sa mort... Sa femme était donc enceinte, la pauvre !

- Oui, et c'est justement de cette fille que je voulais vous parler. En fouillant dans les papiers accumulés par mon mari au fil des années, j'ai trouvé une lettre de Joséphine adressée à ses descendants afin que le secret ne perdure pas contrairement à la volonté de sa mère. En ont-ils eu connaissance ? Je ne saurais vous le dire. Ce n'est pas très long mais peut-être y trouverez-vous de la matière pour votre roman. La voici, me dit-elle en sortant trois ou quatre feuillets d'une grande enveloppe grise tachée de rouille avec l'inscription :

Pour mes enfants.

Je la remercie mais avant de lire, je propose de lui rendre le tableau qui appartient à sa famille, pensant que c'est le souhait de Joseph et la résolution de l'énigme du portrait.

- Non, me répond-elle. Vous l'avez acheté, il est à vous. Et puis maintenant que Robert est mort, ça n'a plus d'importance d'autant que nous n'avons pas eu d'enfant ! Quant à mes neveux, s'ils avaient voulu ce tableau, ils l'auraient pris. Les connaissant, je doute que ça les intéresse, il ne

devait pas avoir une grande valeur à leurs yeux !
Gardez-le, ce n'est sans doute pas par hasard qu'il
est arrivé entre vos mains ! Par contre, lorsque
vous aurez fini votre roman, j'en voudrais un
exemplaire… dédicacé bien sûr !
Je promets, un peu dépitée. Je viens de m'engager
malgré moi, mais cela me fait sourire. Après tout,
je l'écrirai sûrement ce roman. Je dois aussi me
résoudre à garder le portrait et à affronter encore le
regard de Joseph. Je comprends aussi que l'histoire
n'est pas terminée.

Après le repas, je m'installe dans la petite
chambre que mon hôtesse m'a préparée et lis avec
avidité le précieux document qu'elle m'a confié.

XI

Le récit de Joséphine – 1870

A mes chers enfants et à ceux qui viendront après eux,

« Ce jour-là, Alice, ta mère, avait rejoint les autres femmes sur le quai. Le ciel était clair et l'air encore doux en cette fin d'après-midi d'octobre. La Marie-Joseph et son équipage étaient partis depuis deux semaines. Ils auraient dû rentrer depuis deux jours. L'inquiétude creusait les visages des épouses et des mères de pêcheurs », ainsi racontait Louise.

Mon histoire commence à partir de ce moment.

Je suis née à Gruissan en 1847 mais je ne le sais que depuis peu. C'est à l'occasion de mon mariage que la révélation de ma naissance m'est littéralement tombée dessus. Je m'en remets peu à peu, difficilement, c'est pourquoi l'idée d'écrire mon histoire s'est imposée. J'ai remonté le cours du temps avec ce que j'ai appris des uns et des autres, des souvenirs plus ou moins clairs, des témoignages édulcorés ou exagérés. J'ai ainsi reconstitué cette part inconnue de ma vie. Je tiens surtout les souvenirs de ces jours tragiques d'une voisine de ma mère, Louise, aujourd'hui disparue. Cette chère Louise à qui je dois tant. Elle qui a connu mon père me l'a décrit comme ''un homme de belle allure, grand et fort avec des yeux bruns très doux et un beau sourire. « Toutes les jeunes filles enviaient ta mère, ajoutait Louise. Il avait toujours le mot pour rire, il aimait s'amuser mais sur son bateau, c'était lui le chef. Pas question de se la couler douce. Tous l'admiraient ». Je la soupçonne d'en avoir été secrètement amoureuse à voir son regard embué et ses mains jointes sur sa poitrine en parlant de lui. « Il aimait son fils par-dessus tout. Un beau petit gars, très vif, tout le portrait de son père, toujours sur ses talons à vouloir partir en mer. Et lui, c'était son rêve de l'emmener pêcher avec lui ».

Les vieux pêcheurs tentaient de rassurer. ''Ça arrive souvent qu'un bateau mette plus de temps à revenir. Une avarie, un coup de vent peuvent retarder le retour !'' « Les femmes n'étaient pas convaincues. Alice avait un mauvais pressentiment, elle se sentait mal, un peu nauséeuse mais c'était normal, m'a raconté Louise, elle était enceinte de trois mois. Elle revenait de l'église où elle avait mis un cierge à Notre Dame de l'Assomption et avait beaucoup prié pour son mari et son fils qu'elle avait laissé partir pour la première fois. Elle se le reprochait, se tordant les mains d'angoisse. Elle disait qu'il était trop jeune, que la vie à bord est difficile, dangereuse. Elle se rongeait les sangs et n'arrivait plus à dormir.

A la tombée de la nuit, il avait bien fallu rentrer. Alice avait fondu en larmes dans les bras de sa mère : on avait entendu dire qu'il y avait eu un fort coup de vent en direction des Baléares ».

Un an plus tôt, son père et cinq marins pêcheurs avaient péri, leur bateau coupé en deux par le gros vent et les paquets de mer. Ce souvenir avait redoublé ses sanglots. Alice le sentait, elle criait : ''Ils ne reviendront pas !''

Malgré tout, chaque jour l'espoir la poussait comme les autres sur le port à scruter l'horizon.La prière était son seul recours.

Enfin, m'a dit Louise, au bout de deux semaines d'angoisse, le capitaine du bateau parti à leur recherche était revenu, mais ce n'était pas pour annoncer une bonne nouvelle. Des débris de la Marie-Joseph avaient été repérés au large de port-Mahon. Aucun survivant n'avait été retrouvé.

Alice s'était effondrée. Au moins, avait ajouté Louise, le supplice de l'attente était terminé. Tous savaient que la mer ne pardonne pas, que c'est une ogresse toujours affamée de vies humaines.

Malgré son immense chagrin, Alice devait vivre pour l'enfant qu'elle portait, pour moi qu'elle devrait élever seule.

Alors avait commencé une longue période entre la tristesse et l'attente sans joie de ma naissance. Serai-je une consolation ou le souvenir d'une éternelle culpabilité ? Elle ne cessait de se reprocher d'avoir laissé partir son enfant chéri. ''Tu ne pouvais quand même pas l'attacher, lui répétait-on, et puis son père était si fier de l'emmener !''

Avec l'aide de la famille, Alice avait fait ériger une stèle au cimetière marin de Notre Dame des Auzils où elle fit graver pour l'éternité les noms de ses deux amours disparus.

Elle avait aussi fait peindre le portrait de son mari à partir d'une photographie   prise à

Perpignan au cours de leur voyage de noces. Un peintre de Gruissan connu pour son talent d'artiste avait peint son visage avec tant de réalisme qu'Alice, en le découvrant avait défailli.

Je suis née avec le printemps. Il paraît que j'étais une jolie petite fille dotée des beaux yeux sombres de mon père et de la douceur des traits de ma mère. Enfant très sage, je comblais d'amour le cœur d'Alice mais n'atténuais pas sa tristesse.

La mer était devenue l'ennemie jurée. Alice refusait désormais de s'en approcher. De sa petite maison au pied de la Tour Barberousse, on apercevait l'étang."C'est bien suffisant !", disait-elle. Elle n'alla plus aider à nouer les filets comme elle faisait avant à la veillée au pied de la cheminée ou à l'ombre dans la rue, sur le trottoir devant la porte. Tout ce qui lui rappelait la pêche, les bateaux lui faisait horreur. Si elle avait pu, elle aurait quitté Gruissan qui l'enchaînait à son malheur.

Puis, on lui proposa de faire quelques heures de ménage à l'école. J'avais deux ans. Elle accepta, elle pouvait m'emmener avec elle et puis ça la distrayait de sa douleur sauf quand elle voyait un garçon de douze, treize ans. Alors, elle était de nouveau dévastée par le chagrin.

Le jeune instituteur connaissait son histoire. Il essayait de la faire sourire en lui racontant des blagues ou les bêtises des enfants. Il s'appelait Paul Amado. Les enfants l'adoraient, il savait manier douceur et autorité et avec ses cheveux bruns un peu longs et sa moustache en guidon de vélo, il ne manquait pas de charme.

Alice aimait bien ces moments passés dans la classe en fin de journée à faire le ménage pendant que Paul corrigeait les cahiers à son bureau. Il était d'ailleurs souvent distrait car Alice était bien jolie avec ses grands yeux bleus et son gracieux sourire, trop rare, hélas !

J'ai grandi avec le sentiment de ce plaisir partagé d'être ensemble. Ma mère me semblait plus vivante dans ces moments-là. Alors, tous les prétextes étaient bons pour se rencontrer, promenades, pique-nique… J'étais toujours de la partie. Paul adorait jouer avec moi et je le réclamais lorsqu'il n'était pas là.

Un jour de juillet, Paul apprit qu'il allait être muté à Toulouse à la rentrée. Il serait le directeur d'une école plus importante. Ne plus nous voir lui parut inenvisageable.

Si Alice le voulait bien, ils se marieraient en août et partiraient vivre dans la Ville Rose. Ma mère ne réfléchit pas longtemps, elle était amoureuse de Paul et rêvait depuis longtemps de quitter Gruissan et son cauchemar.

Ils se marièrent en toute discrétion et partirent s'installer à Toulouse.

Paul voulait m'adopter et me donner son nom. Alice accepta. Pour tourner cette page noire de sa vie, elle décida de ne jamais me parler de mon père ni de mon frère. J'étais désormais la fille de Paul.

Mais on ne se fuit pas soi-même. Alice avait beau vouloir effacer ce passé douloureux, il était là, tapi dans un coin de son cœur.

Je la voyais parfois, le regard dans le vague, parti ailleurs, très loin. Son visage pâlissait, une

mélancolie envahissait tout son être. J'ai grandi avec cette mère, tantôt absente, tantôt possessive à l'extrême. Heureusement, deux garçons sont nés après moi. Je me suis occupée d'eux, je les ai adorés, je les aime toujours.
Hélas ! La guerre avec la Prusse vient d'être déclarée. Tous les hommes de vingt-cinq à trente-cinq ans, célibataires ou veufs sans enfants sont appelés à rejoindre l'armée active. Mes frères, Adrien et Jacques ne sont pas encore mobilisables mais je tremble pour eux. Grâce à nos enfants, mon mari est à l'abri pour le moment.

Ma pauvre mère n'a jamais réussi à surmonter son chagrin malgré le soutien de Paul et la naissance de mes frères. Son cœur a lâché un an avant mon mariage avec Léopold. Peut-être a-t-elle craint la révélation de ma naissance, mon rejet, le rejet de Paul que je considère pourtant comme mon père.

Aujourd'hui, j'attends mon troisième enfant, j'espère une fille après deux garçons. Je ne leur cacherai jamais qui étaient leur grand-père et leur oncle.

Par cet écrit, je veux que se perpétue leur mémoire et qu'ils puissent aller se recueillir au cimetière marin de Gruissan où j'ai fait don d'un ex-voto, une maquette, fidèle reproduction de la Marie-Joseph telle que me l'ont décrite les vieux pêcheurs qui l'ont connue.

Avec Léopold, nous envisageons de partir nous installer dans ma région. La maison de mes grands-parents paternels m'est revenue en héritage après mon mariage. Léopold voudrait y acheter un lopin de vigne. Cultiver la terre est son *rêve depuis toujours.*

Quant à moi, je comprends aujourd'hui pourquoi je suis tellement attirée par la mer et les bateaux. Enfant, je n'y suis allée qu'une fois avec Paul que je ne cessais de harceler. Il avait fini par céder. Ce n'était pas la Méditerranée mais l'Océan.

Ce fut un choc tel qu'en y repensant un frisson parcourt tout mon corps. La force des vagues contre les rochers, les embruns salés sur mon visage, l'odeur puissante de l'iode m'ont donné la sensation d'être enfin dans mon élément.

Si un jour la possibilité m'est donnée d'aller aux Baléares, sur cette île qu'on appelle Minorque, je chercherai les traces du naufrage de La Marie-Joseph. Là-bas, peut-être sait-on quelque chose des hommes qui ont perdu la vie en mer, peut-être, mon père, mon frère ont-ils une sépulture sur cette terre !

La guerre nous empêche de réaliser nos rêves mais l'espoir est vif et nous sommes encore jeunes. Je sais aussi que quelque part, entre la mer et les étangs, sous la protection du fantôme de Barberousse, une petite maison de pêcheur nous attend où nous serons heureux...

La lecture de cette longue lettre laissée en suspens me bouleverse. Ces personnes que je découvre deviennent réelles, Alice, Joséphine et surtout Joseph. Joseph, qui maintenant n'a pas seulement un visage. Il est ce jeune marin, père et mari aimant, gai et fier. Je me sens proche de lui.

Est-ce le fait de m'intéresser à lui, de lui découvrir une famille ou bien y a-t-il un autre sens à mon travail de recherche ?

Joséphine aussi me surprend par sa sensibilité, son besoin de vérité et son désir de la transmettre. J'aime son caractère intègre et je me demande pourquoi elle a cessé d'écrire. A-t-elle aussi parlé à ses enfants ? Peut-être étaient-ils encore trop jeunes. En consultant leur arbre généalogique, je m'aperçois que l'un de ses frères, Adrien est mort jeune, est-ce à la guerre ? Ce n'est pas précisé. Cela pourrait expliquer l'interruption de sa lettre.

Elle et son mari ont-ils pu réaliser leurs rêves ? La maison au pied de la Tour Barberousse a sans doute abrité la famille mais le lopin de vigne, le rêve de Léopold a-t-il existé ? Et ce voyage à Minorque envisagé par Joséphine a-t-il eu lieu ? Rien ne permet de le savoir, tout reste à découvrir.

XII
L'île 1866

Ola José ! Qu'est-ce qui t'amène ? Ça fait longtemps qu'on ne t'avait pas vu par ici !
-Maria a voulu que je l'accompagne pour faire des achats !
-Toujours dans ta ferme, sur la colline ? Tu es assez vieux maintenant, pourquoi ne pas venir vous installer ici avec Maria ? Ta fille Lucia serait plus heureuse, elle se trouverait un mari ...
-Ma place est là-bas à Féral avec Maria et mes animaux. Qu'est-ce que je ferais ici ? Lucia, elle décidera ce qu'elle elle voudra... elle est assez grande maintenant.

C'est Antonio qui accueille ainsi José sur le seuil du café de Fernando sous les palmiers de la place. C'est jour de marché à Fornells. Pêcheurs et paysans viennent vendre poisson, légumes, fromage, les uns sur des étals, d'autres avec juste un panier. Certains viennent de loin. Levés à l'aube ils cassent la croûte rient et se chamaillent. Les femmes, bavardes, paniers au bras, vont de l'un à l'autre. Sur les bancs, des brochettes de vieux, discutent, marmonnent les nouvelles de leurs bouches édentées. Marchands et acheteurs crient, s'invectivent, plaisantent dans un joyeux brouhaha. Maria a déjà vendu sa production et fait son marché, elle n'a pas de temps à perdre. Avec José, elle ira déjeuner chez Fernando puis, il sera temps de prendre le chemin du retour, trois heures de marche accompagnés de Diego, le petit âne qui sera aussi chargé au retour qu'il l'était à l'aller.

Antonio et José se connaissent depuis longtemps. L'un est marin pêcheur, l'autre est paysan. José cultive une terre aride, vers la côte nord, loin de la mer, là où seuls les cactus et les murets de pierraille poussent bien et où le vent balaye rageusement tout ce qui cherche à croître. Il n'a pas soixante ans mais en fait beaucoup plus tant il est maigre, tordu comme un vieux cep, usé au point de marcher péniblement. Son visage, buriné par le vent, tanné par le soleil, a gardé ses traits réguliers et une certaine beauté forgée par le labeur et la souffrance endurée pour arracher le pain aux cailloux. Un âne, une vache, deux cochons et quelques moutons sont les seuls biens qu'il possède et aident la famille à survivre. Maria ne se plaint pas. La ferme lui vient de son père. Elle a toujours vécu là, c'est là qu'elle mourra.

Quand Antonio rend visite à José et Maria, il emprunte la Route Vieille qui traverse l'île. C'est un long chemin entre des murets de pierre sèche. Il n'a pas l'habitude de cet air sec et chaud dès le matin qui l'oblige à s'arrêter souvent pour boire et éponger son front. Au-dessus de lui de gros oiseaux tournoient en criant dans le bleu pur du ciel. Il parvient enfin au sommet pelé de la colline où une haie de vieux cactus clôture la ferme toute blanche au milieu d'un vaste espace inculte et rocailleux. Devant l'appentis délabré qui abrite les animaux, il s'arrête près de l'abreuvoir où stagne un liquide verdâtre et actionne la pompe pour se rafraîchir d'un mince filet d'eau. Même le chien, couché à l'ombre maigre du figuier ne bronche pas. Antonio caresse son flanc et le flatte. José est déjà au champ, il ne tardera pas à rentrer casser la croûte. Maria sort sur le seuil de la maison, une main en visière contre son front. Elle invite Antonio à entrer dans la pièce obscure et fraîche puis sort du buffet un pichet de terre cuite et remplit un verre que l'homme avale d'un trait.

Pour rien au monde il ne vivrait dans cette ferme pauvre et isolée avec comme seule distraction le marché à Fornells ou à Laior une fois par mois pour vendre quelques légumes, fromages et œufs et acheter juste le nécessaire.

Maria se met alors en quatre pour cuisiner une soupe enrichie d'un morceau de lard dans le chaudron noirci par le feu de cheminée. Une table de bois et deux bancs, un buffet sans charme, une chaise paillée de chaque côté de l'âtre, une lampe à pétrole suspendue au-dessus de la table et dans un angle sombre de la pièce un petit lit, celui de Lucia, constituent tout le mobilier de cette bâtisse aux murs autrefois blanchis à la chaux. Par la porte ouverte, Antonio devine la chambre des parents, tout aussi modeste avec un lit en bois trop étroit surmonté d'un crucifix.

Les deux hommes parlent peu, Antonio arrive tôt, il aide José à pousser la charrue ou lève quelques pierres. Il se dit bienheureux, lui, malgré sa pauvreté, de pouvoir respirer l'air de la mer, de retrouver chaque jour son équipe de marins, d'avoir du poisson à manger. Bien sûr, ce n'est pas un travail facile, certains jours, ils ne prennent rien, n'ont rien à vendre et puis c'est risqué, les coups de vent en ont fait chavirer plus d'un. Combien de camarades ont péri en mer ! Mais tous les marins le savent, la mer est exigeante comme une maîtresse mais ils ne peuvent s'en passer.

Chaque fois, Antonio tente de persuader José de

quitter sa ferme où il laisse sa santé. Il l'a bien mérité après tout. Chaque fois, il repart déçu et triste de voir son ami toujours plus affaibli, plus taciturne aussi comme si quelque secret le retenait là.

Avec Maria, il a repris la Route Vieille pour regagner la ferme. Lucia est chez sa tante Anita à Laior. C'est normal, elle est jeune, elle a envie de voir du monde. C'est une belle jeune fille, grande et forte. Elle a bien aidé ses parents à la ferme ; maintenant, elle doit apprendre un métier. Travailler cette terre aride, n'est pas un avenir pour une jeune femme et d'ailleurs quel gars accepterait cette vie, même par amour ? José et Maria sont d'accord pour qu'elle entre comme apprentie dans un atelier de fabrication de chaussures et de sacs à main à Laior. Anita l'hébergera.

Diego, le petit âne, chargé de provisions pour le mois, avance tranquillement, suivi par Maria, encore alerte, et José qui peine derrière elle, le dos courbé, un bâton à la main. Il s'arrête souvent, Maria se retourne, inquiète. Bientôt, pense-t-elle, son homme ne pourra plus faire ce long chemin. Que se passera-t-il quand il ne pourra plus travailler ? Elle devra se débrouiller seule, mais lui n'acceptera pas d'être inutile ! Elle le prend par le bras pour l'encourager. On y est presque ! Elle lui tend la gourde, lui essuie le visage de son mouchoir humide. Il dit : Ça va aller, ne t'en fais pas ! Mais ça ne va pas fort.
 Arrivé à Féral, il va directement se coucher tant il se sent faible. Maria lui apporte un bol de soupe mais il dort déjà. Demain, se dit-elle, il sera sur pied.

Mais José ne se lève pas le lendemain, il n'a pas la force. Maria le soigne comme elle peut avec les remontants qu'elle prépare elle-même, comme sa mère lui a appris mais ça ne suffit pas. José, toujours alité, est malheureux, tourmenté, de mauvaise humeur, il transpire au moindre effort. Il faut aller chercher le médecin à Laior. Maria part à l'aube avec Diego, tracassée de devoir le laisser seul.

Don Pascual accepte de monter voir José. Il connaît Maria, elle ne l'aurait pas appelé pour rien. Ce sont des gens durs au mal ; la dernière fois, c'était il y a longtemps pour Lucia qui était tombée, il avait fallu recoudre une grosse plaie à la tête. Avant, c'était pour l'accouchement de Maria. Il venait d'arriver sur l'île à l'époque, il ne connaissait personne. José, il n'avait jamais eu à le soigner.
Sur sa carriole, il fait monter Maria et Lucia qui s'inquiète pour son père. Ils iront plus vite. Diego suivra, il connaît bien le chemin.

Il serait temps d'aller vivre en ville, José ! Vous n'avez plus la santé pour rester ici, dit le médecin en voyant l'état de faiblesse de son patient.
-Et où j'irais ? Que deviendraient mes animaux ? Non, je finirai ici, c'est tout !
Devant la détermination de José, il n'y a plus d'argument possible. Il laisse quelques remèdes qu'il a apportés avant de repartir.
Je ne garantis rien, dit-il en aparté à Maria, son pouls est faible, il respire mal, je crains qu'il ne se relève pas !

-Je vais le soigner, assure Maria, les yeux pleins de larmes, il s'en remettra il est fort, il n'a jamais été malade !

-Espérons ! soupire Don Pascual en remontant dans sa carriole et en saluant les deux femmes.

La mère et la fille soignent José et prient avec ferveur pour qu'il recouvre la santé mais rien n'y fait. Son corps, épuisé, ne répond plus à sa volonté. Il est conscient qu'il est au bout du parcours.

Ce n'est pas la peur de la mort qui le tourmente. Il a souvent dit à Maria qu'elle serait la bienvenue quand elle viendrait. Maria sait pourquoi mais elle a juré de ne rien dire à Lucia.

-Tu es trop soucieux, José, qu'est-ce qui te tracasse ? s'inquiète Maria.

-Tu le sais bien ! Il faut que je parle à Lucia avant qu'il ne soit trop tard.

Lucia est restée à Féral pour aider sa mère et soigner son père. Il sera bien temps, plus tard d'apprendre un métier.

 Les soirées se passent tristement auprès du lit où José est allongé, le visage sombre, souvent crispé. Lucia brode les quelques draps, nappes et serviettes de son trousseau pour lequel Maria a économisé sou à sou depuis longtemps.

Maria raccommode ou rapièce de vieux vêtements qui feront encore une ou deux saisons. Elle aussi a le visage fermé, le front barré de grosses rides. Elle a peur de ce qui pourrait advenir.

Un soir, José demande à Maria de le laisser seul avec Lucia. Elle embrasse son mari et quitte la pièce, les yeux noyés de larmes. La jeune-fille, surprise, abandonne son ouvrage et prend la main amaigrie de son père dans les siennes. Le regard brillant de fièvre, José se tourne vers elle et parle d'une voix faible mais déterminée.

XIII

Thomas et moi avons fait connaissance grâce à Charlotte. Mon dernier roman s'est bien vendu, en partie grâce à lui. Nous nous sommes découvert des points communs, littérature, peinture, musique. Tom a suivi avec amusement et intérêt mes recherches. Ce portrait, bien qu'intéressant d'un point de vue pictural ne lui parle pas, il ne partage pas l'impression insistante que je lui décris.

- Je ne comprends pas pourquoi ce regard m'obsède. Je sais qui il représente, ce qui est arrivé, qui l'a peint. Pourquoi ai-je le sentiment que cela ne suffit pas, qu'il faut aller plus loin ?

- Allons-y, suggère Tom à brûle-pourpoint en riant.

- Où ?

-Toi qui crois aux signes, sois attentive, je suis sûr que tu auras ta réponse.

- Ce n'est pas si simple ! De toute façon, je ne peux rien faire d'autre. Et puis, je dois me concentrer sur mon roman, il faut que j'avance. En ce moment, je cale un peu. Il y a trop d'interférences entre mes personnages et certaines personnes de ma famille, or, je veux rester dans la fiction.

- Est-ce que ce n'est pas normal que ta vie, les gens que tu connais se mêlent à ce que tu racontes ? Ce que l'on a vécu influence forcément ce qu'on écrit. Quoi que tu fasses, on te reconnaîtra, Laura Brémont, même sous pseudonyme, c'est ton style, ton imaginaire ! Allez Charlotte nous attend, on en reparlera.

Et avec la jovialité qui le caractérise, Thomas

s'empare de ma main et m'entraîne vers notre rendez-vous.

A la librairie, Tom a consacré un rayon à son dada, la généalogie. C'est pourquoi Charlotte a décidé de lui faire une surprise en invitant une célèbre psychogénéalogiste et autrice d'un livre sur le sujet. Annie Fine est un personnage haut en couleur, qui, d'après elle, ne manquera pas de m'inspirer.
Contrairement à son patronyme, Annie a une corpulence imposante, un âge certain mais ne cache ni l'une ni l'autre.
Son langage châtié, ponctué de ''mes chéris'' à l'adresse de tout un chacun, ses attitudes théâtrales et sa tenue extravagante ne laissent pas insensible.
Malgré ce côté quelque peu ''voyant'', c'est une personne chaleureuse et enthousiaste.
Tom est captivé par les explications de la dame aux cheveux flamboyants et aux lunettes à monture parsemée de strass.
''J'apaise les âmes tourmentées, dit-elle modestement, vous savez, mes chéris, nous héritons des traumatismes, des missions, des non-dits des générations d'hommes et de femmes qui nous ont précédés. La psychogénéalogie admet cette transmission d'inconscient à inconscient. Mon travail consiste en une quête transgénérationnelle et répond à une demande sur une difficulté particulière''.
Je reconnais avoir passé une soirée agréable et intéressante, mais, pour ma part je reste sceptique concernant l'efficacité de ces consultations.
- Moi, je suis emballé, dit Tom, d'ailleurs je vais prendre rendez-vous avec Annie dès demain.

- Pourquoi ? Tu as un traumatisme particulier ?
- Non, pas spécialement, mais ça m'intéresse, j'aurai peut-être des éclaircissements concernant mes choix de vie …
Concernant notre rencontre aussi ? dis-je avec un sourire légèrement ironique.
- Pourquoi pas ! répond Tom de façon un peu énigmatique.

Son arbre généalogique est déjà bien avancé et répondre au questionnaire d'Annie ne lui prendra pas beaucoup de temps.
En examinant les détails qu'il lui a fournis, Annie constate que sa date de naissance est en relation avec celle d'une cousine éloignée, morte depuis longtemps. Celle-ci avait quitté l'Angleterre vers l'âge de trente ans et émigré aux États-Unis où elle avait fait une carrière dans le journalisme, vécu avec un professeur de littérature et n'avait pas eu d'enfant.
Même si Tom a eu connaissance de cette lointaine parente, il n'avait jamais fait le rapprochement avec sa propre existence.
La psychogénéalogiste lui révèle aussi d'autres aspects ignorés, comme ce phénomène de répétition qui n'a pas créé de traumatisme puisqu'il avait chaque fois été la conséquence d'un choix personnel mais qui l'interroge et demande une recherche plus approfondie en remontant dans le temps, ce que Tom décide de poursuivre.
''De plus, ajoute Annie en souriant, d'après les éléments astrologiques que j'ai sous les yeux je vois beaucoup d'affinités entre Laura et toi ! ''

-Peut-être devrais-tu aussi rencontrer cette femme, ne serait-ce que par curiosité, me conseille Tom.

- Je ne m'intéresse pas à la généalogie et je n'ai
jamais envisagé de grimper à l'arbre familial, dis-
je en riant, puis plus sérieusement :
 D'ailleurs, la famille n'est pas un sujet pour moi.
Tu sais bien que j'ai tout largué il y a quelques
années. Je vois très peu mes parents qui vivent à
cinq cents kilomètres d'ici. Ils ne m'ont pas
soutenue quand j'avais besoin d'eux et nos
relations sont très restreintes.
- C'est précisément la raison pour laquelle tu
devrais tenter l'expérience. Je t'aiderai à
reconstituer ton arbre généalogique.
- Je serai obligée d'interroger ma famille et je n'en
ai pas du tout envie.
- Pas nécessairement, il existe aujourd'hui des
moyens qui permettent de mieux comprendre les
relations et les difficultés familiales sans avoir
besoin de rencontrer ses proches.
Peu convaincue, j'accepte toutefois l'idée et
promets de donner à Tom toutes les informations
en ma possession.

XIV

L'île 1846

« Lucia, ma fille, le moment est venu de te parler de ce secret qui me brouille la tête depuis tant d'années. Tu es assez grande maintenant. Tu seras peut-être fâchée parce que je ne t'ai rien dit avant, mais il y a des chagrins tellement grands qu'on croit pouvoir les effacer si on n'en parle pas. Non, on ne les efface pas.

Ne t'affole pas, ma petite, ça ne concerne pas ta naissance, tu es ma fille et je remercie Dieu de t'avoir envoyée. Tu as rendu ma vie plus douce car je savais alors pour qui je travaillais. Et j'ai travaillé dur, ça aussi, tu vois, ça m'a aidé.

Non, je veux te parler d'avant ta naissance. Tu ne m'as jamais posé de questions parce que tu m'as toujours vu travailler cette terre, mais je n'ai pas toujours été paysan. Je vois bien que tu es attirée par la mer. Tu aimes aller à Mahon ou à Fornells. J'ai vu comment tu regardais les bateaux sur le port et le retour de la pêche. Ne dis pas le contraire ! La vie est difficile ici, ça se comprend.

Moi aussi, j'ai aimé la mer autrefois, oui, je l'ai beaucoup aimée ! Mais elle m'a trahi, elle m'a pris ce que j'avais de plus cher, elle m'a pris mon fils, Léon mon fils unique, Dieu ait son âme !

Oui, Lucia, tu as eu un frère dans une autre vie. De cette vie, je n'en ai parlé à personne sauf à ta mère, bien sûr. C'est elle avec ton grand-père qui m'ont recueilli, soigné et sauvé. Longtemps j'aurais préféré mourir. Il m'en a fallu du temps pour revenir à la vie. Et puis tu es arrivée et la vie a été la plus forte.

Ne dis rien, laisse-moi te raconter tant que j'ai la force.

Je ne suis pas né ici, j'ai commencé ma vie de l'autre côté de cette mer, en France, dans un coin bien joli de ce pays qui s'appelle Gruissan. Mon nom c'est Joseph mais ici, c'est José. Là-bas, on était pêcheurs, de père en fils, de cousin en voisin, tous pêcheurs groupés au pied de la tour Barberousse. Pêcher, c'est tout ce qu'on savait faire et on aimait ça. On n'était pas plus riches qu'ici mais on vivait bien. Dès douze ans, mon père m'a emmené avec lui. J'ai tout de suite aimé ce milieu d'hommes et de camaraderie, pourtant, les coups de pieds au derrière n'ont pas manqué. Ils m'appelaient Le Moustic. Puis mon père a pu s'acheter un bateau de pêche et a formé une équipe ; j'en faisais partie. J'étais fier et pas qu'un peu ! Ma mère, la pauvre, a passé sa vie à se faire du mauvais sang et à brûler des cierges à Notre Dame de l'Assomption.

C'est à la fête des pêcheurs, le jour de la St Pierre, au mois de juin que j'ai rencontré Alice, ma femme de là-bas. Elle était belle ! Elle venait de Narbonne avec ses parents. On s'est plu et on s'est mariés. Oh, elle aurait bien aimé que je fasse un autre métier mais tu sais quand on a ''le sel dans la peau'' comme disait ma mère, on ne veut rien faire d'autre. Elle avait raison pourtant, si j'avais su …

Ne t'inquiète pas de mes larmes, je les retiens depuis si longtemps !

Un garçon est né, on l'a appelé Léon comme le père d'Alice, il était beau, j'étais fier. Il me tardait de l'emmener avec moi, comme avait fait mon père. Sa mère le retenait mais elle n'a pas pu bien longtemps, il était comme moi. A six ans déjà, il passait des heures sur le port à m'attendre en discutant avec les vieux pêcheurs qui démêlaient et réparaient les filets. Dès que j'arrivais, il sautait dans le bateau et aidait à décharger le poisson. Fallait le voir se démener ! Il faisait rire tout le monde.

Ne pleure pas Lucia, c'est de me voir triste que tu pleures ? Mais tu sais, j'ai eu ma part de bon temps. Et puis ici, avec ta mère, j'ai pas été malheureux. Elle a été bonne, elle m'a soigné, sans se plaindre tout en travaillant avec son père, alors que je voulais mourir. A force, elle a réussi à me faire revenir. Ça a été long, tu sais. Je l'aime beaucoup ta mère, tu peux en être sûre.

Tu veux savoir ce qui nous est arrivé ?

C'était un jour d'octobre, avec Léon et mon équipe, nous sommes partis pour deux semaines de pêche. Le temps était clair, on n'annonçait pas de mauvais temps. J'avais décidé de mettre le cap au sud, dans la direction des Baléares, c'était plus poissonneux à l'époque et les autres pêcheurs n'allaient pas si loin.

Le premier jour, nous étions contents, la pêche avait été bonne. Le soir du deuxième jour, nous avons vu des nuages s'accumuler à l'horizon. Nous n'étions pas inquiets, nous avions l'habitude du gros temps mais d'un seul coup, le vent s'est déchaîné, la mer a grossi, j'avais du mal à tenir la barre. On était ballottés dans tous les sens. Léon devait avoir peur mais il ne le montrait pas.

Comme ça me fait mal de te raconter tout ça ! Pourtant, il faut bien que tu saches. C'était ton frère, oui, et il était courageux !

A un moment, une vague plus forte que les autres a fait chavirer le bateau et nous sommes tombés à l'eau. Inutile de te dire la panique de chacun.

Aucun des camarades ne savait nager, Léon non plus, moi à peine. De toute façon, la nuit, le froid et pas de bateau en vue, qu'est-ce qu'on pouvait faire ? J'ai appelé Léon à me déchirer la gorge en nageant tant bien que mal. Le bateau était en miettes et déjà au fond de l'eau. Épuisé et fou de douleur, je crois que j'ai perdu connaissance. Après, je ne me souviens plus de rien.

C'est ta mère et ton grand-père qui m'ont raconté la suite.

Cette fois, ils étaient partis au marché de Fornells vendre des fromages. Au retour, elle a dit qu'ils étaient passés non loin de la plage parce qu'elle aime regarder la mer. Quand on vit sur une île, on est forcément attiré par la mer, même si on est paysan et qu'on habite loin d'elle ! C'est alors que son attention a été attirée par une forme au bord de l'eau et qui ne bougeait pas. Elle a dit avoir pensé à un rocher ou à un tronc d'arbre rejeté là par la mer mais, intriguée, elle a voulu aller voir de plus près malgré les hésitations et la méfiance de son père, pressé de rentrer. Tu imagines sa surprise en me découvrant !

 En me voyant tout habillé, le corps à moitié dans l'eau, elle a pensé que j'étais mort mais, en approchant son visage du mien, elle a senti un léger souffle de vie.

'' Il fallait te sortir de là sans autre aide que celle de mon père et de l'âne qui avait transporté les fromages''. Elle a ri, après, en me racontant leurs efforts pour me hisser sur le pauvre bourricot qui ne voulait pas de moi sur son dos !

 En arrivant à la ferme, ta grand-mère a levé les bras au ciel.

 Il paraît qu'elle n'était pas contente ! Mais comme au fond c'était une bonne femme, elle a tout de

273

suite préparé une couche dans la grande pièce et a commencé à me soigner.

Je ne suis pas revenu tout de suite. J'ai eu de la fièvre et j'ai déliré pendant des jours. A force de soins, elles m'ont sorti d'affaire. Enfin, j'étais vivant mais dans ma tête, j'étais mort. J'appelais Léon, je n'acceptais pas sa mort.

Je voulais retourner à Fornells pour le chercher. J'y suis allé avec Maria ; bien sûr, on n'a rien trouvé, que des débris de mon bateau ou d'un autre. Il a fallu que je m'y fasse. Encore aujourd'hui, je me dis que si je m'en suis sorti, peut-être que lui aussi. Qui sait ?

Tu dois penser que j'aurais pu retourner dans mon village de Gruissan.

C'était impossible, tu comprends, je me sens toujours coupable de sa mort. Comment j'aurais pu retourner là-bas sans lui, non, je préférais passer pour mort.

Depuis ce temps, je ne peux plus voir la mer, tu sais, elle m'a trahi. Je ne suis jamais remonté sur un bateau. Au fond, j'étais content que ta mère soit paysanne. Elle me plaisait bien, il y avait une terre à cultiver chez ses parents. Quand j'ai été mieux, j'ai proposé mes bras puis j'ai demandé sa main.

En fait, tu le sais, on n'est pas vraiment marié. C'était pas possible, j'étais déjà marié, ç'aurait été un péché. Mais, bon, ses parents m'ont accepté vu la situation, et puis deux bras jeunes et solides, ça se refuse pas ! On n'a pas donné d'explication aux autres. C'était comme ça et pas autrement.

A nous deux, on a continué le travail à la ferme après la mort de ses parents.

Quand tu es arrivée, j'ai été heureux et encore plus parce que tu étais une fille. Un autre garçon ne pouvait pas remplacer Léon ! Et je t'ai donné mon nom, Lucia Pons Marti.

Voilà, ma fille, tu sais tout. Je crois que j'ai parlé plus que de toute ma vie. Je suis bien fatigué mais je me sens libéré.

Va, laisse-moi me reposer maintenant ».

La révélation du secret de son père a beaucoup troublé Lucia. Elle ne sait pas si elle en veut à ses parents ou si elle leur en est reconnaissante. Elle a l'impression d'avoir un père coupé en deux. Elle n'en a connu qu'une moitié, l'autre est celle d'un étranger au sens propre du terme. Maria la rassure comme elle peut, Lucia reste muette. Tout un pan de ses origines révélé d'un coup laisse la jeune-fille sidérée. Elle continue à soigner son père et à aider sa mère, renonçant momentanément à son projet et à son amoureux, Francisco Soler, qui vit et travaille à Laior.

José ne va pas mieux, son état s'aggrave, il ne parle plus et perd la notion du temps. Peu à peu, il s'efface. Un matin, Maria s'aperçoit qu'il ne respire plus. Cette fois, tous ses soins et ses prières n'auront pas suffi à le ramener à la vie.

Désormais, Maria doit se soucier de l'avenir de Lucia. Pour elle-même, rien ne changera, encore jeune et forte, elle continuera à s'occuper des bêtes, à faire son fromage, à cultiver quelques légumes et à vendre au marché de Laior le fruit de son travail. Mais elle sait que cette vie ne peut pas convenir à sa fille.

XV

L'île 1866...

Depuis la mort de son père, Lucia a changé. Elle a perdu sa gaieté, a mûri, est devenue taciturne et soucieuse. Partagée entre sa mère qu'elle ne veut pas abandonner et Francisco qui l'attire à Laior.
Maria tente de la convaincre. Elle se débrouillera bien toute seule, ça ne lui fait pas peur, elle a la compagnie de ses animaux et l'habitude du travail. Et puis elle veut vivre dans le souvenir de José et de ses parents. Si elle quittait Féral, ce serait comme si elle les abandonnait ou les trahissait.
Elle a deviné l'attirance de Lucia pour Francisco toujours prévenant lorsqu'elles se rendent au marché.
Lui aussi venait vendre ses légumes. La jeune fille a tout de suite remarqué le doux regard de ses yeux verts bordés de longs cils noirs, son sourire désarmant et sa belle carrure. Il lui achète des fromages et en profite pour lui parler. Le rose aux joues, Lucia l'écoute raconter sa vie d'ouvrier agricole dans une ferme près de Laior.

Maria la met en garde contre les belles paroles. Qu'a-t-il à offrir à une femme ? Ses bras et la sueur de son front ?
-C'est déjà beaucoup, lui répond Lucia.
Oui, s'il se mariait avec elle, il pourrait cultiver la terre aride de Féral, la ferme de Maria. Ce serait une vie de labeur, très dure pour un jeune couple comme celle qu'elle a vécue avec son José, une vie

qu'elle ne regrette pas mais qu'elle ne souhaite pas pour sa fille.

Maintenant, Lucia ne pense plus qu'à Francisco, elle attend, rêveuse et impatiente les jours de marché.

Francisco lui parle alors de sa jeunesse à Laior où il est né, de son père cordonnier comme beaucoup. Lucia le sait, fabriquer des chaussures, travailler le cuir pour le compte de gros patrons est avec la pêche et la culture de la terre, les activités principales de l'île. Elle a déjà vu dans les échoppes, sortes de trous noirs disséminés dans les ruelles étroites et sombres de la ville, les ouvriers qui travaillent à deux ou trois, courbés devant leur petite table, respirant l'odeur de colle, de renfermé et de vieux cuir. Les femmes fabriquent des sacs dans des ateliers, plus grands, plus aérés, pas mieux payés.

Comme l'ont fait Francisco et son frère Ramon dès l'âge de quatorze ans, Lucia apprendra le métier, elle n'a pas le choix si elle ne veut pas rester à la ferme.

Le jeune homme lui explique que le manque d'air et d'espace, l'humidité et l'absence de lumière l'hiver les ont rapidement dissuadés, son frère et lui, de vivre ''comme des rats'' selon leur expression. Ils ont trouvé à s'employer dans les fermes des alentours. Un travail pénible mais au grand air pour ces deux garçons robustes et pleins d'énergie. La pêche, ils n'y pensaient pas, ce n'est pas dans leurs gènes malgré la proximité de la mer. Mais, continue Francisco, même au grand air, Ramon, n'a pas accepté cette vie sans avenir. Ici, seuls les cailloux poussent en abondance et avec la sécheresse, on ne peut rien espérer. Alors, tu comprends, il rêve de partir ailleurs chercher une vie meilleure. Tu as entendu parler des colons français en Algérie ? C'est là-bas qu'il veut aller s'installer. Il est déjà parti en octobre de l'année dernière et il est revenu comme les hirondelles au printemps !

Francisco rit de sa comparaison, c'est comme ça qu'on appelle les journaliers qui font les allers-retours ! Il continue, les yeux brillants :

Ramon m'a même raconté qu'avec l'appui des Français, les Espagnols obtiennent des terres et s'installent avec leur famille. Il est revenu tellement heureux que j'ai eu du mal à reconnaître mon frère. Il a raconté en riant que les pauvres colons français ne supportent pas la chaleur de ce pays et les travaux pénibles, ils meurent tous, comme des mouches ! En gonflant fièrement la poitrine, il a ajouté : Nous, on résiste mieux ! Si tu le voyais, Lucia, tu serais étonnée de son changement.

Il parle sans arrêt de ce pays immense, de ses paysages à perte de vue, des possibilités offertes là-bas, de la solidarité entre les hommes. Il dit que malgré le travail pénible de défrichage et d'irrigation, il est content, qu'il est un pionnier comme leurs aînés partis conquérir l'Amérique !

- Et pourquoi tu me racontes tout ça ? s'inquiète Lucia, tu as l'air d'envier Ramon. Tu veux partir comme lui, c'est ça ?

-Oui, pourquoi pas ! Partir mais avec toi si tu voulais. Ramon m'a dit qu'il a rencontré une fille là-bas, Maria Luisa ; elle vient d'Alicante avec sa famille. Elle a dix-sept ans comme toi. Il veut l'épouser, il dit qu'il achètera des terres et qu'il construira sa maison, qu'il n'aura plus de maître. Ça te plairait pas Lucia ?

-Tout ce que tu dis est bien beau, Francisco, mais moi, je ne peux pas laisser ma mère comme ça !

-Elle pourrait vendre sa ferme et venir avec nous.

-Tu ne la connais pas, elle ne quittera jamais Féral ! Je crois que tu veux partir mais que tu ne sais pas comment le dire.

-Mais non Lucia ! Je ne veux pas partir sans toi. Parles-en à ta mère, je suis sûr qu'elle veut ton bonheur ! Si tu es d'accord, on se mariera ici. Ramon nous préparera le terrain là-bas. C'est pas si loin l'Algérie, on peut y aller facilement maintenant. Et puis ici elle n'est pas seule, elle a sa sœur Anita et son mari et ses neveux …

-Là-bas, on ne connaîtra personne, on ne parle pas français !

-On apprendra. Ramon dit que les Espagnols sont nombreux ce sera plus facile... Peut-être pas au début mais il paraît que la France aide les étrangers, que l'école est obligatoire, ce sera une bonne chose pour les enfants.

Lucia rougit et baisse la tête... Elle va en parler à sa mère. Les paroles de son ami l'ont un peu étourdie, elle ne sait que penser. Francisco lui fait peur, il est si rêveur et influencé par son frère aîné !

Avant de te décider, lui conseille Maria, tu dois mieux connaître ton futur mari et apprendre le métier du cuir, on ne sait jamais. Va vivre chez Anita, elle n'attend que ça ! Et si tu es sûre de Francisco, il faudra vous marier. Moi, j'irai plus souvent à Laior et tu viendras de temps en temps à Féral. Dis à ton fiancé d'être patient. C'est le meilleur moyen de savoir s'il est vraiment sérieux !

Lucia n'a pas la sagesse de sa mère, elle craint que Francisco, lassé d'attendre ne s'en aille seul et ne revienne jamais.

XVI

Algérie - 1867

Après les semailles, cette année-là, Francisco décide de rejoindre Ramon et convainc son père de l'accompagner. Il jure à Lucia de revenir au printemps. Il veut se rendre compte des conditions de vie en Algérie. A son retour, ils se marieront, promet-il.

Lucia n'a pas d'autre choix que d'attendre, sa mère a sans doute raison.

Maria, quant à elle, ne peut s'empêcher de penser au naufrage de José et son fils. Si le destin rejouait la tragédie… Elle n'en dit rien à Lucia mais se doute qu'elle éprouve la même angoisse.

Désormais Lucia vit à Laior chez sa tante Anita et travaille comme apprentie dans un atelier de fabrication de sacs et de ceintures de cuir. Appliquée à sa tâche la journée, elle ressent moins l'absence de sa mère et l'attente de son fiancé. La présence des autres ouvrières la distrait. Celles-ci ont pris la jeune fille en affection, elles la rassurent, la consolent. L'une a un cousin parti en Algérie et devenu propriétaire, une autre va bientôt y rejoindre son mari. Leur enthousiasme et leur optimisme la gagnent. Elle croit cette nouvelle vie possible.

Maria vit à Féral dans la solitude et le souvenir. Sans José ni sa fille qu'elle voit peu, elle ne trouve plus de sens à sa vie malgré son courage et sa volonté. Elle qui puisait sa force dans les êtres qu'elle aimait, perd peu à peu le goût de vivre. Elle passe des heures assise devant sa porte à fixer l'horizon, le regard vide. Elle parle seule, s'adresse à José, à ses parents, délaisse ses animaux, oublie même de s'alimenter.

Chaque fois que Lucia vient la voir, elle la trouve plus triste, plus amaigrie.

Viens avec moi à Laior, lui propose-t-elle, il faut vendre la ferme et les animaux.

-Jamais ! La réponse de Maria est sans appel. Lucia repart, affligée de tant d'obstination.

Désormais, c'est Pépé, le propriétaire de la ferme voisine qui vient soigner les bêtes. Lui aussi est inquiet et embarrassé car Maria le rabroue, refuse de l'entendre, affirme qu'elle se débrouille bien toute seule.

Un matin, il la trouve inconsciente, allongée dans sa cuisine. Transportée à Laior chez Anita, elle revient à elle mais le diagnostic du docteur Pascual ne laisse aucun d'espoir, le cerveau est atteint, elle vivra mais ne sera plus capable de communiquer ni de travailler.

Lucia, de nouveau frappée, se sent injustement traitée par le destin. Son père est mort, sa mère n'est plus vraiment là, son fiancé est parti. Se sentant abandonnée, elle se lamente et désespère.

En mars, le père de Francisco revient seul. Il explique que ses fils ont acheté des terres. Ils travaillent dur au défrichage et à l'aménagement de la concession afin de pouvoir bientôt ensemencer. Francisco fait dire à Lucia qu'il ne l'oublie pas mais qu'il ne pourra pas revenir comme les hirondelles en mai, il a trop de travail, il doit préparer sa venue. Les conditions de vie sont trop difficiles pour elle en ce moment. Il pense pouvoir retaper une maison à Mostaganem où une importante communauté espagnole s'est installée. Si tout va bien, il reviendra en juillet et ils pourront se marier.

Lucia reprend espoir, ses nouvelles compagnes l'aident et la convainquent de préparer sa robe et son trousseau. Malgré tout, l'inquiétude demeure : S'il ne revenait pas ? S'il faisait une nouvelle rencontre ? Si la vie là-bas était trop dure ? Mille questions sans réponses tourmentent la jeune fille.

Juillet arrive, Francisco rentre enfin. Il vient chercher Lucia. Le mariage a lieu à la fin du mois et le jeune couple prépare son départ pour l'Algérie. Francisco a calmé les inquiétudes de sa jeune épouse concernant l'avenir mais pas la tristesse de celle qui va quitter son île, sa mère et sa famille.

Une nouvelle vie commence pour eux, ils auront quatre enfants, travailleront très dur, connaîtront toutes les difficultés liées à la sécheresse, aux maladies, aux invasions de sauterelles mais ils seront leurs propres maîtres sur une terre qu'ils estiment leur appartenir.

XVII

Avec tous les éléments recueillis, Annie me reçoit. J'ai accepté la consultation pour faire plaisir à Tom et aussi par curiosité et amusement sans attendre de grandes révélations.

Mes parents sont tous deux nés en Algérie. Ils étaient la quatrième génération de colons français. Rentrés en 62, encore très jeunes, ils avaient commencé une nouvelle vie avec toutes les difficultés que connurent leurs congénères. Je suis née après leur retour en France et en grandissant, je n'ai jamais accepté leur état d'esprit. Certes, je compatis à leur souffrance d'avoir eu à quitter leur terre natale mais leur repli communautaire m'a toujours exaspérée.

Annie fait immédiatement le lien entre mes parents contraints de quitter l'Algérie et moi aux prises avec le sentiment de rejet qui m'a forcée à m'éloigner d'eux pour vivre selon mon désir profond, à peu près au même âge.

- En effet, on peut y voir une correspondance, mais ça s'arrête là, non ?
- Continuons nos recherches, ma chérie, j'ai l'impression que ta famille paternelle recèle un secret.
- La guerre d'Algérie a fait l'objet de nombreuses exactions, attentats, enlèvements, disparitions, c'est normal qu'on ne sache pas tout…
- Non Laura, il faut remonter plus loin. Il y a dans

ton ascendance une personne dont le nom et l'origine m'interpellent. Est-ce que le nom de cette lointaine parente nommée Lucia Soler te dit quelque-chose ?
- Non, pas spécialement, c'est un nom assez courant, je crois.
- Attends, son nom de jeune fille apparaît dessous, Pons Marti, née sur une île espagnole des Baléares ?

Soudain, comme si une lumière venait de s'allumer dans mon esprit, je lève la tête et regarde Annie d'un air hébété.
Marti, les Baléares ! Ces deux noms réunis viennent de tilter.
Gruissan ! Le cimetière marin ! Mais quel rapport avec moi ?
- C'est ce qu'il faut chercher, ma chérie, mais elle a bien quelque chose à voir avec toi.
Tout d'un coup beaucoup plus motivée, je décide d'explorer plus sérieusement mon arbre afin d'en apprendre davantage sur cette aïeule inconnue. Les informations dont je dispose concernent sa terre natale : Minorque, son mariage avec Francisco Soler, lui aussi originaire des Baléares et leur descendance, quatre filles nées en Algérie : Marie-Lucie, Alice, Thérèse et Anna.
Malgré mes réticences à demander des renseignements, je me résigne à interroger mes parents. Intriguée par l'intérêt nouveau de sa fille pour sa famille mais heureuse qu'il permette de renouer des liens bien distendus, ma mère, répond volontiers, évitant tout nouveau sujet de discorde.
- Marie-Lucie était ton arrière-grand-mère.
Je croyais qu'elle s'appelait Lucette !
- C'est comme ça que tout le monde l'appelait

mais son prénom, c'était Marie-Lucie.

Elle avait épousé un colon français, Antoine, ton arrière-grand-père …de vingt ans plus âgé qu'elle, un mariage arrangé probablement. C'était un homme sévère, autoritaire, sans égards pour les femmes, encore moins pour la sienne. Il avait fait la guerre de 70 dans les Chasseurs Alpins, avait été blessé deux fois et était revenu plus taciturne et renfermé qu'auparavant, exigeant que sa femme le serve. Un homme du dix-neuvième en somme !

Comme tu le sais, ils ont eu deux enfants, mon père Jean et mon oncle Jacques. En tant que grand-père, je ne l'ai pratiquement pas connu, j'avais trois ans à sa mort.

Pour tout te dire, ton arrière-grand-père, d'après ce qu'on m'a raconté, n'a pas été très bienveillant envers sa jeune belle-sœur, ta tante Anna.

Elle était la plus jeune, pas encore majeure et vivait sous la tutelle de Marie-Lucie et de son mari, les parents des quatre sœurs étant décédés. Anna, la seule à avoir fait des études, avait rencontré un certain Émile Dreyfus. Les jeunes gens souhaitaient se marier et pour cela, le consentement des tuteurs d'Anna était nécessaire. Comme tu le sais, ce nom, à l'époque faisait scandale et divisait les Français. Antoine était antisémite donc antidreyfusard. Une alliance avec un juif était impossible et Anna, malheureuse et impuissante dut renoncer à ce mariage. Le jeune-homme, dépité, quitta l'Algérie et tenta d'oublier l'offense et son amoureuse quelque part en Amérique du sud.

- Voilà, dit ma mère, ce qui explique le célibat d'Anna qui a sans doute espéré toute sa vie revoir son Émile.

Intriguée et émue par le destin de sa lointaine

parente, je lui demande si elle l'a revu.

- L'histoire ne le dit pas mais elle aussi avait quitté l'Algérie pour le Maroc et s'était peut-être consolée avec tous les enfants dont elle avait la charge puisqu'elle était institutrice. Je crois même, ajoute ma mère, qu'elle avait inventé avec une collègue une méthode pour leur apprendre à lire. Leur livre a été utilisé dans plusieurs écoles au Maroc.

- Je pourrais peut-être le retrouver, par curiosité.

- Ça m'étonnerait, c'est tellement vieux et dépassé !

J'en sais assez. Ces informations concernant mon arrière-grand-père me déçoivent mais ne m'étonnent pas vraiment. En revanche, la vie de ma grand-tante Anna me passionne au point de vouloir retrouver ce livre d'apprentissage de la lecture qu'elle avait imaginé.

XVIII

Une nouvelle enquête est nécessaire pour me procurer ce document. Il ne m'apportera peut-être rien mais j'ai envie d'aller sur les pas de cette vieille tante. Sa vie intéressante et romanesque n'est pas sans rapport avec la mienne.
Interroger, par l'intermédiaire d'internet bouquinistes, bibliothécaires, Bibliothèque nationale de France etc, ne doit pas être très compliqué.
Et, en effet, les résultats ne sont pas très longs à venir.
Parmi les nombreuses méthodes, je tombe enfin sur celle d'Anna Soler et Marthe Ricau, intitulée tout simplement ''J'apprends à lire''. Sans même avoir à emprunter le livre, il est possible de le consulter. Après la page-titre se trouve une page explicative, un système simple, très illustré quoiqu'en noir et blanc, avec plusieurs contes et récits à la fin. L'avant-dernière page comporte la mention ''Ouvrages des mêmes auteurs''. Marthe Ricau avait écrit une autre méthode : ''J'apprends à compter'' et un recueil de contes régionaux. Pour Anna, un seul autre titre est noté. En le lisant, je pousse soudain un cri si aigu que Thomas se précipite pour me porter secours.
C'est incroyable, regarde ce que je viens de découvrir.
Thomas s'approche de l'écran et lit : ''Les deux vies de Joseph Marti''.
-Tout se recoupe et me semble clair. Joseph Marti n'est donc pas mort lors du naufrage de son bateau ! Il me reste à mettre la main sur cet

ouvrage s'il existe toujours !

- Sinon, il y a une autre solution, sourit Thomas, celle que je t'ai déjà proposée.

- Ah ! Laquelle ?

- Quand tu m'as dit qu'il fallait aller plus loin, je t'ai répondu allons-y, tu m'as demandé où ? A ce moment-là, je n'en avais pas une idée très claire, maintenant, je sais, dit Tom, heureux de son intuition.

C'est à Minorque aux Baléares qu'il faut aller chercher la trace de ce Joseph Marti.

-C'est ce que j'ai compris. Tu as raison, c'est à confirmer. Je suis partante pour Minorque mais avant, je voudrais me procurer ce fameux livre.

Ce dernier est moins facile à dénicher. Un message envoyé à tous les bouquinistes répertoriés sans résultat. La BNF ne donne rien non plus.

En désespoir de cause, je m'adresse à ma mère. Quelqu'un dans la famille aurait pu conserver le livre.

Je dois reconnaître sa bonne volonté. Elle a compris l'enjeu de ma quête et remue bibliothèques et greniers des parents proches et lointains pour retrouver le précieux document. Un rapprochement salutaire entre mère et fille !

C'est au bout d'un temps qui me paraît interminable que je reçois le message d'un vieil oncle. Il a mis sa maison sens dessus dessous au grand dam de ''sa chère Nénette'' pour enfin dégoter l'ouvrage en question oublié tout au fond d'un tiroir. Lui-même tombe des nues, il n'avait jamais eu connaissance de cette histoire.

Le fascicule compte une cinquantaine de pages en mauvais état. La lecture est cependant tout à fait possible. Je manipule le livret que je viens de

recevoir tel un **trésor avec** maintes précautions.
Le secret bien gardé a franchi les générations jusqu'à moi. Me revient la responsabilité et l'honneur de le révéler.

Le petit livre raconte dans le détail les deux vies de Joseph Marti, devenu José sur l'île espagnole de Minorque où il avait échoué après le naufrage de son bateau. Anna avait recueilli avec ferveur le récit de sa mère Lucia qu'elle-même tenait de son père. Il est un peu romancé mais tout est raconté avec tant de sensibilité que je pleure en le découvrant. Je suis particulièrement touchée par le parallèle qu'elle fait entre l'enfant sorti du ventre de sa mère et l'homme rejeté par la mer comme s'il s'agissait d'un deuxième accouchement, tel Ulysse rejeté sur le rivage des Phéaciens par les flots en furie, recueilli par la belle Nausicaa, fille du roi Alcinoos qui le soigna comme le fit Maria. Je souris en imaginant les deux scènes : Les servantes de Nausicaa s'enfuyant, effrayées à la vue d'Ulysse surgi nu d'un buisson, Maria et son père essayant de hisser Joseph peu vêtu sur l'âne récalcitrant.

XIX

Une dernière étape reste à franchir. Thomas a pris les devants et s'est déjà procuré les billets en vue du voyage à Minorque. Il me fait la surprise. Mes bagages sont prêts
 en moins de temps qu'il ne faut pour le dire.
Une fois sur place, le but est de repérer les différents lieux évoqués par Lucie : Fornells, le marché et la plage où s'est échoué Joseph, Laior, sa place et ses ruelles et surtout Féral, la ferme au centre de l'île, là où ont vécu José, Maria et leur fille Lucia. Cela permet de parcourir l'île en touristes. Mais ce qui attestera définitivement la véracité de cette histoire, ce sera la découverte de la tombe de l'aïeul. Cependant, rien dans le récit ne précise son emplacement.

 Tom organise des randonnées, c'est notre premier voyage en amoureux et j'ai l'impression de vivre un rêve.
 Nous visitons la ville de Fornells au nord de l'île, toute blanche et fouettée par la tramontane, longeons la grande réserve marine et admirons les nombreux oiseaux exotiques, nous mangeons les meilleures paëllas, le queso Mao à la ferme. A vélo, nous faisons le tour de l'île, nous arrêtant pour nager dans les plus belles criques, grimpant au sommet du mont El Toro. A Ferreries et Alaior (devenu Laior dans le récit), nous faisons le tour des fabriques traditionnelles de chaussures et de sandales, les fameuses ''avarcas''.
Je vis une émotion permanente. Le récit d'Anna me tient lieu de guide touristique. Bien sûr,

beaucoup de choses ont changé, mais la mer est la même, les côtes restent sauvages, le vent souffle ses bourrasques comme avant, les innombrables murets de pierre sillonnent toujours la terre sèche. Je superpose au récit les paysages que je vois, imagine la vie de ces femmes et de ces hommes du dix-neuvième siècle. Il me semble qu'ils m'accompagnent, me guident. Je me sens vivante, consciente d'accomplir une volonté sacrée.

Nous ne retrouvons pas Féral, la ferme de Maria, sa situation au cœur de l'île n'est pas précise et personne ne sait nous renseigner. Ce peut être n'importe laquelle, cernée de cactus et de murets, écrasée de lumière, abandonnée au vent et à la sécheresse ou encore vivante avec les bêlements des brebis, les aboiements des chiens, les cris des paysans. J'en désigne une et décide que c'est Féral. Personne ne m'en dissuade, le lieu menaçant ruine est désert. Je cherche un signe qui confirmera mon intuition et crois le découvrir en voyant le vieux figuier devant la porte qui semble me saluer en agitant ses larges feuilles au bout de ses branches souples.

Le beau et grand cimetière de Laior, petite ville très souvent citée dans le texte d'Anna a peut-être recueilli les corps de José et de Maria. Mais le temps est si lointain que les tombes peuvent avoir disparu ou avoir été remplacées. Il est bien entretenu, les tombes très nombreuses, toutes blanches, propres et serrées les unes contre les autres sont fleuries et souvent ornées d'une photo du défunt. Nous scrutons chaque pierre tombale mais aucune ne mentionne les noms de Joseph ou de Maria.

Aussi, malgré mes difficultés à manier la langue espagnole, je décide de rencontrer le curé de la paroisse afin de consulter les registres consignant les naissances, les mariages et les décès. Ce n'est pas simple. Le curé, Don Castano, n'y met pas beaucoup de bonne volonté. L'homme bedonnant au visage rougeaud et à l'air suspicieux ne comprend pas bien ma démarche ou fait semblant. Il parle vite sans se soucier d'être compris. Malgré tout, je saisis quelques mots que je remets en ordre. Il faut une autorisation du diocèse pour pouvoir consulter les registres.

A force d'insistance et de persuasion, le secrétaire du diocèse, mieux disposé et plus arrangeant, m'obtient la possibilité de feuilleter les registres des années 1860 à 1868. Tom me seconde activement, aussi impatient que moi.

Enfin, c'est dans le registre de 1866 que nous trouvons la trace de José Marti. Seule est mentionnée la date de sa mort, le 10 octobre de cette année-là. La date de la mort de Maria Pons est aussi inscrite. Elle était d'une famille pieuse connue dans l'île ! L'homme se montre plus favorable.

Née en 1822, Maria est morte en 1868 et a eu une fille sans être mariée, ce que le curé, levant les yeux au ciel, semble découvrir. Il nous indique à contre cœur le vieux cimetière d'une chapelle des environs de Laior.

Nous sommes presque au bout de nos peines. En pénétrant dans le petit cimetière envahi de verdure et de chants d'oiseaux, j'ai une telle sensation de paix et de bien-être que je souris, heureuse comme dans le plus beau des jardins. Avec Tom, je parcours les allées, examinant chaque dalle, redressant les croix, arrangeant respectueusement les bouquets.

Les plus anciennes tombes détériorées par le temps sont difficiles à déchiffrer, les noms effacés. Je prends des photos, me promettant de reconstituer les parties effacées. Deux tombes tout au fond attirent notre attention. L'une, en grande partie détruite, presque entièrement mangée par la végétation, ne comporte aucune inscription déchiffrable hormis une lettre à moitié effacée qui peut être un M. et le dernier chiffre d'une date, le 6. L'autre, à côté, plus récente, porte une inscription plus lisible. Je lis clairement le nom de Maria Pons.

Je me retourne vers Tom, follement heureuse et l'embrasse comme si c'était à lui que je devais ma découverte. Désormais, sur la tombe de celui que je peux désigner comme mon ancêtre, je me promets de faire graver ces dates : 1814-1846 / 1846-1866, les deux vies de Joseph Marti.

Épilogue

A mon retour, je retrouve mon appartement, mon bureau et le portrait de mon arrière-arrière grand-père. Je crois y discerner un sourire. Apaisée, j'ai accompli ma mission : révéler un secret et casser la chaîne des exils successifs de ma famille. Je comprends mieux mes ancêtres et éprouve de la compassion pour eux ainsi que pour mes parents que j'avais rejetés sans vraiment avoir cherché à les connaître.

Il n'est pas trop tard.

Même si je n'ai pas d'enfant j'ai une famille nombreuse à qui transmettre le fruit de mes recherches. L'autre famille de Joseph doit aussi connaître le secret, je vais m'y employer.

Je remercie chaleureusement Annie Fine qui m'a si subtilement aiguillée, Tom qui m'a suivie, aidée et entourée de sa tendresse, enfin, mon amie et complice Charlotte à qui je dois ces belles rencontres.

Tout a débuté par un portrait peint sur une toile trouvée par hasard dans une brocante. Il m'a menée à Gruissan puis de Minorque à l'Algérie, enfin à ma famille.

J'ai heureusement été attentive aux signes ou si l'on veut à mon intuition qui m'a guidée dans cette quête improbable.

La destinée d'Anna, cette grand-tante qui se rappelle à moi par-delà le temps me passionne. Je la ferai bientôt renaître dans le roman que je me promets d'écrire après celui que j'ai momentanément abandonné.

Le charme des roses

Un jour gris, blafard, envahit la cuisine lorsque Jeanne ouvre ses volets. La grisaille extérieure lui révèle soudain son univers : des murs gris, des meubles gris et même son pyjama rayé de gris. Sans entrain, machinalement, elle prépare un café qu'elle avale, le regard fixe, face à l'horizon blême barré d'immeubles pareils au sien. Une nouvelle journée commence, comme les autres, triste, monotone. Elle doit se dépêcher de se préparer pour arriver à l'heure au collège, mais, fatiguée d'une nuit trop courte, comme toutes les autres, elle reste assise à contempler le vide. Quelques images de son rêve de la nuit lui reviennent à l'esprit. Comme souvent, Vincent a de nouveau fait irruption dans ses rêves ainsi qu'il l'a fait dans sa vie. Ni cauchemar, ni rêve heureux, il est juste apparu, inaccessible. Alors, comme transportée dans un ailleurs lointain, elle revoit les images de leur rencontre. Lui, la cinquantaine, vêtu de noir, le visage sombre, dos à la fenêtre attend l'heure de la réunion de ce jour de prérentrée. Elle, pour conjurer son angoisse et garder l'illusion de vacances, a revêtu sa robe d'été en lin blanc. Ils sont encore seuls dans cette salle sans charme violemment éclairée par un soleil encore estival. Malgré sa timidité, elle va vers lui, souriante, pour l'accueillir, comme elle aurait aimé qu'on l'accueille à son arrivée au collège. Elle le trouve beau, ce qui ne facilite pas sa démarche, se présente. Sa venue l'étonne. Généralement, ce sont de jeunes professeurs qui débarquent en début d'année. Il explique qu'il n'a pas choisi ce poste, que sa demande de délégation a échoué. Il est nommé là en histoire et géographie à son grand désespoir. Elle compatit, secrètement heureuse d'avoir un si charmant collègue.

Le souvenir de cette rencontre reste lumineux, étrange et tellement inattendu pour Jeanne, seule à ce moment de son existence. Le rêve s'est plus tard transformé en cauchemar mais elle ne regrette rien de ce qu'elle a vécu. Cet homme l'a « fait grandir ». Elle ne l'oubliera jamais.

Un bruit provenant de l'appartement voisin la sort de sa rêverie. Il faut vraiment qu'elle se dépêche. Tant pis pour la vaisselle du petit déjeuner ! Jeanne se précipite dans sa salle de bain, est prête en quelques minutes. Encore du gris, remarque-t-elle, en jetant un coup d'œil sur sa tenue dans le miroir du couloir. «Tant pis, pas le temps !» Elle enfile sa veste, s'empare de son cartable resté sagement dans l'entrée et ouvre la porte de l'appartement.
Elle manque mettre le pied sur le bouquet de roses déposé sur son paillasson. Elle ramasse les fleurs, hume leur délicat parfum et cherche la carte ou tout au moins l'origine du bouquet. Ni carte, ni provenance, rien ne la renseigne.
- Vous êtes gâtée, quelle chance !
La voisine, grande femme énergique et tout en os, sort justement de son appartement avec ses pénibles gamins. Jeanne les salue en souriant et se précipite dans l'escalier pour échapper à cette déplaisante personne. Le bouquet atterrit sans ménagement sur le siège arrière de sa voiture. Des fleurs rose pâle, certaines épanouies, d'autres encore en bouton prouvent qu'elles ne proviennent pas d'un fleuriste mais d'un jardin où on les cultive avec amour. Aucun papier ne les enferme. Seul un élégant lien de raphia attache leurs tiges.
En chemin, elle ne cesse de penser au bouquet, à son rêve. Non, c'est absurde de faire un lien entre les deux ! Depuis plus de dix ans, Vincent et elle se

sont quittés, la vie les a séparés, il est retourné à son foyer, à ses livres, à son jardin. Il n'a plus fait signe, elle n'espère plus rien. C'est de l'histoire ancienne.

Et ce bouquet ? Une erreur, pense-t-elle. Il était peut-être destiné à la voisine ou alors c'est une blague des collègues. Ils la titillent souvent sur son célibat. Elle n'a aucune envie de leur raconter sa vie. Elle verra bien leurs têtes en arrivant ! Elle ne manifestera rien, un jour comme un autre !

C'est un jour comme les autres. Autour de la machine à café, on se plaint, on râle, on blague, bref, comme d'habitude. Jeanne ne remarque aucun sourire de connivence, aucune allusion la concernant. Les connaissant, ils ne pourraient pas feindre longtemps.

Après des cours plus ou moins fastidieux selon les classes, une réunion inutile et ennuyeuse en fin d'après-midi, des discussions à n'en plus finir, Jeanne, épuisée, remonte enfin dans sa voiture vers dix-neuf heures. Elle a complètement oublié le bouquet de roses qui, assoiffé et las d'attendre, s'étiole tristement. Elle a un pincement au cœur.

Quand lui a-t-on offert un bouquet la dernière fois ? Il faut encore remonter à Vincent.

Au début de leur histoire, il était arrivé un jour, sans prévenir, avec un énorme bouquet de roses rouges. Heureuse et intimidée, elle avait reçu ce cadeau comme un miracle dans sa vie. Pour la première fois, elle vivait une passion partagée avec un homme qu'elle admirait et qui l'avait choisie, elle, professeur de français d'un petit collège de campagne.

Aucun des hommes qu'elle a connus n'a eu cette délicatesse.

Le bouquet finit à la poubelle. Jeanne s'en veut de

n'avoir pas pris le temps de le mettre dans l'eau pour profiter de sa beauté sans prétention.

Elle doit oublier ce bouquet destiné à une autre sans aucun doute. Jeanne se dit qu'elle a passé l'âge de se faire des illusions. D'ailleurs, elle ne voit pas qui dans son entourage pourrait lui offrir des fleurs. Sa vie se résume à ses allers-retours au collège, son travail entre préparations et corrections, des sorties au cinéma ou au restaurant avec son amie Alice, quelques voyages. Les gens qu'elle rencontre sont toujours les mêmes. Elle prend conscience de sa solitude et de la monotonie de sa vie. Décidément, tout est gris !

Pourtant, en revisitant ses souvenirs, elle revoit d'autres bouquets de fleurs.

Par exemple ce magnifique bouquet offert un an auparavant par ce lointain cousin, comme tombé du ciel un jour de novembre. Il avait sonné et, un bouquet dans une main, un petit livre dans l'autre, avait demandé timidement à Jeanne de le lui dédicacer. elle aussi était tombée des nues. Elle avait bien écrit une dizaine d'années auparavant les souvenirs de son enfance chez sa grand-mère. Elle l'avait fait pour sa famille et n'en tirait aucune gloire. Que ce monsieur qui ne s'était pas présenté vienne lui demander une dédicace lui avait semblé lunaire. Elle l'avait reçu et avait écrit ce qu'il souhaitait sur la page de garde. Puis elle avait demandé son nom et tout s'était éclairé. Jean était bien un cousin éloigné du côté paternel. Une soudaine réminiscence, un bond de plus de quarante ans en arrière lui avait fait revoir le petit garçon qu'elle avait connu autrefois au château de sa grand-mère sans même savoir qu'il avait un lien familial avec elle. L'entrevue s'était ensuite déroulée plus chaleureusement. Jeanne et Jean avaient remonté le temps et la généalogie. Comment certains souvenirs s'impriment-ils et pas d'autres ? Elle ne l'avait plus jamais revu depuis cette époque et voilà qu'il reparaissait dans sa vie. Ses recherches et le hasard du petit livre avaient permis ces retrouvailles. Un lien affectueux s'était noué entre eux, concrétisé par des messages et de rares visites, Jean vivant à l'autre bout de la France.

Un homme délicat ! Laura sourit en pensant à lui.

Finalement, c'est le sourire aux lèvres que Jeanne va se coucher, pleine de gratitude pour ce bouquet de roses, qui ne lui était pas destiné. La vie lui a fait d'heureuses surprises. Bien sûr, elle vit seule et l'affection d'un compagnon lui manque mais elle a connu un amour qui l'a transformée.

Essayer de retracer son enfance dans un livre avait été une forme de thérapie pour Jeanne qui avait perdu ses parents dans un accident de voiture à l'âge de sept ans et gardait très peu de souvenirs d'eux comme si son cerveau, pour la protéger, avait éliminé cette trop grande souffrance.
Sa grand-mère, déjà veuve, l'avait recueillie et choyée dans sa grande maison qu'on appelait Le Château. Un lieu merveilleux aux yeux d'une enfant habituée à la ville, plein d'un charme mystérieux tant à l'extérieur avec sa nature foisonnante de garennes, de champs et de vergers, qu'à l'intérieur avec ses meubles, tentures et objets d'autrefois et cette odeur particulière des vieilles choses. Ce lieu l'inspirait, elle voulait devenir écrivain ou poète et avait même commencé un livre… par sa couverture ! L'expérience s'était arrêtée au titre et à quelques lignes. C'était un maigre début !

Là vivaient aussi sa grand-tante Clo, son arrière-grand-mère et ponctuellement ou plus régulièrement des cousins, des amis et des parents plus ou moins proches. Toutes sortes de gens se retrouvaient là pour des raisons que Jeanne n'avait jamais réussi à éclaircir.

Vacances, exil, refuge …

Sa grand-mère ouvrait sa maison et son cœur à qui en avait besoin. Ainsi, dans ses plus lointains souvenirs, Jeanne revoyait-elle ce vieux dentiste, le Dr Dernoncourt qui semblait vivre là de toute éternité. Qui était-il pour la famille, pour sa grand-mère, pour sa tante ? Un ami, un amant ? Elle ne le saurait jamais, n'ayant jamais posé la question. Et Paul, ce vieil érudit bedonnant aux cheveux blancs et aux doigts jaunis de tabac à priser qui passait ses journées à faire des mots croisés et promenait partout sa bedaine et son dictionnaire ? Un cousin, semblait-il, qui avait trouvé refuge chez sa généreuse parente. Il y avait aussi l'abbé Frémont qui venait régulièrement le dimanche après-midi prendre le café. Ce jour-là, la grand-tante Clo s'apprêtait et se montrait plus souriante qu'à l'ordinaire. C'étaient des «Monsieur l'abbé » par ci, « des Monsieur l'abbé » par là. Il était jeune, pas vilain et officiait en plus de son sacerdoce en tant que journaliste sportif sur une radio locale. La tante Clo, beaucoup plus âgée finit sa vie avec lui, dans son presbytère, sans que personne ne s'en offusque.

Jeanne se souvenait aussi de la cousine Suzanne venue du Maroc avec Raymond et Jean, ses deux garçons, Jean dont il a été question plus haut. Très dynamique et joyeuse, elle organisait des courses au trésor, imaginait des saynètes et faisait jouer les enfants qu'elle déguisait avec les habits trouvés au grenier dans une malle oubliée. Sa présence avec ses enfants transformait les soirées en parties de fous rires, les balades, l'été au clair de lune, en aventures terrifiantes et délicieuses.

D'autres personnes, lointaines parentés, depuis longtemps disparues lui revenaient en mémoire.

En se remémorant ce lieu et tous ces gens qu'elle y avait côtoyés, les joyeux va et vient qui ont marqué son enfance et une partie de son adolescence, elle réalise la chance qu'elle a eue de vivre dans ce tourbillon qui l'a protégée. Elle remercie ce grand-père qui ayant autrefois acquis cette belle maison lui a procuré de si beaux souvenirs.

Autour d'elle aujourd'hui, plus de grand-mère aimante, plus de beau Château, plus de grande famille, plus de joyeuse agitation. Juste la solitude et des souvenirs !

Pourquoi un simple bouquet a-t-il fait surgir ce passé lointain ? Il y a probablement une raison à cela . Mais, faut-il qu'elle se retourne sur son passé ? A-t-elle quelque chose à comprendre ? Jeanne sait que chaque famille a ses secrets, la sienne aussi, sans doute mais tout cela lui paraît compliqué et plutôt vain. Peut-être aussi a-t-elle peur de réveiller une douleur qu'elle a réussi à tenir à distance depuis longtemps.

Après réflexion, elle se dit qu'un retour en arrière est inutile, que seul le présent a de l'importance et puis, il faut aller de l'avant. Elle n'est pas femme à se lamenter, à ressasser ses souvenirs et ses regrets. Ce bouquet est le fruit du hasard. Point final.

Sauf que …

Quelques jours plus tard, un deuxième bouquet de roses patiente sur son paillasson alors que Jeanne rentre du collège. Sans marque distinctive comme la première fois. Mais là, les fleurs, pas encore épanouies sont d'un jaune pastel très doux et il lui semble que leur délicat parfum embaume l'étage entier. Elle le ramasse et entre chez elle promptement de peur que sa curieuse voisine n'intervienne. Les joues empourprées et le cœur battant, elle se jette dans un fauteuil du salon comme si quelqu'un l'avait poursuivie. Maintenant, elle peut réfléchir calmement. Une deuxième erreur est peu probable. Mais qui peut lui offrir des fleurs sans se faire connaître ? C'est absurde ! Que cherche-t-on en les déposant devant sa porte à part l'inquiéter ? Et pourquoi des fleurs dans ce cas ? Une lettre anonyme peut aussi bien faire l'affaire. Elle ne se sent tout de même pas menacée. Tout en arrangeant les roses dans un vase, elle passe en revue toutes les personnes qu'elle a croisées le matin en partant et le soir en rentrant. Vers huit heures, elle n'a croisé que Florence, la gardienne de l'immeuble qui rangeait les poubelles. Elles se sont saluées comme d'habitude avec quelques mots déplorant la météo. La porte de l'immeuble est toujours ouverte et Florence ne surveille pas les allées et venues des uns et des autres.

Jeanne osera-t-elle lui demander si elle a remarqué un individu portant un bouquet ? C'est peu probable, elle ne comprendra pas cette question incongrue. Sortant de la boulangerie, elle a rencontré le locataire du deuxième qui achetait comme chaque jour ses deux croissants. Célibataire, Richard Grimaud est musicien, son piano enchante les habitants présents chez eux l'après-midi sauf lorsqu'il dispense un cours aux petits voisins, séance infernale, heureusement de courte durée. Le soir, il part répéter avec ses collègues ou donner un concert. Austère et respectueux du voisinage, Jeanne ne l'imagine pas lui offrir des fleurs. Ils se croisent depuis longtemps mais n'ont jamais été au-delà du bonjour, bonsoir accompagné d'un vague sourire. Et puis, il n'est pas du tout son genre, trop sérieux voire rigide, pense-t-elle, avec son physique longiligne, ses cheveux, grisonnants attachés sur la nuque et son éternelle redingote noire. Une construction d'artiste ! Jeanne préfère le couple de âgé du premier, Marcel et Rosine Michaut, qu'elle voit assez souvent, leur rend quelques services et dissipe un moment leurs solitudes mutuelles. Jeanne ne les a pas rencontrés ce matin. Elle leur parlera peut-être du bouquet, pas tout de suite, elle a besoin de réfléchir seule.

Le soir, elle est rentrée en même temps que les enfants de madame Roger, sa voisine de palier, curieuse et un peu jalouse de son indépendance. Ce sont deux gamins bruyants et mal élevés à qui elle a donné quelques cours quand ils étaient en primaire. Devant leur manque de sérieux, elle a renoncé. A l'école toute la journée, ils ne peuvent pas avoir vu quiconque et elle n'ira certainement pas leur demander, pas plus qu'à leur mère.

Jeanne a posé le bouquet sur la table basse du salon. Il embellit la pièce, lui donne une luminosité nouvelle. Il faudra qu'elle achète des fleurs plus souvent, elles apportent fraîcheur et gaieté dans un intérieur ! Un plus joli vase aussi ! Celui-ci en verre bleu lui paraît très ordinaire. Elle peut bien s'offrir un bel objet ! Elle remarque que son salon de cuir fauve un peu foncé manque de couleurs. Des coussins dans les tons de jaune et d'orangé rendraient la pièce plus gaie et accueillante. Elle se promet d'aller faire quelques emplettes dès le lendemain.

 « Quel beau bouquet ! s'exclame Alice en entrant dans le salon, et ces coussins, c'est magnifique ! Ça change tout ! « Mignonne, allons voir si la rose... » Qui t'a offert ces fleurs ? Monsieur de Ronsard serait-il passé par là ? Ajoute-t-elle malicieusement.
- Non, Personne, s'empresse de répondre Jeanne, j'avais envie de me faire plaisir et de rendre la pièce plus chaleureuse, c'est tout.
- C'est nouveau, tant mieux. Ton appart' a bien besoin d'être rafraîchi, tu pourrais aussi changer tes rideaux et un coup de peinture claire ne lui ferait pas de mal !
- Si tu m'aides, je veux bien.
- Banco, dit Alice, je suis libre le week-end prochain ! »
Il est difficile pour Jeanne de raconter à son amie qu'un inconnu a déposé par deux fois un bouquet devant sa porte . Elle ne l'a pas dit spontanément, maintenant, elle n'ose plus. Elle accepte l'offre d'Alice avec un peu d'appréhension . Si l'inconnu se manifestait encore ! Elle aime beaucoup son amie mais elle connaît aussi son manque de discrétion .
Jeanne choisit une couleur pastel dans les tons pêche et toutes deux se mettent au travail . En deux jours, le salon est transformé.
- Tant qu'on y est, pourquoi ne pas repeindre le reste ? propose Alice.
Le résultat est si évident , si propre et lumineux que Jeanne accepte l'offre.
 Elle a l'impression d'avoir déménagé, ayant profité de l'occasion pour se débarrasser d'objets

inutiles, remplacer ses vieux rideaux et réagencer ses meubles.

- Je n'aurais jamais cru qu'un simple coup de pinceau produirait un tel changement, dit-elle à Alice, je me sens tellement mieux dans mon nouveau décor !

- Cela se voit aussi sur ton visage, il ne faut pas grand-chose parfois ! Allons fêter ça !

Au collège, elle est plus gaie. Ce mystère à résoudre réveille ses sens et rend son regard pétillant. Pleine d'enthousiasme, elle décide d'inviter Ronsard et son ode à Cassandre dans son cours de Troisième. Réciter un poème devant les autres n'emballe pas ses élèves qui se demandent quelle épine a bien pu piquer leur prof.

Malgré sa satisfaction, Jeanne ne cesse de penser aux bouquets. Elle observe les gens autour d'elle, contrairement à ses habitudes, essayant de deviner ce qui aurait pu pousser tel ou tel à lui offrir des fleurs anonymement.

Philippe, le prof de gym l'avait autrefois draguée un peu lourdement. Elle avait même accepté une invitation au restaurant mais les choses en étaient restées là, ils n'avaient rien en commun ! Ils sont devenus copains, elle peut compter sur lui. Ce n'est pas le cas du prof de techno, Jack pour les intimes, un drôle d'individu à qui elle s'oppose régulièrement lors des conseils de classe. Il déteste les bons élèves, les garçons particulièrement, mais il adore les filles qui forment une cour autour de lui. Il pourrait avoir des ennuis et ce n'est pas elle qui le défendrait. Si celui-ci voulait se venger, il ne lui offrirait sûrement pas des fleurs.

Le prof de latin, un vieux vicieux qui se délecte à raconter de façon salace les histoires des déesses et des dieux des mythologies grecque et latine. Tout ce qui peut porter jupon semble l'obséder. Ses bonnes manières ne trompe pas Jeanne, elle le sait faux, hypocrite et bien capable de s'amuser à lui faire un cadeau juste pour la troubler. Si c'est le cas, elle ne lui fera pas ce plaisir.

Parmi ses autres collègues, elle ne voit personne capable de jouer à ce petit jeu.

 Petit jeu, justement ! Certains élèves de sa classe de troisième pourraient bien avoir cette idée saugrenue. Tout se passe bien pourtant, les élèves semblent l'apprécier. Elle félicite ceux qui réussissent et encourage ceux qui sont en difficulté. Il y a bien les pénibles qui perturbent ses cours. Jordan, par exemple, prend un malin plaisir à faire tomber sa règle, prétextant qu'il n'a pas fait exprès, Mat passe son temps à ne rien faire et à regarder par la fenêtre, Greg discute sans arrêt et drague ouvertement sa voisine, etc. Tous ces comportements sont le lot de chaque professeur. Jeanne en a l'habitude. Elle rejette cette idée.

 Et s'il ne s'agissait pas d'un élève perturbateur ? Charlie s'impose à son esprit. Il est pendu à ses lèvres, lui jette des regards langoureux et s'empresse de répondre à ses questions. Il traîne un peu à la fin des cours et a toujours besoin d'un conseil ou d'un renseignement. Les autres le traitent de«fayot». L'air inspiré, il a récité avec ferveur le poème de Ronsard en regardant Jeanne. Les autres ont pouffé mais Jeanne qui aime bien ce garçon aux yeux très doux et à la chevelure de petit prince sans jamais manifester sa préférence, a fait cesser les moqueries et félicité Charlie. Pourquoi lui offrirait-il ces fleurs ? Est-il secrètement amoureux d'elle ? Possible, cela s'est déjà vu. Non, Jeanne n'imagine pas que du haut de ses quinze ans à peine, Charlie puisse tomber amoureux d'elle qui a au moins trente ans de plus que lui ! Admiratif tout au plus !

 Des filles, peut-être ? Pourquoi pas ! Certaines ne l'aiment pas, surtout Emma, cette grande fille blonde qui ne supporte pas l'autorité féminine et trouve toujours quelque chose à contester. Avec ses copines qu'elle influence facilement, elle pourrait bien avoir manigancé ce scénario. Mais dans quel but ? Et pourquoi des fleurs ?

Jeanne a beau réfléchir à toutes les possibilités, aucune ne lui paraît réaliste et toutes sont possibles. Elle soupçonne tout le monde mais n'y croit pas.

Il faut pourtant se rendre à l'évidence, quelqu'un lui apporte des fleurs et ne veut pas être reconnu.

 L'affaire tourne à l'obsession. Jeanne décide d'acheter des fleurs chez les deux fleuristes de son quartier afin de les interroger discrètement.

 Leurs roses sont toujours en bouton.

« C'est comme ça qu'on les reçoit et qu'on les vend, elles tiennent plus longtemps, c'est normal !»

Pour ce qui est de l'emballage, chacune a son style.

« Il faut que les gens sachent d'où elles proviennent, j'ai un papier spécial et une étiquette à coller bien en vue, pour la publicité, vous comprenez !»

Jeanne en est quitte pour deux bouquets de roses ! Ce qui ne manque pas d'alerter Alice.

« Tu me caches quelque chose, ce n'est pas possible ! Toi qui n'achetais jamais de fleurs, tu veux me faire croire que tu as changé, au point d'en acheter deux bouquets à la fois. Allez, dis-moi la vérité, qui est l'heureux élu ?

- Tu te trompes, je me suis bien offert ces fleurs.

Tu peux aller voir les deux fleuristes du coin. Je voulais comparer leurs prix ! Et, oui, j'ai envie de fleurs ! Je n'ai pas changé pour autant».

Avouer la vérité à Alice est devenu impossible pour Jeanne. Peut-être tient-elle à garder son secret. Au fond, elle l'aime bien ce mystère qui rend sa vie plus intéressante et elle plus vivante.

Désormais, ouvrir sa porte pour sortir de chez elle fait battre son cœur à chaque fois. Le suspense est derrière. A l'intérieur, elle est aux aguets. Le moindre frôlement sur le palier l'alerte, sans bruit, elle s'avance vers le judas pour essayer de surprendre le «plaisantin», ainsi qu'elle nomme l'individu aux bouquets. Elle ne surprend personne, il s'agit chaque fois d'un locataire se rendant chez lui, de Florence, la gardienne qui nettoie les étages. Jeanne sursaute aussi aux coups de sonnette. Ce jour-là, Alice la trouve un peu pâle et émue lorsqu'elle arrive à l'improviste un bouquet dans les bras :

« Ben, qu'est-ce qui t'arrive ? Tu as peur d'ouvrir ta porte maintenant ?

Derrière son judas, Jeanne n'a vu que les fleurs qui cachaient le visage de son amie.

- Non, je me méfie, la gardienne m'a parlé d'individus bizarres qui rôdent dans le quartier, ment Jeanne. Merci pour ce beau bouquet !

- Puisque maintenant tu as décidé de fleurir ton intérieur ! dit Alice malicieusement».

Jeanne en vient à soupçonner son amie. Dans quel but agirait-elle ainsi ?

Les deux amies, célibataires, se connaissent depuis leurs études, Jeanne a choisi l'enseignement et Alice un boulot de traductrice qui la laisse libre de son organisation, ce qui convient parfaitement à son caractère indépendant. Autant Jeanne est sérieuse et réservée, autant Alice est extravertie et enjouée, deux opposées qui se complètent en somme. Jeanne craint les réactions extravagantes de son amie. Si elle lui parlait des bouquets anonymes, celle-ci serait capable de mettre tous leurs amis et connaissances au courant et elle ferait les frais de leurs plaisanteries. Non, elle ne lui dira rien.

« Est-ce que tu penses toujours à ce collègue, Vincent, je crois ? Lance Alice à brûle pourpoint.

- Pourquoi me poses-tu cette question ? Tu sais bien que c'est de l'histoire ancienne !

- Oui, mais s'il est toujours dans ta tête, ça peut t'empêcher de vivre une autre histoire !

- C'est juste un beau souvenir qui ne s'effacera jamais, dit Jeanne, mais qui ne m'empêche pas de vivre.

- Alors, si tu veux, je t'inscris sur un site de rencontres. C'est comme ça que Paul est entré dans ma vie, tu le sais et beaucoup d'autres font la même chose.

- Je n'aime pas le principe et je n'y crois pas, répond Jeanne. Toi, tu as eu de la chance mais regarde Valérie, après je ne sais combien de rencontres, elle est toujours seule et se désespère. Moi, je vis très bien ainsi, d'ailleurs, je ne supporterais pas qu'un homme vienne s'installer chez moi et trouble ma tranquillité.

- Mais il ne s'agit pas de ça ! Il s'agit de pouvoir échanger des idées, des lectures, des activités de loisirs et ... «plus si affinité», dit Alice en riant. Je t'inscris, tu verras, ça va te faire du bien et ça ne t'engage à rien. En plus, je suis sûre que ça va t'amuser !

- Tu m'invites à une sorte de foire aux bestiaux : Celui-ci est trop moche, celui-là est idiot, etc. Non merci, je préfère le hasard. Et si la rencontre n'a pas lieu, tant pis, dit Jeanne en pensant à son livreur de bouquets anonyme.

- Comme tu es vieux jeu ma pauvre Jeanne ! Et trop romantique ! Si tu ne l'aides pas un peu le hasard … Aujourd'hui, on n'a pas le temps d'attendre !

- « Un jour, tu verras, on se rencontrera», chantonne Jeanne pour toute réponse.

A cours d'arguments, Alice propose à son amie d'aller prendre un verre chez Marco, leur bistrot habituel. « l'aventure est peut-être au bout de la rue, dit-elle en riant ».

Tous les mardis après ses cours, Jeanne a l'habitude de rendre visite à ses voisins, Rosine et Marcel. Elle ne travaille pas le mercredi matin, ce qui lui laisse du temps pour passer un moment avec eux. Ils l'attendent avec impatience. Elle est leur petit bonheur de la semaine. Autour d'un thé et des fameux biscuits de Rosine, ils échangent les nouvelles de la semaine. Jeanne apporte des livres qu'elle a lus et aimés, leur en lit des passages. Marcel n'est pas très bavard, il écoute attentivement, les yeux fermés. Au début, Jeanne le croyait endormi mais pas du tout, à la fin de la lecture, il donne toujours un avis très judicieux sur le style, sur un personnage ou sur l'action. Rosine est plus bavarde, elle intervient souvent, pose des questions, fait répéter une phrase, ce qui agace Marcel au plus haut point. Il lève les yeux et la fusille du regard. Elle n'en a cure. Jeanne sourit, répond et reprend. Ce que préfère Rosine, c'est parler du passé, du sien et de celui de Jeanne. Elle la questionne, non par curiosité mais pour mieux la connaître, s'intéresse à son métier qu'elle aurait aimé exercer.

« Pas les grands, comme vous Jeanne, moi j'aurais préféré les petits pour leur apprendre à lire, leur raconter des histoires. Hélas ! Je n'ai pas pu faire d'études, il fallait que je travaille, nous étions six enfants à la maison. Mon père était ouvrier à l'usine du coin, son salaire suffisait à peine et ma mère s'arrangeait comme elle pouvait. C'était pas facile ! »

Rosine parle aussi de sa vie de jeune femme et la compare avec celle de Jeanne, entre envie et nostalgie.

« Je me suis mariée à dix-huit ans, je n'ai jamais été indépendante...

- Tu as été malheureuse ? la coupe en grognant Marcel.
- Non, ce n'est pas ce que je veux dire. Je n'ai pas eu le temps de profiter de ma vie de jeune fille, d'être insouciante. Il y avait le travail et puis tout de suite les enfants …
- Tu regrettes, c'est ça ?
- Mais non, je compare avec la vie des femmes d'aujourd'hui, avec la vôtre Jeanne. C'est tellement différent. Parfois j'envie votre liberté et d'autre fois, je vous plains. Vous me semblez si seule, sans mari, sans enfants …
- Il ne faut pas, Rosine, je vais très bien. Ce qui me manque, ce sont des parents. Je n'ai pas connu les miens, ils ont si vite disparu. Mais vous l'êtes un peu, c'est réconfortant, j'ai de la chance de vous avoir si près de moi. Et puis des enfants ? J'en ai vingt-cinq par classe, multipliés par quatre, alors, ça me suffit. Vous allez me dire que ce n'est pas pareil, je sais mais ça ne me manque pas. Je dois être égoïste …
- Non, c'est parce que vous ne savez pas ce que c'est.
- Arrête de l'embêter, grogne encore Marcel qui n'aime pas beaucoup les discussions trop personnelles.
- Rosine ne m'embête pas, dit Jeanne qui comprend qu'elle doit changer de conversation. Vous allez chez votre fils Bruno dimanche ? La campagne doit vous manquer avec ce beau temps !
Bruno vit à la campagne à une vingtaine de kilomètres de la ville. Il a acheté une ferme et cultive quelques hectares de terre.
« C'était son rêve depuis tout petit, raconte sa mère. Les animaux, les plantes, les tracteurs, il ne parlait que de ça. Il a eu la chance de rencontrer

Sabine qui avait les mêmes idées que lui. »

Bruno vient chercher ses parents un week-end sur deux. C'est un bonheur pour eux qui ont toujours vécu en ville.

« On va prendre le bon air de la campagne. Marcel aide Bruno à soigner les poules et les lapins et moi, je cuisine et fais des confitures ou des conserves avec Sabine. Et puis, nous profitons des petits-enfants. Ils en ont deux, garçon et fille, dix et douze ans, qui sont bien gentils ».

Avec les récits de Rosine, Jeanne a l'impression qu'elle les connaît, qu'ils sont un peu sa famille. Elle a promis qu'elle irait les voir un jour avec eux.

Chaque fois qu'elle quitte le vieux couple, Rosine l'oblige à emporter le biscuit, le pot de confiture, les légumes qu'ils ont rapportés de la ferme. Jeanne est émue et réconfortée. Sa famille, elle, elle l'a choisie !

Alice a inscrit Jeanne sur un site de rencontres. Jeanne l'a laissé faire, sachant qu'elle n'entrerait pas dans le jeu.

« Nous allons voir si tu as des visites, dit Alice en s'installant devant l'écran de l'ordinateur, viens, on va s'amuser ».

Peu convaincue, Jeanne découvre des visages et des profils sensés lui correspondre. Alice s'amuse, fait des commentaires, ironise puis tombe en arrêt devant un message .

« Voilà l'homme qu'il te faut, s'exclame-t-elle. Pas mal, cultivé, il écrit bien, sans fautes ! Il a les mêmes goûts que toi, qu'est-ce que tu en penses ?

- Rien ! Comment peux-tu croire ce qui est écrit ? s'étonne Jeanne de la naïveté de son amie.

- Tu peux toujours échanger des messages pour voir.

- Je n'ai pas envie, dit Jeanne qui pense à son amoureux anonyme. Que peut-elle déduire de ce personnage et de sa façon extraordinaire de s'y prendre pour la séduire ? Délicat, mystérieux, imaginatif, persévérant, discret ! De belles qualités, oui, mais s'il ne lui plaisait pas ?

- Je vais le faire pour toi, on verra bien ! »

Et voilà Alice qui écrit. Jeanne la laisse faire, indifférente, toujours dans ses pensées.

Alice a pris en main la destinée de son amie. Elle ne se doute de rien mais remarque certains changements chez elle. Pas dans sa vie qui est toujours la même. C'est son comportement qui l'étonne. Jeanne a rénové son appartement, se maquille un peu, a fait couper ses cheveux, est plus attentive à ses vêtements, plus colorés, plus gais. Elle est devenue très émotive, presque craintive. Sa façon d'observer les gens autour d'elle l'intrigue, ses yeux sont plus brillants, presque fiévreux. Parfois, elle semble avoir peur, comme la fois où elle a mis un temps infini à lui ouvrir. Elle a bien dit que des individus bizarres rôdaient dans son quartier ! Cela n'explique pas les changements de son amie. Elle veut lui faire rencontrer l'homme qu'elle a remarqué sur le site, persuadée que c'est ce dont son amie a besoin malgré ce qu'elle dit.

De son côté, Jeanne est fébrile. Depuis un mois, elle n'a trouvé aucun bouquet devant sa porte. Elle se rend compte qu'elle attend que « l'homme invisible » se manifeste, car ça ne peut être qu'un homme, elle l'a décidé. A quoi joue-t-il ? Elle se sent nerveuse, fatiguée, elle se dit qu'elle a besoin de vacances, s'éloigner lui fera du bien.
Un séjour en bord de mer la tente. Les vacances approchent, Jeanne, allongée dans son canapé se met à la recherche d'une location sur internet, elle rêve de baignades, de soleil, de balades, de soirées entre amis. Elle invitera Alice et Paul, Valérie, peut-être Philippe et sa femme …
Soudain, la sonnette de la porte d'entrée la tire de sa rêverie. Elle n'attend personne, il est près de dix-huit heures et pour être plus à l'aise, elle a revêtu la robe d'intérieur qu'Alice lui avait rapportée de son voyage en Inde. Les nuances de bleus relevées de fils dorés semblent assorties à ses yeux et lui confèrent une grâce dont elle n'a pas idée. Avant d'ouvrir, elle prend soin de regarder par le judas qui vient l'importuner. Va-t-elle ouvrir ? C'est un homme, beau, d'un certain âge, un vague sourire aux lèvres (il sait qu'elle le voit). Le cœur de Jeanne se met à battre la chamade. Si c'était lui enfin ! Elle ouvre.
« Bonjour Madame, excusez-moi de vous

déranger. Je cherche Monsieur Grimaud, savez-vous où il habite ? Il n'y a pas de noms sur les portes des appartements ».

Pâle, tremblante, Jeanne arrive tout juste à articuler :

« C'est au deuxième … la porte à droite de l'escalier ! »

L'homme la remercie en lui adressant un charmant sourire. Jeanne referme sa porte et son cœur de midinette cogne encore plus fort dans sa poitrine. Elle en est sûre, c'est lui ! Elle trouve toutes les raisons qui confirment son idée. Pourquoi est-il venu sonner à sa porte alors qu'il pouvait s'adresser à la gardienne ? Comment ne pouvait-il pas connaître l'adresse exacte de Grimaud ? Pourquoi ce sourire ? Etc. Jeanne espère bien le revoir, il lui plaît. Elle ne sait rien de lui mais en lui associant les bouquets de roses, elle s'en fait un portrait tout à fait à son goût.

Ce matin, le soleil brille au-dehors comme dans le cœur de Jeanne. Tout lui paraît plus léger. Pour la première fois depuis longtemps, elle a dormi d'un sommeil profond, son visage est serein, ses yeux brillent d'un éclat nouveau. Elle met sa petite robe rouge à fleurs, celle qu'elle n'avait pas encore osé porter et qui, selon Alice, lui va si bien. Aujourd'hui, elle veut être belle, même pour faire cours. Peu lui importe ce que diront ses collègues et ses élèves. Un dernier regard au miroir de l'entrée, Jeanne ouvre sa porte…

Un bouquet de roses rouges a été déposé sur son paillasson, sans emballage comme les fois précédentes. Rouge d'émotion, elle ramasse les fleurs et entre dans son appartement pour les disposer dans le beau vase de cristal qu'elle s'est offert récemment. Elle n'a plus de doute, il s'agit bien du bel inconnu rencontré hier. Son imagination galope au rythme de son cœur. Elle trouve même cette façon de la séduire originale et agréable, preuve d'un esprit poétique et joueur. Elle se rend compte qu'elle chantonne au volant sur le chemin du collège. Cela aussi est nouveau. Depuis quand n'a-t-elle pas chanté ?

Au collège, elle est accueillie par des« oh ! » et des « ah ! »de ses collègues masculins :
« On nous envoie une nouvelle prof, on dirait ! s'exclame Philippe.
- Cendrillon s'est transformée en princesse, ma parole ! ironise Jack. »
Jeanne sourit. Les cours passent plus vite, ses explications sont plus fluides, elle sent ses élèves plus attentifs. Charlie, au premier rang la dévore des yeux, bouche ouverte, il en oublie de poser des questions. Jeanne rit intérieurement. Comme tout devient différent quand on est heureux !

Cependant elle se demande combien de temps l'inconnu fera durer son petit jeu. Voilà déjà trois mois qu'il a déposé son premier bouquet. L'entrevue d'hier est peut-être une nouvelle étape. Sa patience est mise à rude épreuve. Il est bien difficile de travailler, corriger des devoirs, préparer des cours, des conseils de classe quand on a la tête ailleurs !

Jeanne décide d'aller rendre visite à ses vieux amis Rosine et Marcel, ils lui changeront les idées. Leurs bavardages et leurs chamailleries l'amusent. Comme d'habitude, ils l'attendent mais cette fois, tous deux s'extasient devant la nouvelle Jeanne.
« Magnifique ! s'exclame Rosine, cette robe vous va très bien et cette nouvelle coupe de cheveux est épatante !
- Vous allez faire des ravages, si ce n'est déjà fait, dit malicieusement Marcel ».
En effet, Jeanne réalise le chemin parcouru depuis trois mois. Son univers est devenu plus gai, sa perception de la vie plus positive, elle-même se regarde avec plus de confiance.
- Ça fait plaisir de voir ce changement, vous aviez l'air tellement triste avec vos longs cheveux et vos vêtements couleur d'orage !
- Et ce sourire framboise fait plaisir à voir, ajoute Marcel toujours en verve. Qu'est-ce qui nous vaut ce nouveau look ? ose-t-il malgré le regard noir de Rosine.
- Oh rien, ment Jeanne, les joues soudain plus roses, j'ai décidé de voir la vie autrement. Alice m'y encourage depuis longtemps, vous aussi d'ailleurs quand je vois votre joie de vivre.
- A notre âge, si on se laisse aller, on n'a plus qu'à lâcher la rampe! dit Marcel, on a encore tant de

choses à faire, n'est-ce pas Rosine ?

- Oh oui, alors ! Les enfants, les petits enfants, les balades à la campagne, les lectures, les amis comme vous Jeanne, la musique de monsieur Grimaud, Grim, comme on l'appelle entre nous... ! C'est beau tout ça ! Et puis, on ne vous l'a pas dit, c'est tout nouveau, on a décidé d'écrire nos mémoires. On s'y met chaque matin tous les deux pendant deux heures environ. On rassemble nos souvenirs et l'un de nous écrit. A la main, bien sûr, pour nous c'est plus simple, et sur un cahier d'écolier ! Il en faudra plusieurs, vous pensez à notre âge ! Qu'est-ce qu'on s'amuse parfois !

- C'est formidable! Quelle bonne idée ! C'est vous qui m'en lirez des passages … enfin si ce n'est pas indiscret.

- Pas du tout ! Et vous pourrez corriger nos fautes, on a quelques lacunes !

L'évocation de Richard Grimaud ramène Jeanne à l'idée fixe qu'elle avait tenté de refouler : l'inconnu venu sonner à sa porte. Il faut qu'elle en apprenne davantage sur lui. La seule façon étant de poser la question à son voisin. Elle est sûre de le rencontrer à la boulangerie comme chaque matin. Mais comment s'y prendre pour poser la question de façon détachée, l'air de rien, elle qui n'a jamais osé entamer de conversation avec lui.

Alice arrive en trombe chez Jeanne, très excitée.
« Il faut absolument que tu lises ça, dit-elle à son amie, il s'appelle Fabien, il est plutôt pas mal et a les mêmes goûts que toi. Tu lui plais, il veut te rencontrer !
- Tu vas bien vite ! Si je n'ai pas envie de le rencontrer moi ?
- Ce serait dommage ! Lis au moins ce qu'il écrit, regarde sa photo !
- Si ça peut te faire plaisir, dit Jeanne indifférente en se penchant sur la tablette d'Alice. Oui, il est bien, il écrit bien mais non, je n'ai pas envie …
- Toi, tu me caches quelque chose, s'offusque Alice. Tu as bien changé depuis quelque temps. Est-ce que je suis toujours ton amie ? J'ai parfois des doutes !
- Tu es toujours mon amie, rassure-toi.
Pour éluder la question, Jeanne promet de rencontrer ce fameux Fabien mais pas tout de suite, elle espère gagner du temps et tranquilliser son amie.
- C'est peut-être bien à toi qu'il plaît, dit-elle en riant ! Allez, sortons nous changer les idées, il fait si beau. Que dirais-tu d'un jogging autour du lac ?
- Toi alors, tu m'étonnes de plus en plus ! Tu refusais toujours…

324

- Tu vois, on peut changer dans la vie !

De retour chez elle, épuisée mais heureuse, Jeanne se retrouve nez à nez dans l'escalier avec son voisin Richard Grimaud. Contrairement à son habitude, celui-ci s'arrête.
- Content de vous rencontrer, je dois vous présenter les excuses de mon ami Julien Sorel qui a sonné par inadvertance chez vous. Il était confus du dérangement … mais pas de son erreur ! Pour se faire pardonner, il souhaite vous inviter, et je me joins à son invitation, au concert que nous donnons avec notre quartet samedi soir sur le parvis de Saint Aubin à 20h. Depuis le temps que nous nous croisons ici ou là, je n'ai jamais eu l'occasion de le faire, ne sachant pas si vous aimez la musique, le blues en particulier. Des standards et des créations de Julien sont au programme. Qu'en dites-vous ?
En sueur, mal à l'aise et rouge de confusion, Jeanne n'en revient pas d'un aussi long discours. Balbutiante, elle arrive à prononcer un « C'est gentil, je viendrai, pourquoi pas, merci » et elle poursuit presque en courant la montée des quelques marches jusqu'à son appartement.
Cette fois, plus de doute, ce Julien est bien son amoureux mystère ! Il l'invite à son concert ! Le suspense est sur le point de se terminer.
Ce même samedi soir, Alice a prévu de fêter l'anniversaire de Paul avec tous leurs amis ! Comment résoudre le dilemme sans fâcher son amie ? Jeanne a plusieurs solutions : tout raconter à Alice et passer pour une cachottière, faire croire qu'elle est malade et être une menteuse, ne pas aller au concert et passer à côté d'une belle histoire, peut-être. La troisième est inenvisageable ! Que faire ?

A force de cogitations, Jeanne imagine une quatrième possibilité : proposer à son groupe d'amis de commencer la soirée avec le concert, tous aiment le blues, et de poursuivre ensuite chez Alice et Paul. Elle pourra arguer que pour une fois son voisin l'a invitée et qu'elle ne peut pas refuser. Cela créera une ambiance de fête en première partie de soirée ! Nul besoin d'évoquer Julien et « ses bouquets de roses » ! Heureuse de son idée, Jeanne a pourtant des doutes concernant la réaction d'Alice.

« Et si elle avait l'idée saugrenue d'inviter le fameux Fabien ? Elle tient tellement à me le faire rencontrer ! »

Alice accueille la proposition avec joie, étonnée cependant que ce voisin invite Jeanne justement ce soir-là alors que tous deux s'ignorent pratiquement depuis des années.

« C'est gentil de sa part, qu'est-ce qui lui prend soudain ?

- Justement ! Pour rendre les relations de voisinage plus sympathiques, peut-être !

- Hum ! Tu ne trouves pas ça bizarre ?

- Non, je crois qu'il a aussi invité les autres voisins, dit Jeanne que le mensonge fait rosir.

- J'ai pensé inviter Fabien, qu'en dis-tu ? Ce serait une bonne occasion ! »

Et voilà que le scenario envisagé par Jeanne se réalise ! Pour elle, c'est la catastrophe.

- Je ne veux pas le rencontrer, pas ce soir-là ! J'aurai des présentations à faire et des remerciements à adresser, tu ne peux pas m'imposer une rencontre en plus !

- Tu es compliquée quand même, c'est pour t'aider !

- S'il te plaît, ne m'aide pas Alice, je suis assez

grande pour décider ce que je dois faire !

Le ton et le regard de Jeanne ne laissent aucune place à l'insistance. Alice accuse le coup, étonnée de la fermeté de son amie.

- Et surtout pas de surprise ! Ce serait une trahison que je n'accepterais pas.

- Comme tu voudras, finit par admettre Alice, un peu vexée d'être obligée d'obtempérer.

La semaine semble durer des mois tant Jeanne est impatiente. Elle dort et mange peu, s'étourdit de blues et de jazz. Ne pas paraître idiote le soir du concert ! Pouvoir dire quelque chose d'intelligent ! C'est son obsession. Alice n'a pas reparu, elle a juste envoyé un message : A samedi, 20h !

« J'espère qu'elle comprendra quand je lui aurais tout expliqué », se dit Jeanne qui craint de perdre son amie par manque de confiance.

Samedi soir, Jeanne est prête. Elle a opté pour la simplicité, une petite robe bleue assortie à ses yeux mis en valeur par un maquillage léger. Elle se sent belle, confiante.

Devant l'église illuminée de l'intérieur, la scène a été montée, les chaises installées. La soirée s'annonce très douce, un léger souffle de vent anime les feuilles des platanes autour de la place, les vitraux projettent leurs lumières colorées. Jeanne rejoint ses amis qui l'accueillent chaleureusement et la remercient pour son initiative. Alice, un peu froide, regarde son amie avec une pointe d'envie. Elle a tellement changé depuis quelque temps !

Les artistes montent sur la scène, s'installent, Richard au piano, Julien au saxo, les deux autres à la batterie et au violoncelle. C'est Julien qui présente le concert. Il remercie le public venu en nombre et salue d'un geste discret Jeanne qui a pris place au premier rang.

Les standards s'enchaînent, Petite fleur, La vie en rose, Two roses… le public manifeste son plaisir par des applaudissements nourris et des exclamations joyeuses. Jeanne, étourdie de musique et d'émotion est transportée. Julien joue pour elle seule !

A l'entracte, Julien se débarrasse de quelques fans, surtout féminines, pour venir saluer Jeanne. Avec une audace qu'elle ne se connaissait pas, elle prend l'initiative de l'inviter avec ses collègues à la soirée organisée par Alice. C'est un peu cavalier de sa part, d'autant plus qu'elle n'a pas averti son amie. Julien est bien tenté d'accepter mais l'avis des trois autres est nécessaire. Après plusieurs rappels, le concert se termine. Jeanne a informé Alice de son invitation. Celle-ci reste interdite devant le culot de son amie mais est ravie au fond d'offrir à son amoureux une si belle soirée.

Les musiciens acceptent avec joie l'invitation de Jeanne et d'Alice.

Jeanne ignore comment elle abordera avec Julien le mystère des bouquets de roses mais elle se dit qu'elle saura trouver le moment propice.

Un bouquet de roses d'un orangé éclatant à la main, Richard remercie Alice au nom du groupe, tandis que Julien, le sourire aux lèvres, tend une rose rouge à Jeanne.

« Les roses semblent être vos fleurs préférées ! Vous les glissez même dans vos morceaux de musique !

- C'est vrai, j'aime beaucoup les roses, mais pas seulement !

- Pourtant, vous en offrez même de façon anonyme, dit Jeanne en riant, c'est un moyen de séduction insolite !

- Je ne comprends pas, celle-ci vous est adressée en mon nom, je crois.

Perturbée par la réponse, Jeanne, soudain cramoisie est saisie d'un doute abyssal.

- Vous n'avez pas déposé des roses devant ma porte ?

- Non, je le regrette, je ne vous au vue que le jour où j'ai sonné à votre porte et l'envie de vous offrir des roses n'était pas anonyme ! Vous avez donc un autre soupirant caché ! J'espère que vous n'êtes pas déçue !

- Pas du tout, balbutie Jeanne qui pense avoir fait une énorme bourde en révélant son secret. Quelqu'un a probablement déposé des fleurs devant ma porte par erreur. Ça n'a pas d'importance, excusez ma méprise.

- Au contraire, c'est charmant ! C'est ce qui nous a permis de nous rencontrer ! M'auriez-vous invité à votre soirée si vous n'aviez pas cru que j'étais votre prince inconnu au bouquet ? Remercions-le !

- Si je savais qui il est ! Trois bouquets de roses sont été déposés sur mon paillasson à un mois d'intervalle, je n'ai aucune idée de leur provenance mais j'ai l'impression qu'ils ont produit sur moi un

effet incroyable. Depuis, mon état d'esprit et ma vie ont changé.
- C'était peut-être le but de votre inconnu !
- Peut-être, mais il faudra bien qu'il se dévoile !
- Ce sera à moi d'être jaloux, alors ! »

Depuis cette mémorable soirée, Jeanne et Julien filent le parfait amour. Jeanne n'a plus trouvé de bouquets anonymes devant sa porte, ceux qu'elle reçoit sont de Julien. Elle est heureuse. Cependant, la provenance des roses reste une énigme qu'elle aimerait bien résoudre.

Un jour, elle propose de présenter son amoureux à ses chers voisins Rosine et Marcel. C'est un dimanche après-midi, Rosine a invité le couple et préparé son succulent gâteau au chocolat. Sur la petite terrasse, elle a dressé la table, mis sa plus belle nappe blanche et garni un vase de cristal d'un bouquet de roses d'un rouge flamboyant. Elle est tout excitée en ouvrant sa porte et Marcel qui la suit en trottinant ne l'est pas moins.
« Quelle belle table et quel bouquet magnifique ! s'exclame Jeanne. Il ne fallait pas vous déranger.
- C'est un tel plaisir de vous voir heureuse, ma chère Jeanne !
- Où trouvez-vous de si belles roses ? demande Jeanne intriguée.
- C'est notre fils qui les cultive à la campagne, il a la main verte et il les aime ses roses, répond Marcel tandis que Rosine aussi rouge que les fleurs avoue en tremblant :
- Vous les reconnaissez, n'est-ce pas ? Les mêmes que devant votre porte ! Ah, ma petite Jeanne, on

vous voyait si triste, si seule ! Alors, on a eu cette idée… c'était risqué, ça pouvait ne pas marcher. Mais dès le premier bouquet, on a remarqué un changement … alors, on a continué.

- Pardon si on vous a inquiétée, dit Marcel. Moi, je n'y croyais pas trop mais Rosine a insisté « je suis une femme, je sais ce qui se passe dans la tête d'une femme, moi », alors je l'ai laissé faire. J'avoue qu'elle avait raison, on vous voyait changer de jour en jour, un vrai papillon sorti peu à peu de son cocon !

Éberluée, Jeanne reste sans voix. Pas un seul instant elle n'a pensé à eux. Elle s'était focalisée sur un homme. Maintenant, cela lui paraît évident.

Devant l'embarras de Jeanne, c'est Julien qui prend la parole .

« Il faut donc que je vous remercie. Sans vous, elle n'aurait peut-être pas accepté mon invitation.

- C'est vrai, reprend Jeanne, vos bouquets ont contribué à changer ma vie et je n'en reviens toujours pas. Ils ont produit une sorte de déclic, une prise de conscience très bénéfique.

- Alors, vous ne nous en voulez pas de notre petit stratagème ? dit Rosine intimidée.

- Vous m'avez bien fait cogiter quand même, et inquiétée aussi, mais, non, je ne vous en veux pas. Comme on dit : le jeu en valait la chandelle ! Mon amie Alice a aussi contribué à mon bonheur mais elle utilisait d'autres moyens, plus « modernes », qui ne me convenaient pas. Depuis, je lui ai tout expliqué, elle a compris.

- Eh bien maintenant, dit Marcel en remplissant les verres, buvons au puissant charme des roses et à la vie !

La méprise

Tulic-les-bains, le 2 octobre 64

Cher Monsieur,

Si j'ose employer cet adjectif (pardonnez mon
audace !), c'est que, voyez-vous, j'ai lu votre
roman avec avidité et il m'a littéralement
emballée. Votre histoire m'a émue au point que
vous m'avez paru aussi proche qu'un ami de
longue date. Si cela ne tenait qu'à moi, je vous
décernerais le prix Goncourt, le Renaudot et
pourquoi pas le Médicis ! (entre nous, ces prix sont
parfois attribués n'importe comment et à n'importe
qui !). Tout m'a plu, votre style, vos personnages,
l'atmosphère que vous avez su créer, le suspense,
bref, absolument tout.
Vous devez recevoir tant de lettres élogieuses que
peut-être la mienne passera entre vos mains sans
retenir votre attention. Peu importe, je tenais à
vous remercier. Continuez à m'enchanter.
Très cordialement,

Violette B

Le 7 octobre

Chère Violette,

N'en croyez rien, votre aimable missive n'est pas passée inaperçue. Je vous imagine, à l'instar de votre prénom, timide et délicate, persuadée d'être invisible. Mais non, comme la fleur, belle, et mystérieuse, vous suggérez mais ne livrez qu'un doux parfum. On aimerait en savoir davantage.
Ce que vous avez aimé de mon roman me parlera de vous. Que dites-vous de mon style ? Quels personnages avez-vous aimés et pourquoi ? Votre ressenti de lectrice est très important pour l'auteur que je suis, n'en doutez pas chère Violette !
Peut-être aurons-nous le plaisir de nous rencontrer et de bavarder à ce sujet lors du prochain salon du livre de Sainte-Livrade.
Bien à vous,

Votre auteur préféré

Tulic, le 10 octobre

Cher ami,

Vous voyez, la petite Violette ose vous qualifier d'AMI. Merci pour cette réponse personnelle qui révèle le poète sensible et chaleureux que j'imaginais déjà. Dans mon emballement à vous exprimer mon enthousiasme, je n'ai pas pris le temps de développer mon appréciation, très floue, j'en conviens. Si je vous dis que votre héroïne me ressemble en tous points, que son histoire est mon histoire, il n'est plus nécessaire que je vous parle de moi ! Vous savez déjà tout ! C'est au point que je me demande si nous ne nous sommes pas déjà rencontrés. Peut-être à Brive ou à Limoge ? J'y vais souvent.

Hélas, je ne pourrai pas me rendre au salon du livre de Sainte-Livrade, mais j'ose vous faire une proposition, honnête (cela va sans dire). Selon vos disponibilités, je me ferai un plaisir de vous recevoir dans mon village, charmant et pittoresque au pied des Pyrénées, Tulic-les bains, que vous connaissez peut-être. J'y préside un club de lecture depuis quelques années. Je vais proposer votre livre à mes adhérents, vous aurez ainsi tous les avis des Tuliquois.

J'espère avoir le plaisir de vous rencontrer bientôt.

Amicalement,

Violet

Le 15 octobre

Chère Violette,

Je suis un peu surpris que vous ayez vu une ressemblance entre vous et mon héroïne. Auriez-vous comme elle des penchants aussi noirs ? Cela me paraît impossible. D'ailleurs, mon livre est une pure fiction, enfin, en ce qui concerne les personnages.

Vous pensez m'avoir déjà rencontré ? La chose est possible, j'ai fait quelques signatures au salon de Brive… mais comment aurais-pu m'inspirer de votre vie ? La chose est à creuser ...

D'autre part, votre invitation me touche beaucoup. Il est vrai que mon emploi du temps est chargé, néanmoins, j'aurai une possibilité de me rendre dans votre village, que je ne connais pas, le mois prochain, le week-end du 15 si de votre côté vous êtes disponible. Je compte sur vous pour me faire visiter ce coin de France qui me paraît à votre image.

Mais revenons à mon roman. Pensez-vous que le sujet de La méprise intéressera vraiment vos lecteurs ? L'héroïne ne risque-t-elle pas de heurter les sensibilités ? Je parle d'un milieu très éloigné de leur quotidien. Vous avez apprécié mais tout le monde n'aime pas être confronté à la violence et à la mort. Je ne voudrais pas que vos lecteurs se sentent obligés de flatter mon livre en ma présence. Réfléchissez à ma proposition et à mes interrogations.

Dans l'attente de vous rencontrer. Bien à vous,

Votre ami

Dimanche 18 octobre

Cher ami,

Votre réponse m'intrigue ! De quoi me parlez-vous ? Y aurait-il une méprise entre nous ? Je ne trouve pas votre héroïne si noire et je n'ai aucun penchant morbide. Elle est jeune, belle et pleine de vie, comme je l'étais, elle sait se défendre et affirme sa totale liberté. Oui, Clara a une parfaite maîtrise de sa vie malgré les embûches mises sur sa route. Je vois que nous n'avons pas la même perception du personnage. Comme il sera intéressant d'en parler !
Je suis ravie que vous puissiez venir afin de rencontrer quelques lecteurs Tuliquois. Vous serez logé, bien sûr, ma chambre d'ami est prête. Ne vous inquiétez pas, mes amis ne sont pas des « poulets de la veille »(excusez ma trivialité), vous verrez, ils assurent !
Impatiente de vous rencontrer, je vous souhaite un bel automne.
Chaleureusement,

Violette

339

Le 20 octobre

Chère Violette,

    Enfin, je comprends mieux l'ambiguïté de nos échanges. Clara n'est pas mon héroïne, la mienne se prénomme Judith et je ne suis pas l'auteur du roman que vous avez tant aimé, hélas ! Je suis un vieux monsieur de plus de quatre vingts ans. La Méprise est mon premier et unique roman, il se passe dans un Ehpad où Judith cherche à éliminer tous les résidents, elle y parvient quelques fois ! D'où mes interrogations concernant vos lecteurs.

Je suis désolé, chère Violette, de cette énorme méprise et croyez-moi, je regrette de ne pouvoir vous rencontrer à Tulic.

J'aimerais cependant savoir avec quel auteur vous m'avez confondu et avec quelle œuvre.

Je comprendrais que votre déception empêche toute réponse de votre part mais sachez que je regretterai nos chaleureux échanges qui m'ont fait tant de bien.

A mon tour de vous remercier. Bon vent à votre club de lecture.

Bien à vous,

Alfred Mousset

Tulic, le 23 octobre

Mon très cher Alfred,

Ne soyez donc pas triste, votre Méprise nous a permis de correspondre et m'a apporté autant de bien qu'à vous. Je suis moi-même une vieille demoiselle à qui les livres permettent de s'évader d'un morne quotidien. Heureusement, mon fidèle petit groupe de lecteurs m'apporte un lien social agréable et nécessaire.
Je vais répondre à vos interrogations, mais sachez d'avance que rien n'est changé entre nous.
Je maintiens mon invitation pour le 15, je lirai votre roman et le ferai lire. Nous en parlerons au club comme je vous l'ai promis.
C'est avec La Maîtrise d'Alain Musquet que je vous ai confondu. Peu importe. Je vous l'offrirai, vous le lirez et je vous parlerai de ma vie si semblable à son héroïne Clara. Vous me raconterez la vôtre et me parlerez de cette horrible Judith à laquelle je suis heureuse de ne pas ressembler !
J'attends avec impatience, cher Alfred, votre prochaine venue à Tulic.
Chaleureusement,

Violette

Nantes le 29 octobre

Chère Madame Violette Bignon,

 C'est avec tristesse que nous vous informons du décès de Monsieur Alfred Mousset en sa quatre vingt cinquième année le 26 octobre à l'Ehpad « *Les berges de Loire* »
Vos échanges épistolaires nous ont permis de vous retrouver.
Soyez assurée, Madame, de notre compassion et de notre sympathie.

Famille Mousset